d

Selma Lagerlöf zeigt in zwölf Geschichten, daß jeder Mensch, unabhängig von Stand und Herkunft, das Weihnachtswunder erleben kann. Für eine Räuberbande beginnt ein ganzer Wald zu blühen, verlorene Seelen finden ein Heim, und Nächstenliebe siegt über Eigennutz. Eingebettet in die Landschaft ihrer schwedischen Heimat und verknüpft mit deren Traditionen, verflicht die Autorin bewegende Einzelschicksale mit einer überirdischen, unsichtbaren Kraft, die das Schicksal bestimmt. Mit der vorliegenden Auswahl ihrer schönsten Weihnachtsgeschichten läßt sich tief eintauchen in die Erzählwelt der großen Dichterin, die zeitlebens von der besinnlichen Jahreszeit fasziniert war.

Selma Lagerlöf wurde am 20. November 1858 auf dem Familiensitz Mårbacka (Värmland) in Schweden geboren. Nach ihrer Ausbildung war sie zehn Jahre lang als Lehrerin tätig. In dieser Zeit erschien 1891 ihr erster Roman ›Gösta Berling‹, mit dem sie Weltruhm errang. 1909 erhielt Selma Lagerlöf den Nobelpreis für Literatur, 1914 wurde sie als erste Frau Mitglied der Schwedischen Akademie. Sie starb am 16. März 1940.

Holger Wolandt, der Herausgeber, ist Skandinavist und Übersetzer. Er lebt mit seiner Familie in Stockholm.

Selma Lagerlöf

Weihnachtsgeschichten

Aus dem Schwedischen von
Marie Franzos und Carola von Crailsheim

Mit einem Nachwort herausgegeben
von Holger Wolandt

Deutscher Taschenbuch Verlag

Von Selma Lagerlöf
sind im Deutschen Taschenbuch Verlag erschienen:
Geschichten von Trollen und Menschen (13594)
Liebesgeschichten (13661)
Jerusalem (13695)
Gösta Berling (13916 und 19114)
Nils Holgerssons schönste Abenteuer
mit den Wildgänsen (70547)

Ausführliche Informationen über
unsere Autoren und Bücher
finden Sie auf unserer Website
www.dtv.de

Originalausgabe 2007
4. Auflage 2010
Deutscher Taschenbuch Verlag GmbH & Co. KG,
München
© für die Texte: nymphenburger in der F. A. Herbig
Verlagsbuchhandlung GmbH, München
© für Auswahl und Anhang:
Deutscher Taschenbuch Verlag, München
Umschlagkonzept: Balk & Brumshagen
Umschlagbild: ›Winter Sports‹ (1895) von Frithjof Smith-Hald
(Corbis/Fine Art Photographic Library)
Gesetzt aus der Aldus 10,25/12,25·
Gesamtherstellung: Druckerei C. H. Beck, Nördlingen
Gedruckt auf säurefreiem, chlorfrei gebleichtem Papier
Printed in Germany · ISBN 978-3-423-13603-7

Inhalt

Die Heilige Nacht

Als ich fünf Jahre alt war, hatte ich einen großen Kummer. Ich weiß kaum, ob ich seitdem einen größeren gehabt habe.

Das war, als meine Großmutter starb. Bis dahin hatte sie jeden Tag auf dem Ecksofa in ihrer Stube gesessen und Märchen erzählt.

Ich weiß es nicht anders, als daß Großmutter dasaß und erzählte, vom Morgen bis zum Abend, und wir Kinder saßen still neben ihr und hörten zu. Das war ein herrliches Leben. Es gab keine Kinder, denen es so gut ging wie uns.

Ich erinnere mich nicht an sehr viel von meiner Großmutter. Ich erinnere mich, daß sie schönes, kreideweißes Haar hatte, und daß sie sehr gebückt ging, und daß sie immer dasaß und an einem Strumpf strickte.

Dann erinnere ich mich auch, daß sie, wenn sie ein Märchen erzählt hatte, ihre Hand auf meinen Kopf zu legen pflegte, und dann sagte sie: »Und das alles ist so wahr, wie daß ich dich sehe und du mich siehst.«

Ich entsinne mich auch, daß sie schöne Lieder singen konnte, aber das tat sie nicht alle Tage. Eines dieser Lieder handelte von einem Ritter und einer Meerjungfrau, und es hatte den Kehrreim: »Es weht so kalt, es weht so kalt, wohl über die weite See.«

Dann entsinne ich mich eines kleinen Gebets, das sie mich lehrte, und eines Psalmverses.

Von all den Geschichten, die sie mir erzählte, habe ich

nur eine schwache, unklare Erinnerung. Nur an eine einzige von ihnen erinnere ich mich so gut, daß ich sie erzählen könnte. Es ist eine kleine Geschichte von Jesu Geburt.

Seht, das ist beinahe alles, was ich noch von meiner Großmutter weiß, außer dem, woran ich mich am besten erinnere, nämlich dem großen Schmerz, als sie dahinging.

Ich erinnere mich an den Morgen, an dem das Ecksofa leer stand und es unmöglich war, zu begreifen, wie die Stunden des Tages zu Ende gehen sollten. Daran erinnere ich mich. Das vergesse ich nie.

Und ich erinnere mich, daß wir Kinder hingeführt wurden, um die Hand der Toten zu küssen. Und wir hatten Angst, es zu tun, aber da sagte uns jemand, daß wir nun zum letztenmal Großmutter für all die Freude danken könnten, die sie uns gebracht hatte. Und ich erinnere mich, wie Märchen und Lieder vom Hause wegfuhren, in einen langen, schwarzen Sarg gepackt, und niemals wiederkamen.

Ich erinnere mich, daß etwas aus dem Leben verschwunden war. Es war, als hätte sich die Tür zu einer ganzen schönen, verzauberten Welt geschlossen, in der wir früher frei aus und ein gehen durften. Und nun gab es niemand mehr, der sich darauf verstand, diese Tür zu öffnen.

Und ich erinnere mich, daß wir Kinder so allmählich lernten, mit Spielzeug und Puppen zu spielen und zu leben wie andere Kinder auch, und da konnte es ja den Anschein haben, als vermißten wir Großmutter nicht mehr, als erinnerten wir uns nicht mehr an sie.

Aber noch heute, nach vierzig Jahren, wie ich da sitze und die Legenden über Christus sammle, die ich drüben im Morgenland gehört habe, wacht die kleine Geschichte von Jesu Geburt, die meine Großmutter zu erzählen pflegte, in mir auf. Und ich bekomme Lust, sie noch einmal zu erzählen und sie auch in meine Sammlung mit aufzunehmen.

Es war an einem Weihnachtstag, alle waren zur Kirche gefahren, außer Großmutter und mir. Ich glaube, wir beide waren im ganzen Hause allein. Wir hatten nicht mitfahren können, weil die eine zu jung und die andere zu alt war. Und alle beide waren wir betrübt, daß wir nicht zum Mettegesang fahren und die Weihnachtslichter sehen konnten.

Aber wie wir so in unserer Einsamkeit saßen, fing Großmutter zu erzählen an.

»Es war einmal ein Mann«, sagte sie, »der in die dunkle Nacht hinausging, um sich Feuer zu leihen. Er ging von Haus zu Haus und klopfte an. ›Ihr lieben Leute, helft mir!‹ sagte er. ›Mein Weib hat eben ein Kindlein geboren, und ich muß Feuer anzünden, um sie und den Kleinen zu erwärmen.‹

Aber es war tiefe Nacht, so daß alle Menschen schliefen, und niemand antwortete ihm.

Der Mann ging und ging. Endlich erblickte er in weiter Ferne einen Feuerschein. Da wanderte er dieser Richtung zu und sah, daß das Feuer im Freien brannte. Eine Menge weißer Schafe lagen rings um das Feuer und schliefen, und ein alter Hirt wachte über der Herde. Als der Mann, der Feuer leihen wollte, zu den Schafen kam, sah er, daß drei große Hunde zu Füßen des Hirten ruhten und schliefen. Sie erwachten alle drei bei seinem Kommen und sperrten ihre weiten Rachen auf, als ob sie bellen wollten, aber man vernahm keinen Laut. Der

Mann sah, daß sich die Haare auf ihrem Rücken sträubten, er sah, wie ihre scharfen Zähne funkelnd weiß im Feuerschein leuchteten, und wie sie auf ihn losstürzten. Er fühlte, daß einer nach seiner Hand schnappte, und daß einer sich an seine Kehle hängte. Aber die Kinnladen und die Zähne, mit denen die Hunde beißen wollten, gehorchten ihnen nicht, und der Mann litt nicht den kleinsten Schaden.

Nun wollte der Mann weitergehen, um das zu finden, was er brauchte. Aber die Schafe lagen so dicht nebeneinander, Rücken an Rücken, daß er nicht vorwärts kommen konnte. Da stieg der Mann auf die Rücken der Tiere und wanderte über sie hin dem Feuer zu. Und keins von den Tieren wachte auf oder regte sich.«

Soweit hatte Großmutter ungestört erzählen können, aber nun konnte ich es nicht lassen, sie zu unterbrechen. »Warum regten sie sich nicht, Großmutter?« fragte ich.

»Das wirst du nach einem Weilchen schon erfahren«, sagte Großmutter und fuhr mit ihrer Geschichte fort. »Als der Mann fast beim Feuer angelangt war, sah der Hirt auf. Es war ein alter, mürrischer Mann, der unwirsch und hart gegen alle Menschen war. Und als er einen Fremden kommen sah, griff er nach seinem langen, spitzigen Stabe, den er in der Hand zu halten pflegte, wenn er seine Herde hütete, und warf ihn nach ihm. Und der Stab fuhr zischend gerade auf den Mann los, aber ehe er ihn traf, wich er zur Seite und sauste, an ihm vorbei, weit über das Feld.«

Als Großmutter soweit gekommen war, unterbrach ich sie abermals. »Großmutter, warum wollte der Stock den Mann nicht schlagen?« Aber Großmutter ließ es sich nicht einfallen, mir zu antworten, sondern fuhr mit ihrer Erzählung fort.

»Nun kam der Mann zu dem Hirten und sagte zu ihm: ›Guter Freund, hilf mir und leih mir ein wenig Feuer. Mein Weib hat eben ein Kindlein geboren, und ich muß Feuer machen, um sie und den Kleinen zu erwärmen.‹ Der Hirt hätte am liebsten nein gesagt, aber als er daran dachte, daß die Hunde dem Manne nicht hatten schaden können, daß die Schafe nicht vor ihm davongelaufen waren und daß sein Stab ihn nicht fällen wollte, da wurde ihm ein wenig bange, und er wagte es nicht, dem Fremden das abzuschlagen, was er begehrte. ›Nimm, soviel du brauchst‹, sagte er zu dem Manne.

Aber das Feuer war beinahe ausgebrannt. Es waren keine Scheite und Zweige mehr übrig, sondern nur ein großer Gluthaufen, und der Fremde hatte weder Schaufel noch Eimer, worin er die roten Kohlen hätte tragen können.

Als der Hirt dies sah, sagte er abermals: ›Nimm, soviel du brauchst!‹ Und er freute sich, daß der Mann kein Feuer wegtragen konnte. Aber der Mann beugte sich hinunter, holte die Kohlen mit bloßen Händen aus der Asche und legte sie in seinen Mantel. Und weder versengten die Kohlen seine Hände, als er sie berührte, noch versengten sie seinen Mantel, sondern der Mann trug sie fort, als wenn es Nüsse oder Äpfel gewesen wären.«

Aber hier wurde die Märchenerzählerin zum drittenmal unterbrochen. »Großmutter, warum wollte die Kohle den Mann nicht brennen?«

»Das wirst du schon hören«, sagte die Großmutter, und dann erzählte sie weiter.

»Als dieser Hirt, der ein so böser, mürrischer Mann war, dies alles sah, begann er sich bei sich selbst zu wundern: ›Was kann dies für eine Nacht sein, wo die Hunde nicht beißen, die Schafe nicht erschrecken, die Lanze nicht tötet und das Feuer nicht brennt?‹ Er rief den Fremden zurück und sagte zu ihm: ›Was ist dies für eine Nacht? Und woher kommt es, daß alle Dinge dir Barmherzigkeit zeigen?‹

Da sagte der Mann: ›Ich kann es dir nicht sagen, wenn du selber es nicht siehst.‹ Und er wollte seiner Wege gehen, um bald ein Feuer anzünden und Weib und Kind wärmen zu können.

Aber da dachte der Hirt, er wolle den Mann nicht ganz aus dem Gesicht verlieren, bevor er erfahren hätte, was dies alles bedeute. Er stand auf und ging ihm nach, bis er dorthin kam, wo der Fremde daheim war. Da sah der Hirt, daß der Mann nicht einmal eine Hütte hatte, um darin zu wohnen, sondern er hatte sein Weib und sein Kind in einer Berggrotte liegen, wo es nichts gab als nackte, kalte Steinwände.

Aber der Hirt dachte, daß das arme unschuldige Kindlein vielleicht dort in der Grotte erfrieren würde, und obgleich er ein harter Mann war, wurde er davon doch ergriffen und beschloß, dem Kinde zu helfen. Und er löste sein Ränzel von der Schulter und nahm daraus ein weiches, weißes Schaffell hervor. Das gab er dem fremden Mann und sagte, er möge das Kind darauf betten.

Aber in demselben Augenblick, in dem er zeigte, daß auch er barmherzig sein konnte, wurden ihm die Augen geöffnet, und er sah, was er vorher nicht hatte sehen, und hörte, was er vorher nicht hatte hören können.

Er sah, daß rund um ihn ein dichter Kreis von kleinen, silberbeflügelten Englein stand. Und jedes von ihnen hielt ein Saitenspiel in der Hand, und alle sangen sie mit lauter Stimme, daß in dieser Nacht der Heiland geboren wäre, der die Welt von ihren Sünden erlösen solle.

Da begriff er, warum in dieser Nacht alle Dinge und

Wesen so froh waren, daß sie niemand etwas zuleide tun wollten. Und nicht nur rings um den Hirten waren Engel, sondern er sah sie überall. Sie saßen in der Grotte, und sie saßen auf dem Berge, und sie flogen unter dem Himmel. Sie kamen in großen Scharen über den Weg gegangen, und wie sie vorbeikamen, blieben sie stehen und warfen einen Blick auf das Kind.

Es herrschte eitel Jubel und Freude und Singen und Spiel, und das alles sah er in der dunklen Nacht, in der er früher nichts zu gewahren vermocht hatte. Und er wurde so froh, daß seine Augen geöffnet waren, daß er auf die Knie fiel und Gott dankte.«

Aber als Großmutter soweit gekommen war, seufzte sie und sagte: »Aber was der Hirte sah, das könnten wir auch sehen, denn die Engel fliegen in jeder Weihnachtsnacht unter dem Himmel, wenn wir sie nur zu gewahren vermögen.«

Und dann legte Großmutter ihre Hand auf meinen Kopf und sagte: »Dies sollst du dir merken, denn es ist so wahr, wie daß ich dich sehe und du mich siehst. Nicht auf Lichter und Lampen kommt es an, und es liegt nicht an Mond und Sonne, sondern was nottut, ist, daß wir Augen haben, die Gottes Herrlichkeit sehen können.«

Das Kindlein von Bethlehem

Vor dem Stadttor in Bethlehem stand ein römischer Kriegsknecht Wache. Er trug Harnisch und Helm, er hatte ein kurzes Schwert an der Seite und hielt eine lange Lanze in der Hand. Den ganzen Tag stand er beinahe regungslos, so daß man ihn wirklich für einen Mann aus Eisen halten konnte. Die Stadtleute gingen durch das Tor aus und ein, Obstverkäufer und Weinhändler stellten ihre Körbe und Gefäße auf den Boden neben den Kriegsknecht hin, aber er gab sich kaum die Mühe, den Kopf zu wenden, um ihnen nachzusehen.

Das ist doch nichts, um es zu betrachten, schien er sagen zu wollen. Was kümmere ich mich um euch, die ihr arbeitet und Handel treibt und mit Ölkrügen und Weinschläuchen angezogen kommt! Laßt mich ein Kriegsheer sehen, das sich aufstellt, um dem Feinde entgegenzuziehen! Laßt mich das Gewühl sehen und den heißen Streit, wenn ein Reitertrupp sich auf eine Schar Fußvolk stürzt! Laßt mich die Tapferen sehen, die mit Sturmleitern vorwärts eilen, um die Mauern einer belagerten Stadt zu ersteigen! Nichts andres kann mein Auge erfreuen als der Krieg. Ich sehne mich danach, Roms Adler in der Luft blinken zu sehen. Ich sehne mich nach dem Schmettern der Kupferhörner, nach schimmernden Waffen, nach rot verspritzendem Blut.

Gerade vor dem Stadttor erstreckte sich ein prächtiges Feld, das ganz mit Lilien bewachsen war. Der Kriegsknecht stand jeden Tag da, die Blicke gerade auf dieses

Feld gerichtet, aber es kam ihm keinen Augenblick in den Sinn, die außerordentliche Schönheit der Blumen zu bewundern. Zuweilen merkte er, daß die Vorübergehenden stehenblieben und sich an den Lilien freuten, und dann staunte er, daß sie ihre Wanderung verzögerten, um etwas so Unbedeutendes anzuschauen. Diese Menschen wissen nicht, was schön ist, dachte er. Und wie er so dachte, sah er nicht mehr die grünenden Felder und die Olivenhügel rings um Bethlehem vor seinen Augen, sondern er träumte sich fort in eine glühend heiße Wüste in dem sonnenreichen Libyen. Er sah eine Legion Soldaten in einer langen geraden Linie über den gelben Sand ziehen. Nirgends gab es Schutz vor den Sonnenstrahlen, nirgends einen labenden Quell, nirgends war eine Grenze der Wüste oder ein Ziel der Wanderung zu erblicken. Er sah die Soldaten, von Hunger und Durst ermattet, mit schwankenden Schritten vorwärts wandern. Er sah einen nach dem andern zu Boden stürzen, von der glühenden Sonnenhitze gefällt. Aber trotz allem zog die Truppe stetig vorwärts, ohne zu zaudern, ohne daran zu denken, den Feldherrn im Stich zu lassen oder umzukehren.

Sehet hier, was schön ist! dachte der Kriegsknecht. Seht, was den Blick eines tapfern Mannes verdient! Während der Kriegsknecht Tag für Tag an demselben Platze auf seinem Posten stand, hatte er die beste Gelegenheit, die schönen Kinder zu betrachten, die rings um ihn spielten. Aber es war mit den Kindern wie mit den Blumen. Er begriff nicht, daß es der Mühe wert sein könnte, sie zu betrachten. Was ist dies, um sich daran zu freuen? dachte er, als er die Menschen lächeln sah, wenn sie den Spielen der Kinder zusahen. Es ist seltsam, daß sich jemand über ein Nichts freuen kann.

Eines Tages, als der Kriegsknecht wie gewöhnlich auf seinem Posten vor dem Stadttore stand, sah er ein kleines Knäblein, das ungefähr drei Jahre alt sein mochte, auf diese Wiese kommen, um zu spielen. Es war ein armes Kind, das in ein kleines Schaffell gekleidet war und ganz allein spielte. Der Soldat stand und beobachtete den kleinen Ankömmling, beinahe ohne es selbst zu merken. Das erste, was ihm auffiel, war, daß der Kleine so leicht über das Feld lief, daß er auf den Spitzen der Grashalme zu schweben schien. Aber als er dann anfing, seine Spiele zu verfolgen, da staunte er noch mehr. »Bei meinem Schwert«, sagte er schließlich, »dieses Kind spielt nicht wie andre! Was kann das sein, womit es sich da ergötzt?«

Das Kind spielte nur wenige Schritte von dem Kriegsknecht entfernt, so daß er darauf achten konnte, was es vornahm. Er sah, wie es die Hand ausstreckte, um eine Biene einzufangen, die auf dem Rande einer Blume saß und so schwer mit Blütenstaub beladen war, daß sie kaum die Flügel zum Fluge zu erheben vermochte. Er sah zu seiner großen Verwunderung, daß die Biene sich, ohne einen Versuch zu entfliehen und ohne ihren Stachel zu gebrauchen, fangen ließ. Aber als der Kleine die Biene sicher zwischen seinen Fingern hielt, lief er fort zu einer Spalte in der Stadtmauer, wo ein Schwarm Bienen seine Wohnstatt hatte, und setzte das Tierchen dort ab. Und sowie er auf diese Weise einer Biene geholfen hatte, eilte er sogleich von dannen, um einer andern beizustehen. Den ganzen Tag sah ihn der Soldat Bienen einfangen und sie in ihr Heim tragen.

Dieses Knäblein ist wahrlich törichter als irgend jemand, den ich bis heute gesehen habe, dachte der Kriegsknecht. Wie kann es ihm einfallen, zu versuchen, diesen

Bienen beizustehen, die sich so gut ohne ihn helfen und die ihn obendrein mit ihrem Stachel stechen können! Was für ein Mensch soll aus ihm werden, wenn er am Leben bleibt?

Der Kleine kam Tag für Tag wieder und spielte draußen auf der Wiese, und der Kriegsknecht konnte es nicht lassen, sich über ihn und seine Spiele zu wundern. Es ist recht seltsam, dachte er, nun habe ich volle drei Jahre an diesem Tor Wache gestanden, und noch niemals habe ich etwas zu Gesicht bekommen, was meine Gedanken beschäftigt hätte, außer diesem Kinde. Aber der Kriegsknecht hatte durchaus keine Freude an dem Kinde. Im Gegenteil, der Kleine erinnerte ihn an eine furchtbare Weissagung eines alten jüdischen Sehers. Dieser hatte nämlich prophezeit, daß einmal eine Zeit des Friedens sich auf die Erde senken würde. Während eines Zeitraums von tausend Jahren würde kein Blut vergossen, kein Krieg geführt werden, sondern die Menschen würden einander lieben wie Brüder. Wenn der Kriegsknecht daran dachte, daß etwas so Entsetzliches wirklich eintreffen könnte, dann durcheilte seinen Körper ein Schauder, und er umklammerte hart seine Lanze, gleichsam um eine Stütze zu suchen.

Und je mehr nun der Kriegsknecht von dem Kleinen und seinen Spielen sah, desto häufiger mußte er an das Reich des tausendjährigen Friedens denken. Zwar fürchtete er nicht, daß es schon angebrochen sein könnte, aber er liebte es nicht, an etwas so Verabscheuungswürdiges auch nur denken zu müssen.

Eines Tages, als der Kleine zwischen den Blumen auf dem schönen Felde spielte, kam ein sehr heftiger Regenschauer aus den Wolken herniedergeprasselt. Als er merkte, wie groß und schwer die Tropfen waren, die auf die zarten Lilien niederschlugen, schien er um seine schönen Freundinnen besorgt zu werden. Er eilte zu der schönsten und größten unter ihnen und beugte den steifen Stengel, der die Blüten trug, zur Erde, so daß die Regentropfen die untere Seite der Kelche trafen. Und sowie er mit einer Blumenstaude in dieser Weise verfahren war, eilte er zu einer anderen und beugte ihren Stengel in gleicher Weise, so daß die Blumenkelche sich der Erde zuwendeten. Und dann zu einer dritten und vierten, bis alle Blumen der Flur gegen heftigen Regen geschützt waren.

Der Kriegsknecht mußte bei sich lächeln, als er die Arbeit des Knaben sah. »Ich fürchte, die Lilien werden ihm keinen Dank dafür wissen«, sagte er. »Alle Stengel sind natürlich abgebrochen. Es geht nicht an, die steifen Pflanzen auf diese Art zu beugen.«

Aber als der Regenschauer endlich aufhörte, sah der Kriegsknecht das Knäblein zu den Lilien eilen und sie aufrichten. Und zu seinem unbeschreiblichen Staunen richtete das Kind ohne die mindeste Mühe die steifen Stengel gerade. Es zeigte sich, daß kein einziger von ihnen gebrochen oder beschädigt war. Es eilte von Blume zu Blume, und alle geretteten Lilien strahlten bald in vollem Glanze auf der Flur.

Als der Kriegsknecht dies sah, bemächtigte sich seiner ein seltsamer Groll. Sieh doch an, welch ein Kind! dachte er. Es ist kaum zu glauben, daß es etwas so Törichtes beginnen kann. Was für ein Mann soll aus diesem Kleinen werden, der es nicht einmal ertragen kann, eine Lilie zerstört zu sehen? Wie würde es ablaufen, wenn so einer in den Krieg müßte? Was würde er anfangen, wenn man ihm den Befehl gäbe, ein Haus anzuzünden, das voller Frauen und Kinder wäre, oder ein Schiff in Grund zu bohren, das mit seiner ganzen Besatzung über die Wellen führe?

Wieder mußte er an die alte Prophezeiung denken, und er begann zu fürchten, daß die Zeit wirklich angebrochen sein könnte, zu der sie in Erfüllung gehen sollte. Alldieweil ein Kind gekommen ist wie dieses, ist diese fürchterliche Zeit vielleicht ganz nahe. Schon jetzt herrscht Friede auf der ganzen Welt, und sicherlich wird der Tag des Krieges niemals mehr anbrechen. Von nun an werden alle Menschen von derselben Gemütsart sein wie dieses Kind. Sie werden fürchten, einander zu schaden, ja, sie werden es nicht einmal übers Herz bringen, eine Biene oder eine Blume zu zerstören. Keine großen Heldentaten werden mehr vollbracht. Keine herrlichen Siege wird man erringen, und kein glänzender Triumphator wird zum Kapitol hinanziehen. Es wird für einen tapferen Mann nichts mehr geben, was er ersehnen könnte.

Und der Kriegsknecht, der noch immer hoffte, neue Kriege zu erleben und sich durch Heldentaten zu Macht und Reichtum aufzuschwingen, war so ergrimmt gegen den kleinen Dreijährigen, daß er drohend die Lanze nach ihm ausstreckte, als er das nächste Mal an ihm vorbeilief.

An einem andern Tage jedoch waren es weder die Bienen noch die Lilien, denen der Kleine beizustehen suchte, sondern er tat etwas, was den Kriegsknecht noch viel unnötiger und undankbarer deuchte.

Es war ein furchtbar heißer Tag, und die Sonnenstrahlen, die auf den Helm und die Rüstung des Soldaten fielen, erhitzten sich so, daß ihm war, als trüge er ein Kleid aus Feuer. Für die Vorübergehenden hatte es den Anschein, als müßte er schrecklich unter der Wärme leiden. Seine Augen traten blutunterlaufen aus dem Kopfe, und die Haut seiner Lippen verschrumpfte, aber den Kriegsknecht, der gestählt war und die brennende Hitze in Afrikas Sandwüsten ertragen hatte, deuchte es, daß dies eine geringe Sache wäre, und er ließ es sich nicht einfallen, seinen gewohnten Platz zu verlassen. Er fand im Gegenteil Gefallen daran, den Vorübergehenden zu zeigen, daß er so stark und ausdauernd war und nicht Schutz vor der Sonne zu suchen brauchte.

Während er so dastand und sich beinahe lebendig braten ließ, kam der kleine Knabe, der auf dem Felde zu spielen pflegte, plötzlich auf ihn zu. Er wußte wohl, daß der Legionär nicht zu seinen Freunden gehörte, und er pflegte sich zu hüten, in den Bereich seiner Lanze zu kommen, aber nun trat er dicht an ihn heran, betrachtete ihn lange und genau und eilte dann in vollem Laufe über den Weg. Als er nach einer Weile zurückkam, hielt er beide Hände ausgebreitet wie eine Schale und brachte auf diese Weise ein paar Tropfen Wasser mit.

Ist dies Kind jetzt gar auf den Einfall gekommen, fortzulaufen und für mich Wasser zu holen? dachte der Soldat. Das ist wirklich ohne allen Verstand. Sollte ein römischer Legionär nicht ein bißchen Wärme ertragen können? Was braucht dieser Kleine herumzulaufen, um denen zu helfen, die keiner Hilfe bedürfen! Mich gelüstet nicht nach seiner Barmherzigkeit. Ich wünschte, daß er und alle, die ihm gleichen, nicht mehr auf dieser Welt wären.

Der Kleine kam sehr behutsam heran. Er hielt seine Finger fest zusammengepreßt, damit nichts verschüttet werde oder überlaufe. Während er sich dem Kriegsknecht näherte, hielt er die Augen ängstlich auf das kleine bißchen Wasser geheftet, das er mitbrachte, und sah also nicht, daß dieser mit tief gerunzelter Stirn und abweisenden Blicken dastand. Endlich blieb er dicht vor dem Legionär stehen und bot ihm das Wasser.

Im Gehen waren seine schweren, lichten Locken ihm immer tiefer in die Stirn und die Augen gefallen. Er schüttelte ein paarmal den Kopf, um das Haar zurückzuwerfen, damit er aufblicken könnte. Als ihm dies endlich gelang und er den harten Ausdruck in dem Gesichte des Kriegsknechts gewahrte, erschrak er gar nicht, sondern blieb stehen und lud ihn mit einem bezaubernden Lächeln ein, von dem Wasser zu trinken, das er mitbrachte. Aber der Kriegsknecht hatte keine Lust, eine Wohltat von diesem Kinde zu empfangen, das er als seinen Feind betrachtete. Er sah nicht hinab in sein schönes Gesicht, sondern stand starr und regungslos und machte nicht Miene, als verstünde er, was das Kind für ihn tun wollte.

Aber das Knäblein konnte gar nicht fassen, daß der andre es abweisen wollte. Es lächelte noch immer ebenso vertrauensvoll, stellte sich auf die Zehenspitzen und streckte die Hände so hoch in die Höhe, als es vermochte, damit der groß gewachsene Soldat das Wasser leichter erreiche.

Der Legionär fühlte sich jedoch so verunglimpft dadurch, daß ein Kind ihm helfen wollte, daß er nach seiner Lanze griff, um den Kleinen in die Flucht zu jagen.

Aber nun begab es sich, daß gerade in demselben Augenblick die Hitze und der Sonnenschein mit solcher Heftigkeit auf den Kriegsknecht hereinbrachen, daß er rote Flammen vor seinen Augen lodern sah und fühlte, wie sein Gehirn im Kopfe schmolz. Er fürchtete, daß die Sonne ihn morden würde, wenn er nicht augenblicklich Linderung fände.

Und außer sich vor Schrecken über die Gefahr, in der er schwebte, schleuderte er die Lanze zu Boden, umfaßte mit beiden Händen das Kind, hob es empor und schlürfte soviel er konnte von dem Wasser, das es in den Händen hielt.

Es waren freilich nur ein paar Tropfen, die seine Zunge benetzten, aber mehr waren auch nicht vonnöten. Sowie er das Wasser gekostet hatte, durchrieselte wohlige Erquickung seinen Körper, und er fühlte Helm und Harnisch nicht mehr lasten und brennen. Die Sonnenstrahlen hatten ihre tödliche Macht verloren. Seine trockenen Lippen wurden wieder weich, und die roten Flammen tanzten nicht mehr vor seinen Augen.

Bevor er noch Zeit hatte, dies alles zu merken, hatte er das Kind schon zu Boden gestellt, und es lief wieder fort und spielte auf der Flur. Nun begann er erstaunt zu sich selber zu sagen: Was war dies für ein Wasser, das das Kind mir bot? Es war ein herrlicher Trank. Ich muß ihm wahrlich meine Dankbarkeit zeigen.

Aber da er den Kleinen haßte, schlug er sich diese Gedanken alsbald aus dem Sinn. Es ist ja nur ein Kind, dachte er, es weiß nicht, warum es so oder so handelt. Es spielt nur das Spiel, das ihm am besten gefällt. Findet es vielleicht Dankbarkeit bei den Bienen oder bei den Lilien? Um dieses Knäbleins willen brauche ich mir keinerlei Ungemach zu bereiten. Es weiß nicht einmal, daß es mir beigestanden hat.

Und er empfand womöglich noch mehr Groll gegen das Kind, als er ein paar Augenblicke später den Anführer der römischen Soldaten, die in Bethlehem lagen, durch das Tor kommen sah. Man sehe nur, dachte er, in welcher Gefahr ich durch den Einfall des Kleinen geschwebt habe! Wäre Voltigius nur um ein weniges früher gekommen, er hätte mich mit einem Kinde in den Armen dastehen sehen.

Der Hauptmann schritt jedoch gerade auf den Kriegsknecht zu und fragte ihn, ob sie hier miteinander sprechen könnten, ohne daß jemand sie belauschte. Er hätte ihm ein Geheimnis anzuvertrauen. »Wenn wir uns nur zehn Schritte von dem Tore entfernen«, antwortete der Kriegsknecht, »so kann uns niemand hören.«

»Du weißt«, sagte der Hauptmann, »daß König Herodes ein ums andre Mal versucht hat, sich eines Kindleins zu bemächtigen, das hier in Bethlehem aufwächst. Seine Seher und Priester haben ihm gesagt, daß dieses Kind seinen Thron besteigen werde, und außerdem haben sie prophezeit, daß der neue König ein tausendjähriges Reich des Friedens und der Heiligkeit gründen werde. Du begreifst also, daß Herodes ihn gerne unschädlich machen will.«

»Freilich begreife ich es«, sagte der Kriegsknecht eifrig, »das muß doch das leichteste auf der Welt sein.«

»Es wäre allerdings sehr leicht«, sagte der Hauptmann, »wenn der König nur wüßte, welches von allen Kindern hier in Bethlehem gemeint ist.« Die Stirne des Kriegsknechts legte sich in tiefe Falten. »Es ist bedauerlich, daß seine Wahrsager ihm hierüber keinen Aufschluß geben können.«

»Jetzt aber hat Herodes eine List gefunden, durch die er glaubt, den jungen Friedensfürsten unschädlich machen zu können«, fuhr der Hauptmann fort. »Er verspricht jedem eine herrliche Gabe, der ihm hierin beistehen will.«

»Was immer Voltigius befehlen mag, es wird auch ohne Lohn oder Gabe vollbracht werden«, sagte der Soldat.

»Habe Dank«, sagte der Hauptmann. »Höre nun des Königs Plan! Er will den Jahrestag der Geburt seines jüngsten Sohnes durch ein Fest feiern, zu dem alle Knaben in Bethlehem, die zwischen zwei und drei Jahre alt sind, mit ihren Müttern geladen werden sollen. Und bei diesem Feste –« Er unterbrach sich und lachte, als er den Ausdruck des Abscheus sah, der sich auf dem Gesichte des Soldaten malte.

»Guter Freund«, fuhr er fort, »du brauchst nicht zu befürchten, daß Herodes uns als Kinderwärter verwenden will. Neige nun dein Ohr zu meinem Munde, so will ich dir seine Absichten anvertrauen.«

Der Hauptmann flüsterte lange mit dem Kriegsknecht, und als er ihm alles mitgeteilt hatte, fügte er hinzu: »Ich brauche dir wohl nicht erst zu sagen, daß die strengste Verschwiegenheit nötig ist, wenn nicht das ganze Vorhaben mißlingen soll.«

»Du weißt, Voltigius, daß du dich auf mich verlassen kannst«, sagte der Kriegsknecht.

Als der Anführer sich entfernt hatte und der Kriegsknecht wieder allein auf seinem Posten stand, sah er sich nach dem Kinde um. Das spielte noch immer unter den Blumen, und er ertappte sich bei dem Gedanken, daß es sie so leicht und anmutsvoll umschwebe wie ein Schmetterling.

Auf einmal fing der Krieger zu lachen an. »Ja, richtig«, sagte er, »dieses Kind wird mir nicht lange mehr ein Dorn im Auge sein. Es wird ja auch an jenem Abende zum Fest des Herodes geladen werden.«

Der Kriegsknecht harrte den ganzen Tag auf seinem Posten aus, bis der Abend anbrach und es Zeit wurde, die Stadttore für die Nacht zu schließen.

Als dies geschehen war, wanderte er durch schmale,

dunkle Gäßchen zu einem prächtigen Palaste, den Herodes in Bethlehem besaß.

Im Innern dieses gewaltigen Palastes befand sich ein großer, steingepflasterter Hof, der von Gebäuden umkränzt war, an denen entlang drei offene Galerien liefen, eine über der anderen. Auf der obersten dieser Galerien sollte, so hatte es der König bestimmt, das Fest für die bethlehemitischen Kinder stattfinden.

Diese Galerie war, gleichfalls auf den ausdrücklichen Befehl des Königs, so umgewandelt, daß sie einem gedeckten Gange in einem herrlichen Lustgarten glich. Über die Decke schlangen sich Weinranken, von denen üppige Trauben herabhingen, und den Wänden und Säulen entlang standen kleine Granat- und Orangenbäumchen, die über und über mit reifen Früchten bedeckt waren. Der Fußboden war mit Rosenblättern bestreut, die dicht und weich lagen wie ein Teppich, und entlang der Balustrade, den Deckengesimsen, den Tischen und den niedrigen Ruhebetten, überall erstreckten sich Girlanden von weißen strahlenden Lilien.

In diesem Blumenhain standen hier und da große Marmorbassins, wo gold- und silberglitzernde Fischlein in durchsichtigem Wasser spielten. Auf den Bäumen saßen bunte Vögel aus fernen Ländern, und in einem Käfig hockte ein alter Rabe, der ohne Unterlaß sprach.

Zu Beginn des Festes zogen Kinder und Mütter in die Galerie ein. Die Kinder waren gleich beim Betreten des Palastes in weiße Gewänder mit Purpurborten gekleidet worden, und man hatte ihnen Rosenkränze auf die dunkellockigen Köpfchen gedrückt. Die Frauen kamen stattlich heran in ihren roten und blauen Gewändern und ihren weißen Schleiern, die von hohen kegelförmigen Kopfbedeckungen, mit Goldmünzen und Ketten besetzt, herniederwallten. Einige trugen ihr Kind hoch auf der Schulter sitzend, andere führten ihr Söhnlein an der Hand, und einige wieder, deren Kinder scheu und verschüchtert waren, hatten sie auf ihre Arme gehoben.

Die Frauen ließen sich auf dem Boden der Galerie nieder. Sowie sie Platz genommen hatten, kamen Sklaven herbei und stellten niedrige Tischchen vor sie hin, worauf sie auserlesene Speisen und Getränke stellten, so wie es sich bei dem Feste eines Königs geziemt. Und alle diese glücklichen Mütter begannen zu essen und zu trinken, ohne jene stolze anmutvolle Würde abzulegen, die die schönste Zier der bethlehemitischen Frauen ist.

Der Wand der Galerie entlang und beinahe von Blumengirlanden und fruchtbeladenen Bäumen verdeckt, waren doppelte Reihen von Kriegsknechten in voller Rüstung aufgestellt. Sie standen vollkommen regungslos, als hätten sie nichts mit dem zu schaffen, was rund um sie vorging. Die Frauen konnten es nicht lassen, bisweilen einen verwunderten Blick auf die Schar von Geharnischten zu werfen. »Wozu bedarf es ihrer?« flüsterten sie. »Meint Herodes, daß wir uns nicht zu betragen wüßten? Glaubt er, daß es einer solchen Menge Kriegsknechte bedürfte, um uns im Zaume zu halten?«

Aber andere flüsterten zurück, daß es so wäre, wie es bei einem König sein müßte. Herodes selbst gäbe niemals ein Fest, ohne daß sein ganzes Haus von Kriegsknechten erfüllt wäre. Um sie zu ehren, stünden die bewaffneten Legionäre da und hielten Wacht in der Galerie.

Zu Beginn des Festes waren die kleinen Kinder scheu und unsicher und hielten sich still zu ihren Müttern. Aber bald begannen sie sich in Bewegung zu setzen und von den Herrlichkeiten Besitz zu ergreifen, die Herodes ihnen bot.

Es war ein Zauberland, das der König für seine kleinen Gäste geschaffen hatte. Als sie die Galerie durchwanderten, fanden sie Bienenkörbe, deren Honig sie plündern konnten, ohne daß eine einzige erzürnte Biene sie daran hinderte. Sie fanden Bäume, die mit sanftem Neigen ihre fruchtbeladenen Zweige zu ihnen heruntersenkten. Sie fanden in einer Ecke Zauberkünstler, die in einem Nu ihre Taschen voll Spielzeug zauberten, und in einem andern Winkel der Galerie einen Tierbändiger, der ihnen ein paar Tiger zeigte, so zahm, daß sie auf ihrem Rücken reiten konnten. Aber in diesem Paradiese mit allen seinen Wonnen gab es doch nichts, was den Sinn der Kleinen so angezogen hätte wie die lange Reihe von Kriegsknechten, die unbeweglich an der einen Seite der Galerie standen. Ihre Blicke wurden von den glänzenden Helmen gefesselt, von den strengen, stolzen Gesichtern, von den kurzen Schwertern, die in reichverzierten Scheiden staken.

Während sie miteinander spielten und tollten, dachten sie doch unablässig an die Kriegsknechte. Sie hielten sich noch fern von ihnen, aber sie sehnten sich danach, ihnen nahe zu kommen, zu sehen, ob sie lebendig wären und sich wirklich bewegen könnten.

Das Spiel und die Festesfreude steigerten sich mit jedem Augenblicke, aber die Soldaten standen noch immer regungslos. Es erschien den Kleinen unfaßlich, daß Menschen so nah bei diesen Trauben und allen diesen Leckerbissen stehen konnten, ohne die Hand auszustrecken und danach zu greifen.

Endlich konnte einer der Knaben seine Neugierde nicht länger bemeistern. Er näherte sich behutsam, zu rascher Flucht bereit, einem der Geharnischten, und da der Soldat noch immer regungslos blieb, kam er immer näher. Schließlich war er ihm so nahe, daß er nach seinen Sandalenriemen und seinen Beinschienen tasten konnte.

Da, als wäre dies ein unerhörtes Verbrechen gewesen, setzten sich mit einem Male alle diese Eisenmänner in Bewegung. In unbeschreiblicher Raserei stürzten sie sich auf die Kinder und packten sie. Einige schwangen sie über ihre Köpfe wie Wurfgeschosse und schleuderten sie zwischen den Lampen und Girlanden über die Balustrade der Galerie hinunter zu Boden, wo sie auf den Marmorfliesen zerschellten. Einige zogen ihr Schwert und durchbohrten die Herzen der Kinder, andere wieder zerschmetterten ihre Köpfe an der Wand, ehe sie sie auf den nächtlich dunklen Hof warfen.

Im ersten Augenblick nach dem Vorfall herrschte Totenstille. Die kleinen Körper schwebten noch in der Luft, die Frauen waren vor Entsetzen versteinert. Aber auf einmal erwachten alle diese Unglücklichen zum Verständnis dessen, was geschehen war, und mit einem einzigen entsetzten Schrei stürzten sie auf die Schergen.

Auf der Galerie waren noch Kinder, die beim ersten Anfall nicht eingefangen worden waren. Die Kriegsknechte jagten sie, und ihre Mütter warfen sich vor ihnen nieder und umfaßten mit bloßen Händen die blanken Schwerter, um den Todesstreich abzuwenden. Einige der Frauen, deren Kinder schon tot waren, stürzten sich auf die Kriegsknechte, packten sie an der Kehle und versuchten Rache für ihre Kleinen zu nehmen, indem sie deren Mörder erdrosselten.

In dieser wilden Verwirrung, während grauenvolle Schreie durch den Palast hallten und die grausamsten Bluttaten verübt wurden, stand der Kriegsknecht, der am Stadttor Wache zu halten pflegte, ohne sich zu regen, am obersten Absatz der Treppe, die von der Galerie hinunterführte. Er nahm nicht am Kampfe und am Morden teil; nur gegen die Frauen, denen es gelungen war, ihre Kinder an sich zu reißen, und die nun versuchten, mit ihnen die Treppe hinunterzufliehen, erhob er das Schwert, und sein bloßer Anblick, wie er da düster und unerbittlich stand, war so schrecklich, daß die Fliehenden sich lieber die Balustrade hinunterstürzten oder in das Streitgewühl zurückkehrten, als daß sie sich der Gefahr ausgesetzt hätten, sich an ihm vorbeizudrängen.

Voltigius hat wahrlich recht daran getan, mir diesen Posten zuzuweisen, dachte der Kriegsknecht. Ein junger, unbedachter Krieger hätte seinen Posten verlassen und sich in das Gewühl gestürzt. Hätte ich mich von hier fortlocken lassen, so wären mindestens ein Dutzend Kinder entwischt.

Während er so dachte, fiel sein Blick auf ein junges Weib, das sein Kind an sich gerissen hatte und jetzt in eiliger Flucht auf ihn zugestürzt kam. Keiner der Legionäre, an denen sie vorbeieilen mußte, konnte ihr den Weg versperren, weil sie sich in vollem Kampfe mit andern Frauen befanden, und so war sie bis zum Ende der Galerie gelangt.

Sieh da, eine, die drauf und dran ist, glücklich zu entwischen! dachte der Kriegsknecht. Weder sie noch das Kind ist verwundet. Stünd' ich jetzt nicht hier.

Die Frau stürzte so rasch auf den Kriegsknecht zu, als ob sie flöge, und er hatte nicht Zeit, ihr Gesicht oder das des Kindes deutlich zu sehen. Er streckte nur das Schwert gegen sie aus, und mit dem Kinde in ihren Armen stürzte sie darauf zu. Er erwartete, sie im nächsten Augenblicke mit dem Kinde durchbohrt zu Boden sinken zu sehen.

Doch in demselben Augenblick hörte der Soldat ein

zorniges Summen über seinem Haupte, und gleich darauf fühlte er einen heftigen Schmerz in einem Auge. Der war so scharf und peinvoll, daß er ganz verwirrt und betäubt ward, und das Schwert fiel aus seiner Hand auf den Boden.

Er griff mit der Hand ans Auge, faßte eine Biene und begriff, daß, was ihm den entsetzlichen Schmerz verursacht hatte, nur der Stachel des kleinen Tieres gewesen war. Blitzschnell bückte er sich nach dem Schwerte, in der Hoffnung, daß es noch nicht zu spät wäre, die Fliehenden aufzuhalten.

Aber das kleine Bienlein hatte seine Sache sehr gut gemacht. In der kurzen Zeit, für die es den Kriegsknecht geblendet hatte, war es der jungen Mutter gelungen, an ihm vorüber die Treppe hinunterzustürzen, und obschon er ihr in aller Hast nacheilte, konnte er sie nicht mehr finden. Sie war verschwunden, und in dem ganzen großen Palaste konnte sie niemand entdecken.

Am nächsten Morgen stand der Kriegsknecht mit einigen seiner Kameraden dicht vor dem Stadttore Wache. Es war früh am Tage und die schweren Tore waren eben erst geöffnet worden. Aber es war, als ob niemand darauf gewartet hätte, daß sie sich an diesem Morgen auftun sollten, denn keine Scharen von Feldarbeitern strömten aus der Stadt, wie es sonst am Morgen der Brauch war. Alle Einwohner von Bethlehem waren so starr vor Entsetzen über das Blutbad in der Nacht, daß niemand sein Heim zu verlassen wagte.

»Bei meinem Schwerte«, sagte der Soldat, wie er da stand und in die enge Gasse hinunterblickte, die zu dem Tore führte, »ich glaube, daß Voltigius einen unklugen Entschluß gefaßt hat. Es wäre besser gewesen, die Tore zu verschließen und jedes Haus der Stadt durchsuchen zu lassen, bis er den Knaben gefunden hätte, dem es gelang, bei dem Feste zu entkommen.

Voltigius rechnet darauf, daß seine Eltern versuchen werden, ihn von hier fortzuführen, sobald sie erfahren, daß die Tore offenstehen, und er hofft auch, daß ich ihn gerade hier im Tore fangen werde. Aber ich fürchte, daß dies keine kluge Berechnung ist. Wie leicht kann es ihnen gelingen, ein Kind zu verstecken!« Und er erwog, ob sie wohl versuchen würden, das Kind in dem Obstkorb eines Esels zu verbergen oder in einem ungeheuren Ölkrug oder unter den Kornballen einer Karawane.

Während er so stand und wartete, daß man versuche, ihn dergestalt zu überlisten, erblickte er einen Mann und eine Frau, die eilig die Gasse heraufschritten und sich dem Tore näherten. Sie gingen rasch und warfen ängstliche Blicke hinter sich, als wären sie auf der Flucht vor irgendeiner Gefahr. Der Mann hielt eine Axt in der Hand und umklammerte sie mit festem Griff, als wäre er entschlossen, sich mit Gewalt einen Weg zu bahnen, wenn jemand sich ihm entgegenstellte.

Aber der Kriegsknecht sah nicht so sehr den Mann an als die Frau. Er sah, daß sie ebenso hochgewachsen war wie die junge Mutter, die ihm am Abend vorher entkommen war. Er bemerkte auch, daß sie ihren Rock über den Kopf geworfen trug. Sie trägt ihn vielleicht so, dachte er, um zu verbergen, daß sie ein Kind im Arm hält.

Je näher sie kamen, desto deutlicher sah der Kriegsknecht das Kind, das die Frau auf dem Arme trug, sich unter dem gehobenen Kleide abzeichnen. Ich bin sicher, daß sie es ist, die mir gestern abend entschlüpfte, dachte er. Ich konnte ihr Gesicht freilich nicht sehen, aber ich erkenne die hohe Gestalt wieder. Und da kommt sie nun mit dem Kinde auf dem Arm, ohne auch nur zu versuchen, es verborgen zu halten. Wahrlich, ich hatte nicht gewagt, auf einen solchen Glücksfall zu hoffen.

Der Mann und die Frau setzten ihre hurtige Wanderung bis zum Stadttor fort. Sie hatten offenbar nicht erwartet, daß man sie hier aufhalten würde, sie zuckten vor Schrecken zusammen, als der Kriegsknecht seine Lanze vor ihnen fällte und ihnen den Weg versperrte.

»Warum verwehrst du uns, ins Feld hinaus an unsre Arbeit zu gehen?« fragte der Mann.

»Du kannst gleich gehen«, sagte der Soldat, »ich muß vorher nur sehen, was dein Weib unter dem Kleide verborgen hält.«

»Was ist daran zu sehen?« sagte der Mann. »Es ist nur Brot und Wein, wovon wir den Tag über leben müssen.«

»Du sprichst vielleicht die Wahrheit«, sagte der Soldat, »aber wenn es so ist, warum läßt sie mich nicht gutwillig sehen, was sie trägt?«

»Ich will nicht, daß du es siehst«, sagte der Mann. »Und ich rate dir, daß du uns vorbei läßt.«

Damit erhob der Mann die Axt, aber die Frau legte die Hand auf seinen Arm.

»Lasse dich nicht in Streit ein!« bat sie. »Ich will etwas andres versuchen. Ich will ihn sehen lassen, was ich trage, und ich bin gewiß, daß er ihm nichts zuleide tun kann.«

Und mit einem stolzen und vertrauenden Lächeln wendete sie sich dem Soldaten zu und lüftete einen Zipfel ihres Kleides.

In demselben Augenblick prallte der Soldat zurück und schloß die Augen, wie von einem starken Glanze geblendet. Was die Frau unter ihrem Kleide verborgen hielt, strahlte ihm so blendendweiß entgegen, daß er zuerst gar nicht wußte, was er sah.

»Ich glaubte, du hieltest ein Kind im Arme«, sagte er.

»Du siehst, was ich trage«, erwiderte die Frau. Da endlich sah der Soldat, daß das, was so blendete und leuchtete, nur ein Büschel weißer Lilien war, von derselben Art, wie sie draußen auf dem Felde wuchsen. Aber ihr Glanz war viel reicher und strahlender. Er konnte es kaum ertragen, sie anzusehen.

Er streckte seine Hand zwischen die Blumen. Er konnte den Gedanken nicht loswerden, daß es ein Kind sein müsse, was die Frau da trug, aber er fühlte nur die weichen Blumenblätter.

Er war bitter enttäuscht und hätte in seinem Zornesmute gern den Mann und die Frau gefangengenommen, aber er sah ein, daß er für ein solches Verfahren keinen Grund ins Treffen führen konnte.

Als die Frau seine Verwirrung sah, sagte sie: »Willst du uns nicht ziehen lassen?«

Der Kriegsknecht zog stumm die Lanze zurück, die er vor die Toröffnung gehalten hatte, und trat dann zur Seite.

Aber die Frau zog ihr Kleid wieder über die Blumen und betrachtete gleichzeitig, was sie auf dem Arme trug, mit holdseligem Lächeln. »Ich wußte, du würdest ihm nichts zuleide tun können, wenn du es nur sähest«, sagte sie zu dem Kriegsknechte.

Hierauf eilten sie von dannen, aber der Kriegsknecht blieb stehen und blickte ihnen nach, solange sie noch zu sehen waren.

Und während er ihnen mit den Blicken folgte, deuchte es ihn wieder ganz sicher, daß sie kein Büschel Lilien im Arm trüge, sondern ein wirkliches, lebendiges Kind.

Indes er noch so stand und den beiden Wanderern nachsah, hörte er von der Straße her laute Rufe. Es waren Voltigius und einige seiner Mannen, die herbeigeeilt waren.

»Halte sie auf!« riefen sie. »Schließe das Tor vor ihnen! Lasse sie nicht entkommen!«

Und als sie bei dem Kriegsknecht angelangt waren, erzählten sie, daß sie die Spur des entronnenen Knaben gefunden hätten. Sie hätten ihn nun in seiner Behausung gesucht, aber da wäre er wieder entflohen. Sie hätten seine Eltern mit ihm fortgehen sehen. Der Vater wäre ein starker, graubärtiger Mann, der eine Axt trüge, die Mutter eine hochgewachsene Frau, die das Kind unter den hinaufgenommenen Rockfalten verborgen hielte.

In demselben Augenblick, wo Voltigius dies erzählte, kam ein Beduine auf einem guten Pferde zum Tore hereingeritten. Ohne ein Wort zu sagen, stürzte der Kriegsknecht auf den Reiter zu. Er riß ihn mit Gewalt vom Pferde herunter und warf ihn zu Boden. Und mit einem Satze war er selbst auf dem Pferde und sprengte den Weg entlang.

Ein paar Tage darauf ritt der Kriegsknecht durch die furchtbare Bergwüste, die sich über den südlichen Teil von Judäa erstreckt. Er verfolgte noch immer die drei Flüchtlinge aus Bethlehem, und er war außer sich, daß diese fruchtlose Jagd niemals ein Ende nahm.

»Es sieht wahrlich aus, als wenn diese Menschen die Gabe hätten, in den Erdboden zu versinken«, murrte er. »Wie viele Male bin ich ihnen in diesen Tagen so nahe gewesen, daß ich dem Kinde gerade meine Lanze nachschleudern wollte, und dennoch sind sie mir entkommen! Ich fange zu glauben an, daß ich sie nie und nimmer einholen werde.«

Er fühlte sich mutlos wie einer, der zu merken glaubte, daß er gegen etwas Übermächtiges ankämpfe. Er fragte sich, ob es möglich sei, daß die Götter diese Menschen vor ihm beschützten.

»Es ist alles vergebliche Mühe. Besser, ich kehre um, ehe ich vor Hunger und Durst in dieser öden Wildnis vergehe!« sagte er ein ums andre Mal zu sich selber.

Aber dann packte ihn die Furcht davor, was ihn bei der Heimkehr erwartete, wenn er unverrichteter Dinge zurückkäme. Er war es, der nun schon zweimal das Kind hatte entkommen lassen. Es war nicht wahrscheinlich, daß Voltigius oder Herodes ihm so etwas verzeihen würden.

»Solange Herodes weiß, daß eins von Bethlehems Kindern noch lebt, wird er immer unter derselben Angst leiden«, sagte der Kriegsknecht. »Das wahrscheinlichste ist, daß er versuchen wird, seine Qualen dadurch zu lindern, daß er mich ans Kreuz schlagen läßt.«

Es war eine heiße Mittagsstunde, und er litt furchtbar auf dem Ritt durch diese baumlose Felsgegend, auf einem Wege, der sich durch tiefe Talklüfte schlängelte, wo kein Lüftchen sich regte. Pferd und Reiter waren dem Umstürzen nahe.

Seit mehreren Stunden hatte der Kriegsknecht jede Spur von den Fliehenden verloren, und er fühlte sich mutloser denn je.

Ich muß es aufgeben, dachte er. Wahrlich, ich glaube nicht, daß es der Mühe lohnt, sie weiter zu verfolgen. Sie müssen in dieser furchtbaren Wüstenei ja so oder so zugrunde gehen.

Während er diesen Gedanken nachhing, gewahrte er in einer Felswand, die sich nahe dem Wege erhob, den gewölbten Eingang einer Grotte.

Sogleich lenkte er sein Pferd zu der Grottenöffnung. Ich will ein Weilchen in der kühlen Felshöhle rasten, dachte er. Vielleicht kann ich dann die Verfolgung mit frischer Kraft aufnehmen.

Als er gerade in die Grotte treten wollte, wurde er von etwas Seltsamem überrascht. Zu beiden Seiten des Eingangs wuchsen zwei schöne Lilienstauden. Sie standen hoch und aufrecht, voller Blüten. Sie verbreiteten einen berauschenden Honigduft, und eine Menge Bienen umschwärmten sie.

Dies war ein so ungewohnter Anblick in dieser Wüste, daß der Kriegsknecht etwas Wunderliches tat. Er brach eine große weiße Blume und nahm sie in die Felshöhle mit.

Die Grotte war weder tief noch dunkel, und sowie er unter ihre Wölbung trat, sah er, daß schon drei Wanderer da weilten. Es waren ein Mann, eine Frau und ein Kind, die ausgestreckt auf dem Boden lagen, in tiefen Schlummer gesunken.

Niemals hatte der Kriegsknecht sein Herz so pochen fühlen wie bei diesem Anblick. Es waren gerade die drei Flüchtlinge, denen er so lange nachgejagt war. Er erkannte sie alsogleich. Und hier lagen sie schlafend, außerstande sich zu verteidigen, ganz und gar in seiner Gewalt.

Sein Schwert fuhr rasselnd aus der Scheide und er beugte sich hinunter über das schlummernde Kind.

Behutsam senkte er das Schwert zu seinem Herzen und zielte genau, um es mit einem einzigen Stoße aus der Welt schaffen zu können.

Mitten im Zustoßen hielt er einen Augenblick inne, um das Gesicht des Kindes zu sehen. Nun er sich des Sieges sicher wußte, war es ihm eine grausame Wollust, sein Opfer zu betrachten.

Aber als er das Kind sah, da war seine Freude womöglich noch größer, denn er erkannte das kleine Knäblein wieder, das er mit Bienen und Lilien auf dem Felde vor dem Stadttore hatte spielen sehen.

Ja, gewiß, dachte er, das hätte ich schon längst begreifen sollen. Darum habe ich dieses Kind immer gehaßt. Es ist der verheißene Friedensfürst.

Er senkte das Schwert wieder, indes er dachte: Wenn ich den Kopf dieses Kindes vor Herodes niederlege, wird er mich zum Anführer seiner Leibwache machen. Während er die Schwertspitze dem Schlafenden immer näher brachte, sprach er voll Freude zu sich selber: »Diesmal wenigstens wird niemand dazwischenkommen und ihn meiner Gewalt entreißen!«

Aber der Kriegsknecht hielt noch die Lilie in der Hand, die er am Eingang der Grotte gepflückt hatte, und während er so dachte, flog eine Biene, die in ihrem Kelch verborgen gewesen war, zu ihm auf und umkreiste summend ein ums andre Mal seinen Kopf.

Der Kriegsknecht zuckte zusammen. Er erinnerte sich auf einmal der Bienen, denen das Knäblein beigestanden hatte, und ihm fiel ein, daß es eine Biene gewesen war, die dem Kinde geholfen hatte, vom Gastmahl des Herodes zu entrinnen.

Dieser Gedanke versetzte ihn in Staunen. Er hielt das Schwert still und blieb stehen und horchte auf die Biene.

Nun hörte er das Summen des kleinen Tierchens nicht mehr. Aber während er so ganz still stand, atmete er den starken süßen Duft ein, der von der Lilie ausströmte, die er in der Hand hielt.

Da mußte er an die Lilien denken, denen das Knäblein beigestanden hatte, und er erinnerte sich, daß es ein Büschel Lilien war, die das Kind vor seinen Blicken verborgen und ihm geholfen hatten, durch das Stadttor zu entkommen.

Er wurde immer gedankenvoller, und er zog das Schwert an sich.

»Die Biene und die Lilien haben ihm seine Wohltaten vergolten«, flüsterte er sich selber zu.

Er mußte daran denken, daß der Kleine einmal auch ihm eine Wohltat erwiesen hatte, und eine tiefe Röte stieg in sein Gesicht. »Kann ein römischer Legionär vergessen, einen empfangenen Dienst zu vergelten?« flüsterte er.

Er kämpfte einen kurzen Kampf mit sich selbst. Er dachte an Herodes und an seine eigene Lust, den jungen Friedensfürsten zu vernichten.

»Es steht mir nicht wohl an, dieses Kind zu töten, das mir das Leben gerettet hat«, sagte er schließlich.

Und er beugte sich nieder und legte sein Schwert neben das Kind, damit die Flüchtlinge beim Erwachen erführen, welcher Gefahr sie entgangen waren.

Da sah er, daß das Kind wach war. Es lag und sah ihn mit seinen schönen Augen an, die gleich Sternen leuchteten.

Und der Kriegsknecht beugte sein Knie vor dem Kinde. »Herr, du bist der Mächtigste«, sagte er. »Du bist der starke Sieger. Du bist der, den die Götter lieben. Du bist der, der auf Schlangen und Skorpione treten kann.« Er küßte seine Füße und ging dann sacht aus der Grotte, indes der Kleine dalag und ihm mit großen, erstaunten Kinderaugen nachsah.

Die Legende von der Christrose

Die Räubermutter, die in der Räuberhöhle im Göinger Walde hauste, hatte sich eines Tages auf einem Bettelzug in das Flachland hinunterbegeben. Der Räubervater war ein friedloser Mann und durfte den Wald nicht verlassen. Er mußte sich damit begnügen, den Wegfahrenden aufzulauern, die sich in den Wald wagten; doch zu der Zeit, als der Räubervater und die Räubermutter sich in dem Göinger Wald aufhielten, gab es im nördlichen Schonen nicht allzuviel Reisende. Wenn es sich also begab, daß der Räubervater ein paar Wochen lang kein Glück gehabt hatte, dann machte sich die Räubermutter auf die Wanderschaft. Sie nahm ihre fünf Kinder mit; und jedes der Kleinen hatte zerfetzte Fellkleider und Holzschuhe und trug auf dem Rücken einen Sack, der gerade so lang war wie es selbst. Wenn die Räubermutter zu einer Haustüre hereinkam, wagte niemand, ihr zu verweigern, was sie verlangte, denn sie überlegte manchmal nicht lange, sondern kehrte in der nächsten Nacht zurück und zündete das Haus an, in dem man sie nicht freundlich aufgenommen hatte. Die Räubermutter und ihre Nachkommenschaft waren ärger als die Wolfsbrut, und gar mancher hätte ihnen gern seinen guten Speer nachgeworfen, wenn nicht der Mann dort oben im Walde gewesen wäre und sich zu rächen gewußt hätte, wenn den Kindern oder der Alten etwas zuleide getan worden wäre.

Wie nun die Räubermutter bettelnd von Hof zu Hof

zog, kam sie eines schönen Tages nach Öved, das zu jener Zeit ein Kloster war. Sie läutete an der Klosterpforte und verlangte etwas zu essen. Der Türhüter ließ ein kleines Schiebfensterchen herab und reichte ihr sechs runde Brote, eines für sie und eines für jedes Kind.

Während die Räubermutter still vor der Klosterpforte stand, liefen ihre Kinder umher. Dann kam eines von ihnen heran und zupfte die Mutter am Rocke, zum Zeichen, daß es etwas gefunden hätte, was sie sich ansehen sollte. Die Räubermutter ging auch gleich mit.

Das ganze Kloster war von einer hohen, starken Mauer umgeben, aber der kleine Junge hatte ein kleines angelehntes Hintertürchen gefunden. Die Räubermutter stieß sogleich das Pförtchen auf und trat, ohne erst viel zu fragen, ein, wie es eben bei ihr der Brauch war.

Das Kloster Öved wurde zu jener Zeit von Abt Johannes regiert, der ein gar pflanzenkundiger Mann war. Er hatte sich hinter der Klostermauer einen kleinen Lustgarten angelegt, und in diesen drang sie nun ein.

Im ersten Augenblick war sie so erstaunt, daß sie regungslos stehenblieb. Es war Hochsommerzeit, und der Garten des Abtes Johannes stand so voll Blumen, daß es blau und rot und gelb vor den Augen flimmerte, wenn man hinsah. Aber bald zeigte sich ein vergnügtes Lächeln auf dem Gesicht der Räubermutter. Sie begann, einen schmalen Gang zwischen vielen kleinen Blumenbeeten hinunterzugehen.

Im Garten stand ein Laienbruder, der Gärtnergehilfe war, und jätete das Unkraut aus. Er hatte die Tür in der Mauer halb offen gelassen, um Queckengras und Melde auf den Kehrichthaufen vor der Mauer werfen zu können. Als er die Räubermutter mit ihren fünf Bälgern in den Lustgarten treten sah, stürzte er ihnen sogleich ent-

gegen und befahl ihnen, sich zu trollen. Die alte Bett-
lerin ging weiter, als sei nichts geschehen. Sie ließ die
Blicke hinauf und hinab wandern, sah bald die starren
weißen Lilien an, die sich auf einem Beet ausbreiteten,
und bald den Efeu, der die Klosterwand hoch emporklet-
terte, und bekümmerte sich nicht im geringsten um den
Laienbruder.

Der Laienbruder dachte, sie hätte ihn nicht verstanden, und wollte sie am Arm nehmen, um sie nach dem
Ausgang umzudrehen, aber die Räubermutter warf ihm
einen Blick zu, vor dem er zurückprallte. Sie war unter
ihrem Bettelsack mit gebeugtem Rücken gegangen, aber
jetzt richtete sie sich zur vollen Höhe auf.

»Ich bin die Räubermutter aus dem Göinger Wald«,
sagte sie. »Rühr mich nur an, wenn du es wagst.« Und es
sah aus, als ob sie nach diesen Worten ebenso sicher
wäre, in Frieden von dannen ziehen zu können, als hätte
sie verkündet, daß sie die Königin von Dänemark sei.

Aber der Laienbruder wagte dennoch, sie zu stören,
obgleich er jetzt, wo er wußte, wer sie war, recht sanft-
mütig zu ihr sprach.

»Du mußt wissen, Räubermutter«, sagte er, »daß dies
ein Mönchskloster ist und daß es keiner Frau im Lande
verstattet ist, hinter diese Mauer zu treten. Wenn du
nun nicht deiner Wege gehst, werden die Mönche mir
zürnen, weil ich vergessen habe, das Tor zu schließen;
sie werden mich vielleicht von Kloster und Garten ver-
jagen.«

Doch solche Bitten waren an die Räubermutter ver-
schwendet. Sie ging weiter durch die Rosenbeete und
sah sich den Ysop an, der mit lilafarbenen Blüten bedeckt war, und das Kaprifolium, das voll rotgelber Blu-
mentrauben hing.

Da wußte sich der Laienbruder keinen anderen Rat, als in das Kloster zu laufen und um Hilfe zu rufen. Er kam mit zwei handfesten Mönchen zurück, und die Räubermutter sah sogleich, daß es nun ernst wurde. Sie stellte sich breitbeinig auf den Weg und begann mit gellender Stimme herauszuschreien, welche furchtbare Rache sie an dem Kloster nehmen würde, wenn sie nicht im Lustgarten bleiben dürfte, so lange sie wollte. Aber die Mönche fürchteten sie nicht und schickten sich an, sie zu vertreiben. Da stieß die Räubermutter schrille Schreie aus, stürzte sich auf die Mönche, kratzte und biß, und alle ihre Sprößlinge machten es ebenso. Den drei Männern blieb nichts anderes übrig, als in das Kloster zu gehen und Verstärkung zu holen.

Als sie über den Pfad liefen, der in das Kloster führte, begegneten sie dem Abt Johannes, der herbeigeeilt war, um zu sehen, wer da im Lustgarten so lärmte. Da mußten sie gestehen, daß die Räubermutter aus dem Göinger Walde in das Kloster eingedrungen war. Abt Johannes tadelte sie, daß sie Gewalt angewendet hatten, und verbot ihnen, um Hilfe zu rufen. Er schickte die beiden Mönche zu ihrer Arbeit zurück, und obgleich er ein alter gebrechlicher Mann war, nahm er nur den Laienbruder mit in den Garten.

Als Abt Johannes dort anlangte, ging die Räubermutter wie zuvor zwischen den Beeten umher. Er konnte sich nicht genug über sie wundern. Er war ganz sicher, daß die Räubermutter nie zuvor in ihrem Leben einen Lustgarten erblickt hatte. Aber wie dem auch sein mochte – sie ging zwischen allen den kleinen Beeten mit den fremden und seltsamen Blumen umher und betrachtete sie, als wären es alte Bekannte. Es sah aus, als hätte sie schon öfters Immergrün und Salbei und Rosmarin gesehen. Einigen Blumen lächelte sie zu, und über andere wieder schüttelte sie den Kopf.

Abt Johannes liebte seinen Garten mehr als alle anderen irdischen und vergänglichen Dinge. So wild und grimmig die Räubermutter auch aussah, so konnte er es doch nicht lassen, Gefallen daran zu finden, daß sie mit drei Mönchen gekämpft hatte, um die Blumen in Ruhe betrachten zu können. Er ging auf sie zu und fragte sie freundlich, ob ihr der Garten gefalle.

Die Räubermutter wendete sich heftig gegen Abt Johannes, denn sie war nur auf Hinterhalt und Überfall gefaßt, aber als sie seine weißen Haare und seinen gebeugten Rücken sah, antwortete sie ganz freundlich: »Als ich ihn erblickte, schien es mir, als ob ich nie etwas Schöneres gesehen hätte, aber jetzt merke ich, daß er sich mit einem anderen Garten nicht messen kann, den ich kenne.«

Abt Johannes hatte sicherlich eine andere Antwort erwartet. Als er hörte, daß die Räubermutter einen Lustgarten kenne, der schöner wäre als der seine, bedeckten sich seine runzeligen Wangen mit einer schwachen Röte.

Der Gärtnergehilfe, der danebenstand, begann auch gleich die Räubermutter zurechtzuweisen.

»Dies ist Abt Johannes, Räubermutter«, sagte er, »der selber mit großem Fleiß und viel Mühe von fern und nah die Blumen für seinen Garten gesammelt hat. Wir wissen alle, daß es im ganzen schonischen Land keinen reicheren Lustgarten gibt, und es steht dir, die du das ganze liebe Jahr im wilden Walde hausest, wahrlich übel an, sein Werk zu tadeln.«

»Ich will niemand tadeln, weder ihn noch dich«, sagte die Räubermutter, »ich sage nur, wenn ihr den Lustgarten sehen könntet, an den ich denke, dann würdet ihr jegliche Blume, die hier steht, ausraufen und sie als Unkraut fortwerfen.«

Aber der Gärtnergehilfe war kaum weniger stolz auf die Blumen als Abt Johannes selbst, und als er diese Worte hörte, begann er höhnisch zu lachen.

»Ich kann mir wohl denken, daß du nur so schwätzest, Räubermutter, um uns zu reizen«, sagte er, »das wird mir ein schöner Garten sein, den du dir unter Tannen und Wacholderbüschen im Göinger Wald eingerichtet hast! Ich wollte meine Seele verschwören, daß du überhaupt noch nie hinter einer Gartenmauer gewesen bist.«

Die Räubermutter wurde rot vor Ärger, daß man ihr mißtraute, und rief: »Es mag wohl sein, daß ich niemals zuvor hinter einer Gartenmauer gestanden habe, aber ihr Mönche, die ihr heilige Männer seid, solltet wohl wissen, daß der große Göinger Wald sich in jeder Weihnachtsnacht in einen Lustgarten verwandelt, um die Geburtsstunde unseres Herrn und Heilandes zu feiern. Wir, die wir im Wald leben, sehen dies jedes Jahr. In diesem Lustgarten habe ich so herrliche Blumen geschaut, daß ich es nicht wagte, die Hand zu erheben, um sie zu brechen.«

Da lachte der Laienbruder noch lauter und stärker: »Es ist gar leicht für dich, dazustehen und mit Dingen zu prahlen, die kein Mensch sehen kann. Ich kann nicht glauben, daß der Wald Christi Geburtsstunde feiert, wenn so unheilige Leute darin wohnen wie du und der Räubervater.«

»Und das, was ich sage, ist doch ebenso wahr«, entgegnete die Räubermutter, »wie daß du es nicht wagen würdest, in einer Weihnachtsnacht in den Wald zu kommen, um es zu sehen.«

Der Laienbruder wollte ihr von neuem antworten,

aber Abt Johannes bedeutete ihm durch ein Zeichen, stillzuschweigen. Abt Johannes hatte schon in seiner Kindheit erzählen hören, daß der Wald sich in der Weihnachtszeit in ein Feierkleid hülle. Er hatte sich oft danach gesehnt, es zu sehen, aber es war ihm niemals gelungen. Nun begann er die Räubermutter gar eifrig zu bitten, sie möge ihn um die Weihnachtszeit in die Räuberhöhle kommen lassen. Wenn sie nur eins ihrer Kinder schickte, ihm den Weg zu zeigen, dann wollte er allein hinaufreiten und sie nie und nimmer verraten, sondern sie reich belohnen, wie es nur in seiner Macht stünde.

Die Räubermutter weigerte sich zuerst. Sie dachte an den Räubervater und an die Gefahr, der sie ihn preisgab, wenn sie Abt Johannes in ihre Höhle kommen ließe, aber dann wurde doch der Wunsch in ihr übermächtig, dem Abt zu zeigen, daß der Lustgarten, den sie kannte, schöner war als der seinige, und sie gab nach.

»Aber mehr als einen Begleiter darfst du nicht mitnehmen«, sagte sie. »Und du darfst uns keinen Hinterhalt legen, so gewiß du ein heiliger Mann bist.«

Dies versprach Abt Johannes, und damit ging die Räubermutter.

Abt Johannes befahl dem Laienbruder, niemandem zu verraten, was vereinbart worden war. Er fürchtete, daß die Mönche, wenn sie von seinem Vorhaben etwas erführen, einem alten Mann, wie er es war, nicht gestatten würden, hinauf in die Räuberhöhle zu ziehen. Auch er selbst wollte den Plan keiner Menschenseele verraten. Aber da begab es sich, daß der Erzbischof Absalon aus Lund gereist kam und eine Nacht in Öved verbrachte. Als nun Abt Johannes ihm seinen Garten zeigte, fiel ihm der Besuch der Räubermutter ein; und der Laienbruder, der dort umherging und arbeitete, hörte, wie der Abt dem Bischof von dem Räubervater erzählte, der nun seit vielen Jahren vogelfrei im Walde hauste, und um einen Freibrief für ihn bat, damit er wieder ein ehrliches Leben unter anderen Menschen beginnen könnte.

»Wie es jetzt geht«, sagte Abt Johannes, »wachsen seine Kinder zu ärgeren Missetätern heran, als er selbst einer ist, und wir werden es bald mit einer ganzen Räuberbande zu tun bekommen.«

Doch Erzbischof Absalon erwiderte, daß er den bösen Räuber nicht auf die ehrlichen Leute im Lande loslassen wolle. Es sei für alle am besten, wenn er dort oben in seinem Walde bliebe. Da wurde Abt Johannes eifrig und begann dem Bischof vom Göinger Wald zu erzählen, der sich jedes Jahr rings um die Räuberhöhle weihnachtlich schmücke. »Wenn diese Räuber nicht zu schlimm sind, Gottes Herrlichkeit zu sehen«, sagte er, »so können sie wohl auch nicht zu schlecht sein, um die Gnade der Menschen zu erfahren.«

Aber der Erzbischof wußte dem Abt zu antworten.

»Soviel kann ich dir versprechen, Abt Johannes«, sagte er und lächelte, »an welchem Tage immer du mir eine Blume aus dem Weihnachtsgarten des Göinger Waldes schickst, will ich dir einen Freibrief für alle Friedlosen geben, für die du bitten magst.«

Der Laienbruder sah, daß Bischof Absalon ebensowenig wie er selbst an die Geschichte der Räubermutter glaubte, aber Abt Johannes merkte nichts davon, sondern dankte Absalon für sein gütiges Versprechen und sagte, die Blume wolle er ihm schon schicken.

Abt Johannes setzte seinen Willen durch, und am nächsten Weihnachtsabend saß er nicht daheim in Öved, sondern war auf dem Wege nach Göing. Einer der wilden

Jungen der Räubermutter lief vor ihm her. Der Knecht, der im Lustgarten mit der Räubermutter gesprochen hatte, begleitete ihn. Abt Johannes hatte sich den ganzen Herbst schon sehr nach dieser Reise gesehnt und freute sich nun, daß sie zustande gekommen war. Ganz anders stand es mit dem Laienbruder, der ihm folgte. Er hatte Abt Johannes von Herzen lieb und würde es nicht gern einem anderen überlassen haben, ihn zu begleiten und über ihn zu wachen, aber er glaubte keineswegs, daß sie einen Weihnachtsgarten zu Gesicht bekommen würden. Er dachte, daß die Räubermutter Abt Johannes mit großer Schlauheit hereingelegt hatte, damit er ihrem Mann in die Hände falle.

Während Abt Johannes nordwärts zum Wald ritt, sah er, wie überall Anstalten getroffen wurden, das Weihnachtsfest zu feiern. In jedem Bauernhof machte man Feuer in der Badehütte; aus den Vorratskammern wurden große Mengen von Fleisch und Brot in die Wohnungen getragen, und aus den Tennen kamen die Burschen mit großen Strohgarben, die über den Boden gestreut werden sollten.

Als der Abt an dem kleinen Dorfkirchlein vorüberritt, sah er, wie der Priester und seine Küster damit beschäftigt waren, sie mit den besten Geweben zu schmücken, die sie nur hatten auftreiben können; und als er zu dem Wege kam, der nach dem Kloster Bosjö führte, sah er die Armen mit großen Brotlaiben und langen Kerzen daherwandern, die sie an der Klosterpforte geschenkt bekommen hatten.

Als Abt Johannes alle diese Weihnachtszurüstungen sah, spornte er zur Eile an. Er dachte daran, daß seiner das größte Fest harrte.

Doch der Knecht jammerte und klagte, als er sah, wie

sie sich auch in der kleinsten Hütte anschickten, das Weihnachtsfest zu feiern. Er wurde immer ängstlicher und bat und beschwor Abt Johannes, umzukehren und sich nicht freiwillig in die Hände der Räuber zu geben.

Aber Abt Johannes ritt weiter, ohne sich um die Klagen zu kümmern. Er hatte bald das Flachland hinter sich und kam nun hinauf in die einsamen, wilden Wälder. Hier wurde der Weg schlechter. Er war eigentlich nur noch ein steiniger, nadelbestreuter Pfad; nicht Brücke und Steg führten über die Flüsse und Bäche. Je länger sie ritten, desto kälter wurde es, und tief drinnen im Walde war der Boden mit Schnee bedeckt.

Es war ein langer und beschwerlicher Ritt. Sie zogen auf steilen und schlüpfrigen Pfaden über Moor und Sumpf, drangen durch Windbrüche und Dickicht. Gerade als der Tag zur Neige ging, führte der Räuberjunge sie über eine Waldwiese, die von nackten Laubbäumen und grünen Nadelbäumen umgeben war. Hinter der Wiese erhob sich eine Felswand, und in der Felswand war eine Tür aus rohen Planken. Abt Johannes stieg vom Pferde. Das Kind öffnete die schwere Tür, und er sah eine ärmliche Berggrotte mit nackten Steinwänden. Die Räubermutter saß an einem Blockfeuer, das mitten auf dem Boden brannte; an den Wänden waren Lagerstätten aus Tannenreisig und Moos, und auf einer von ihnen lag der Räubervater und schlief.

»Kommt herein, ihr dort draußen!« rief die Räubermutter, ohne aufzusehen. »Und bringt die Pferde mit, damit sie nicht in der Nachtkälte zugrunde gehen!«

Abt Johannes trat nun kühnlich in die Grotte, und der Laienbruder folgte ihm. Da sah es ganz ärmlich und dürftig und gar nicht weihnachtlich aus. Die Räubermutter hatte weder gebraut noch gebacken; sie hatte weder gefegt noch gescheuert. Ihre Kinder lagen auf der Erde rings um einen Kessel, in dem nur dünne Wassergrütze war.

Doch die Räubermutter war ebenso stolz und selbstbewußt wie nur irgendeine wohlbestallte Bauersfrau.

»Setze dich nur hier ans Feuer, Abt Johannes, und wärme dich«, sagte sie, »und wenn du Wegzehrung mitgebracht hast, so iß, denn was wir hier im Walde kochen, wird dir wohl nicht munden. Und wenn du vom Ritt müde bist, kannst du dich auf einer dieser Lagerstätten ausstrecken. Du brauchst keine Angst zu haben, daß du verschlafen könntest. Ich sitze hier am Feuer und wache; ich werde dich schon wecken, damit du zu sehen bekommst, wonach du geritten bist.«

Abt Johannes gehorchte der Räubermutter in allen Stücken und nahm seinen Schnappsack hervor. Aber er war nach dem Ritt so müde, daß er kaum zu essen vermochte; und sowie er sich auf dem Lager ausgestreckt hatte, schlummerte er ein.

Dem Laienbruder ward auch eine Ruhestatt angewiesen, aber er wagte nicht zu schlafen. Er wollte ein wachsames Auge auf den Räubervater haben, damit dieser nicht aufstünde und Abt Johannes fesselte. Allmählich jedoch erlangte die Müdigkeit auch über ihn solche Gewalt, daß er einschlummerte. Als er erwachte, sah er, daß Abt Johannes sein Lager verlassen hatte, am Feuer saß und mit der Räubermutter Zwiegespräch pflog. Der Räubervater saß daneben. Er war ein hochaufgeschossener magerer Mann und sah schwerfällig und trübsinnig aus. Er kehrte Abt Johannes den Rücken, und es sah aus, als wolle er nicht zeigen, daß er dem Gespräch lauschte. Abt Johannes erzählte der Räubermutter von den Weihnachtsvorbereitungen, die er unterwegs gesehen hatte.

Er erinnerte sie an die Weihnachtsfeste und die fröhlichen Weihnachtsspiele, die wohl auch sie in ihrer Jugend mitgemacht hatte, als sie noch in Frieden unter den Menschen lebte.

»Es ist ein Jammer, daß eure Kinder nie auf der Dorfstraße umhertollen oder im Weihnachtsstroh spielen dürfen«, sagte Abt Johannes. Die Räubermutter hatte ihm kurz und barsch geantwortet, aber so allmählich wurde sie kleinlauter und lauschte eifrig. Plötzlich wendete sich der Räubervater gegen den Abt Johannes und hielt ihm die geballte Faust vor das Gesicht.

»Du elender Mönch, bist du hierhergekommen, um Weib und Kinder von mir fortzulocken? Weißt du nicht, daß ich ein friedloser Mann bin und diesen Wald nicht verlassen darf?«

Abt Johannes sah ihm unerschrocken und gerade in die Augen.

»Mein Wille ist es, dir einen Freibrief vom Erzbischof zu verschaffen«, sagte er. Kaum hatte er dies gesagt, als der Räubervater und die Räubermutter ein schallendes Gelächter anschlugen. Sie wußten nur zu wohl, welche Gnade ein Waldräuber vom Bischof Absalon zu erwarten hatte.

»Ja, wenn ich einen Freibrief von Absalon bekomme«, sagte der Räubervater, »dann gelobe ich dir, nie mehr auch nur eine Gans zu stehlen.«

Den Gärtnergehilfen verdroß es sehr, daß das Räuberpack sich vermaß, Abt Johannes auszulachen, aber dieser selbst schien es ganz zufrieden zu sein. Der Knecht hatte ihn kaum je friedvoller und milder unter seinen Mönchen auf Öved sitzen sehen, als er ihn jetzt unter den wilden Räuberleuten sah.

Plötzlich sprang die Räubermutter auf.

»Du sitzest hier und plauderst, Abt Johannes«, sagte sie, »und wir vergessen ganz, nach dem Wald zu sehen. Jetzt höre ich bis in unsere Höhle, wie die Weihnachtsglocken läuten.«

Kaum war dies gesagt, als alle aufsprangen und hinausliefen; aber im Wald war noch dunkle Nacht und grimmiger Winter. Das einzige, was man vernahm, war ferner Glockenklang, der von einem leisen Südwind hergetragen wurde.

Wie soll dieser Glockenklang den toten Wald wecken können? dachte Abt Johannes. Denn jetzt, wo er mitten im Waldesdunkel stand, schien es ihm viel unmöglicher als zuvor, daß hier ein Lustgarten erstehen könnte.

Aber als die Glocke ein paar Augenblicke geläutet hatte, zuckte plötzlich ein Lichtstrahl durch den Wald. Gleich darauf wurde es wieder dunkel, aber dann kam das Licht wieder. Es kämpfte sich wie ein leuchtender Nebel durch die dunklen Bäume. Langsam ging die Dunkelheit in schwache Morgendämmerung über.

Da sah Abt Johannes den Schnee vom Boden verschwinden, als hätte jemand einen Teppich fortgezogen; und die Erde begann zu grünen. Das Farnkraut streckte seine Triebe hervor. Die Erika, die auf der Steinhalde wuchs, und der Porst, der im Moor wurzelte, kleideten sich rasch in frisches Grün. Die Mooshügelchen schwollen und hoben sich; und die Frühlingsblumen schossen mit schwellenden Knospen auf und hatten schon einen Schimmer von Farbe.

Abt Johannes klopfte das Herz heftig, als er die ersten Zeichen sah, daß der Wald erwachen wollte. Soll nun ich alter Mann ein solches Wunder schauen? dachte er. Und die Tränen wollten ihm in die Augen treten.

Nun wurde es wieder so dämmrig, daß er fürchtete,

die nächtliche Finsternis könnte aufs neue Macht erlangen. Aber sogleich flutete eine neue Lichtwelle herein. Die brachte Bachgemurmel und das Rauschen eisbefreiter Bergströme mit. Da schlugen die Blätter der Laubbäume so rasch aus, als hätten sich grüne Schmetterlinge auf den Zweigen niedergelassen. Und nicht nur die Bäume und Pflanzen erwachten. Die Kreuzschnäbel begannen über die Zweige zu hüpfen. Die Spechte hämmerten an die Stämme, daß die Holzsplitter nur so flogen. Ein Zug Stare ließ sich in einem Tannenwipfel nieder, um auszuruhen. Es waren prächtige Stare. Die Spitze jedes kleinen Federchens leuchtete glänzend rot. Wenn die Vögel sich bewegten, glitzerten sie wie Edelsteine. Wieder wurde es für ein Weilchen still, aber bald begann es von neuem. Ein starker, warmer Südwind blies und säte über die Waldwiese Samen aus südlichen Ländern, die von Vögeln und Schiffen und Winden in das Land gebracht worden waren. Sie schlugen Wurzeln und schossen Triebe in dem Augenblick, da sie den Boden berührten.

Als die nächste Welle kam, fingen Blaubeeren und Preiselbeeren zu blühen an. Wildgänse und Kraniche riefen hoch oben in der Luft; die Buchfinken bauten ihr Nest; Eichhörnchen spielten in den Baumzweigen.

Alles ging nun so rasch, daß Abt Johannes gar nicht mehr überlegen konnte; er konnte nur Augen und Ohren weit aufmachen. Die nächste Welle, die herangebraust kam, brachte den Duft frisch gepflügter Felder. Aus weiter Ferne hörte man Hirtinnen die Kühe locken und die Glöckchen der Lämmer klingeln. Tannen und Fichten bekleideten sich so dicht mit kleinen roten Zapfen, daß die Bäume wie Seide leuchteten. Der Wacholder trug Beeren, die jeden Augenblick die Farbe wechselten.

Und die Waldblumen bedeckten den Boden, daß er ganz weiß und blau und gelb war. Abt Johannes beugte sich zur Erde und brach eine Erdbeerblüte. Und während er sich aufrichtete, reifte die Beere. Die Füchsin kam mit einer großen Schar schwarzbeiniger Jungen aus ihrer Höhle. Sie ging auf die Räubermutter zu und rieb sich an ihrem Rock. Die Räubermutter beugte sich zu ihr hinunter und lobte ihre Jungen. Der Uhu, der eben seine nächtliche Jagd begonnen hatte, kehrte ganz erstaunt über das Licht wieder nach Hause zurück, suchte seine Schlucht auf und legte sich schlafen. Der Kuckuck rief; und das Kuckucksweibchen umkreiste mit einem Ei im Schnabel die Nester der Singvögel.

Die Kinder der Räubermutter stießen zwitschernde Freudenschreie aus. Sie aßen sich an den Waldbeeren satt, die groß wie Tannenzapfen an den Sträuchern hingen. Eines spielte mit einer Schar junger Hasen, ein anderes lief mit den jungen Krähen um die Wette, die aus dem Nest gehüpft waren, das dritte hob die Natter vom Boden und wickelte sie sich um den Hals und Arm. Der Räubervater stand draußen auf dem Moor und aß Brombeeren. Als er aufsah, stand ein großes schwarzes Tier neben ihm. Da brach der Räubervater einen Weidenzweig und schlug dem Bären auf die Schnauze.

»Bleib du, wo du hingehörst«, sagte er. »Das ist mein Platz.« Da machte der Bär kehrt und trabte davon.

Immer wieder kamen neue Wellen von Wärme und Licht. Entengeschnatter klang vom Waldmoor herüber. Gelber Blütenstaub von den Feldern schwebte in der Luft. Schmetterlinge kamen, so groß, daß sie wie fliegende Lilien aussahen. Das Nest der Bienen in einer hohlen Eiche war schon so voll Honig, daß er am Stamm heruntertropfte. Jetzt begannen auch die Blumen sich zu entfalten, deren Samen aus fremden Ländern gekommen waren. Die Rosenbüsche kletterten um die Wette mit den Brombeeren die Felswand hinan, und oben auf der Waldwiese sprossen Blumen, so groß wie ein Menschengesicht. Abt Johannes dachte an die Blume, die er für Bischof Absalon pflücken wollte, aber eine Blume wuchs herrlicher heran als die andere, und er wollte die allerschönste wählen.

Welle um Welle kam, und jetzt war die Luft so von Licht durchtränkt, daß sie glitzerte. Und alle Lust und aller Glanz und alles Glück des Sommers lächelten rings um Abt Johannes. Es war ihm, als könnte die Erde keine größere Freude bringen. Aber das Licht strömte noch immer, und Abt Johannes fühlte, daß überirdische Luft ihn umwehte. Zitternd erwartete er des Himmels Herrlichkeit. Abt Johannes merkte, daß alles still wurde: die Vögel verstummten, die jungen Füchslein spielten nicht mehr, und die Blumen hörten auf zu wachsen. Eine Seligkeit nahte, die das Herz stillstehen ließ; das Auge weinte, ohne daß es darum wußte, die Seele sehnte sich, in die Ewigkeit hinüberzufliegen. Aus weiter, weiter Ferne hörte man leise Harfentöne und überirdischen Gesang. Abt Johannes faltete die Hände und sank in die Knie. Sein Gesicht strahlte von Seligkeit. Nie hatte er erwartet, daß es ihm beschieden sein würde, schon in diesem Leben des Himmels Wonne zu kosten und die Engel Weihnachtslieder singen zu hören.

Aber neben Abt Johannes stand der Gärtnergehilfe, der ihn begleitet hatte. Er sah den Räuberwald voll Grün und Blumen, und er wurde zornig in seinem Herzen, weil er erkannte, daß er einen solchen Lustgarten nie und nimmer schaffen konnte, so sehr er sich auch mit Hacke und Spaten mühen mochte. Er vermochte nicht zu begreifen, warum Gott solche Herrlichkeit an das Räubergesindel verschwendete, das seine Gebote mißachtete.

Finstere Gedanken zogen durch seinen Kopf. Das kann kein rechtes Wunder sein, dachte er, das sich bösen Missetätern zeigt. Das kann nicht von Gott stammen; das ist aus Zauberei entsprungen. Die Macht des bösen Feindes hat uns verhext und zwingt uns, das zu sehen, was nicht vorhanden ist.

In der Ferne hörte man Engelharfen klingen und Engelgesang ertönen, aber der Laienbruder glaubte, daß es die böse Macht des Teufels sei.

»Sie wollen uns locken und verführen«, seufzte er, »nie kommen wir mit heiler Haut davon; wir werden betört und der Hölle verkauft.«

Jetzt waren die Engelscharen so nahe, daß Abt Johannes ihre Lichtgestalten zwischen den Stämmen des Waldes schimmern sah. Und der Laienbruder sah dasselbe wie er, aber er hielt es für Arglist der bösen Geister und war empört, daß sie ihre Künste gerade in der Nacht trieben, in welcher der Heiland geboren war. Dies geschah ja nur, um die Christen um so sicherer ins Verderben zu stürzen.

Vögel umschwärmten das Haupt des Abtes, und er nahm sie in seine Hände. Aber vor dem Laienbruder fürchteten sich die Tiere; kein Vogel setzte sich auf seine Schulter, und auch keine Schlange spielte zu seinen Füßen. Nun war da eine kleine Waldtaube. Als sie merkte, daß die Engel nahe waren, nahm sie ihren ganzen Mut zusammen und flog dem Laienbruder auf die Schulter und schmiegte das Köpfchen an seine Wange. Da vermeinte er, daß ihm der Zauber endgültig auf den Leib rücke. Er wollte sich aber nicht in Versuchung führen und verderben lassen; er schlug mit der Hand nach der Waldtaube und rief mit lauter Stimme, daß es durch den Wald hallte:

»Zeuch zur Hölle, von wannen du kommen bist!« In diesem Augenblick waren die Engel so nahe, daß Abt Johannes den Hauch ihrer mächtigen Fittiche fühlte. Er hatte sich zur Erde geneigt, sie zu grüßen, aber als die Worte des Laienbruders ertönten, verstummte urplötzlich der Gesang, und die heiligen Gäste wandten sich zur Flucht. Ebenso flohen das Licht und die milde Wärme vor Schreck über die Kälte und Finsternis in einem Menschenherzen. Die Dunkelheit sank wieder auf die Erde herab; die Kälte kam, die Pflanzen verwelkten; die Tiere enteilten; das Rauschen der Wasserfälle verstummte; das Laub fiel von den Bäumen.

Abt Johannes fühlte, wie sein Herz, das eben vor Seligkeit gezittert hatte, sich jetzt in unsäglichem Schmerz zusammenkrampfte. Niemals kann ich dies überleben, dachte er, daß die Engel des Himmels mir so nahe waren und vertrieben wurden, daß sie mir Weihnachtslieder singen wollten und in die Flucht gejagt wurden.

In demselben Augenblick erinnerte er sich an die Blume, die er Bischof Absalon versprochen hatte, und er beugte sich zur Erde und tastete unter dem Moos und Laub, um noch etwas zu finden. Aber er fühlte, wie die Erde unter seinen Fingern gefror. Da ward sein Herzeleid noch größer. Er konnte sich nicht erheben, sondern mußte auf dem Boden liegenbleiben.

Als die Räuberleute und der Laienbruder sich in der tiefen Dunkelheit zur Räuberhöhle zurückgetappt hatten, da vermißten sie Abt Johannes. Sie nahmen glühende Scheite aus dem Feuer und zogen aus, ihn zu suchen; und sie fanden ihn tot auf der Schneedecke liegen.

Und der Laienbruder hub an, zu weinen und zu klagen, denn er erkannte, daß er es war, der Abt Johannes getötet hatte, weil er ihm den Freudenbecher entrissen, nach dem er gelechzt hatte.

Als Abt Johannes nach Öved hinuntergebracht worden war, sahen die Totenpfleger, daß er seine rechte Hand hart um etwas geschlossen hielt. Er mußte es in seiner Todesstunde umklammert haben. Und als sie die Hand endlich öffnen konnten, fanden sie ein paar weiße Wurzelknollen. Als der Laienbruder, der Abt Johannes geleitet hatte, diese Wurzeln sah, nahm er sie und pflanzte sie in des Abtes Garten in die Erde.

Er pflegte sie und wartete das ganze Jahr, daß eine Blume daraus erblühe, doch er wartete vergebens den ganzen Frühling und Sommer und Herbst. Als endlich der Winter anbrach und alle Blätter und Blumen tot waren, hörte er auf zu warten. Als aber der Weihnachtsabend kam, wurde die Erinnerung an Abt Johannes so mächtig, daß er in den Lustgarten hinausging, seiner zu gedenken. Und siehe, als er an die Stelle kam, wo er die Wurzelknollen eingepflanzt hatte, da sah er üppige grüne Stengel, die schöne Blumen mit silberweißen Blüten trugen. Da rief er alle Mönche von Öved zusammen; und als sie sahen, daß diese Pflanze am Weihnachtsabend blühte, wo alle anderen Blumen tot waren, wußten sie, daß es wirklich die Pflanze war, die Abt Johannes im Weihnachtslustgarten des Göinger Waldes gepflückt hatte.

Der Laienbruder bat die Mönche, da ein so großes Wunder geschehen sei, einige von den Blumen dem Bischof Absalon schicken. Als der Laienbruder vor Bischof Absalon hintrat, reichte er ihm die Blumen und sagte: »Dies schickt dir Abt Johannes. Es sind die Blumen, die er dir aus dem Weihnachtslustgarten im Göinger Walde zu pflücken versprochen hat.«

Als Bischof Absalon die Blumen sah, die in dunkler Winternacht der Erde entsprossen waren, und als er die Worte hörte, wurde er so bleich, als wäre er einem Toten begegnet. Eine Weile saß er schweigend da, dann sagte er: »Abt Johannes hat sein Wort gehalten; so will auch ich das meine halten.« Und er ließ einen Freibrief für den wilden Räuber ausstellen, der von Jugend an friedlos im Walde gelebt hatte.

Er übergab dem Laienbruder den Brief, und dieser zog damit von dannen, hinauf in den Wald und zur Räuberhöhle. Er trat am Weihnachtstage dort ein, doch der Räuber eilte ihm mit erhobener Axt entgegen.

»Ich will euch Mönche niederschlagen, so viel euer auch sind!« rief er. »Sicherlich hat sich um euretwillen der Göinger Wald nicht in sein Weihnachtskleid gehüllt.«

»Es ist einzig und allein meine Schuld«, sagte der Laienbruder, »und ich will gerne dafür sterben. Aber zuerst muß ich dir eine Botschaft von Abt Johannes bringen.« Und er zog den Brief des Bischofs heraus und verkündete dem Räuber, daß er nicht mehr vogelfrei sei, und zeigte ihm das Siegel Absalons, das an dem Pergamente hing.

»Fortab sollst du mit deinen Kindern im Weihnachtsstroh spielen, und das Christfest unter den Menschen feiern, wie es der Wunsch Abt Johannes' war«, sagte er. Da blieb der Räubervater stumm und bleich stehen, aber die Räubermutter sagte in seinem Namen: »Abt Johannes hat sein Wort getreulich gehalten, so wird auch der Räubervater das seine halten.«

Doch als der Räubervater und die Räubermutter aus

der Räuberhöhle fortzogen, da zog der Laienbruder ein und hauste einsam im Walde und verbrachte seine Zeit in unablässigem Gebet, damit ihm seine Hartherzigkeit verziehen werde.

Und niemand darf ein strenges Wort über einen sagen, der bereut und sich bekehrt hat, wohl aber kann man wünschen, daß die bösen Worte des Laienbruders ungesagt geblieben wären, denn nie mehr hat der Göinger Wald die Geburtsstunde des Heilands gefeiert, und von seiner Herrlichkeit lebt nur noch die Pflanze, die Abt Johannes dereinst gepflückt hat.

Man hat sie Christrose genannt; und jedes Jahr läßt sie ihre weißen Blüten und ihre grünen Stengel um die Weihnachtszeit aus dem Erdreich sprießen, als könnte sie nie und nimmer vergessen, daß sie einmal in dem großen Weihnachtslustgarten gestanden hat.

GOTTESFRIEDE

Es war Weihnachten auf einem alten Bauernhof, ein Weihnachtsabend mit grauem Himmel, wie vor einem großen Schneesturm. Am Nachmittag hatten es alle Leute eilig, mit ihrer Arbeit fertig zu werden, damit sie dann baden konnten. In der Badehütte feuerte man so heftig ein, daß die Flammen zum Schornstein hinausschlugen, Funken und Rußflocken flogen mit dem Wind und fielen auf die schneebedeckten Dächer.

Wie die Flamme so aus dem Schornstein der Badehütte aufstieg und sich wie eine Feuersäule über dem Bauernhof erhob, begannen alle zu spüren, daß Weihnachten nahe war. Die Magd, die im Hausflur kniete und scheuerte, fing leise zu singen an, obgleich das Scheuerwasser im Eimer neben ihr gefror. Die Knechte, die im Schuppen das Weihnachtsholz hackten, fingen an, zwei Scheite auf einmal zu spalten, sie schwangen die Äxte so lustig, als sei die Arbeit nur ein Spiel.

Aus der Vorratskammer kam eine alte Frau mit vielen runden Gewürzbroten. Sie ging langsam über den Hof in das große rotgestrichene Haupthaus, trat vorsichtig in die Wohnstube und legte die Brote auf die lange Fensterbank. Es war eine seltsam häßliche alte Frau mit rötlichem Haar, schweren, schlaffen Augenlidern und einem so merkwürdig angespannten Zug um Mund und Kinn, als seien die Halssehnen zu kurz. Aber heute am Weihnachtsabend lag soviel Freude und Friede über der alten Frau, daß man gar nicht sah, wie unschön sie war.

Nur ein Mensch auf dem Hof war nicht vergnügt, nämlich das Mädchen, das die Birkenruten band, die beim Baden benutzt wurden. Sie saß am Herd, ein Haufen feiner Birkenruten lag zum Binden vor ihr auf dem Boden. Doch fehlten ihr junge Birkengerten, die die Zweige halten sollten. Durch die kleinen Scheiben des breiten niedrigen Fensters fiel der Lichtschein der Badehütte ins Zimmer, huschte über den Fußboden und vergoldete die Birkenreiser. Doch je stärker das Feuer brannte, desto unglücklicher wurde das Mädchen. Sie wußte, daß die Rutenbüschel auseinanderfielen, sobald man sie nur berührte, und daß sie daher Spott und Schmach erdulden mußte, zum mindesten so lange, bis wieder ein Weihnachtsfeuer in diesem Schornstein flammte.

Wie sie so dasaß und sich unglücklich fühlte, trat der Mann in die Stube, vor dem sie die allergrößte Angst hatte, der Hausvater Ingmar Ingmarson. Er war sicher in der Badehütte gewesen, um sich zu vergewissern, daß der Ofen richtig geheizt wurde. Jetzt wollte er nach den Rutenbüscheln schauen. Ingmar Ingmarson war alt und hielt auf alles, was alt war. Und gerade weil die Leute es jetzt aufzugeben begannen, in der Badehütte zu baden und sich mit Birkenreisern peitschen zu lassen, legte er großen Wert darauf, daß es auf seinem Hof geschehe und daß es ordentlich geschehe.

Ingmar Ingmarson trug einen alten Schafspelz, Lederhosen und Pechdrahtstiefel. Er war schmutzig und unrasiert und kam in seiner langsamen Art so leise herein, daß man ihn für einen Bettler hätte halten können. Er besaß die gleichen Züge, die gleiche Häßlichkeit wie seine Frau, denn sie waren miteinander verwandt. Das Mädchen hatte von Kind an gelernt, einen heiligen Respekt vor dem alten Geschlecht der Ingmarsöhne zu haben, das das vornehmste der Gegend war. Das Höchste, was ein Mensch erreichen konnte, war Ingmar Ingmarson selbst. Er war der Reichste, der Klügste und der Mächtigste im ganzen Kirchspiel.

Ingmar Ingmarson trat auf das Mädchen zu, bückte sich, nahm eines der fertigen Rutenbüschel und schwang es durch die Luft. Sogleich flogen die Ruten auseinander. Eine landete auf dem Weihnachtstisch, eine andere im Himmelbett.

»He, min Deern«, sagte der alte Ingmar und lachte. »Glaubst du, daß man solche Ruten brauchen kann, wenn man bei den Ingmarsöhnen badet? Oder hast du Angst um deine Haut?«

Da der Hausvater nicht ärgerlicher war, faßte das Mädchen Mut und sagte, es könne schon Rutenbündel machen, die hielten, wenn es nur Gerten zum Binden hätte.

»Dann muß ich dir wohl Gerten verschaffen, min Deern«, antwortete der alte Ingmar, denn er war in richtiger Weihnachtsstimmung.

Er verließ die Wohnstube, kletterte über die Magd mit dem Scheuereimer und blieb an der Türschwelle stehen. Er sah sich nach jemandem um, den er in den Birkenhain nach Gerten schicken könne. Die Knechte waren noch mit dem Weihnachtsholz beschäftigt, der Sohn kam mit dem Weihnachtsstroh aus der Tenne, die beiden Schwiegersöhne schleppten eben die großen Karren in die Schuppen, damit der Hof feiertägig aussähe. Keiner von ihnen hatte Zeit.

Gelassen beschloß der Alte, sich selbst auf den Weg zu machen. Er überquerte den Hof, als wolle er in den Stall, sah sich um, um sich zu überzeugen, daß niemand ihn beobachte, schlüpfte dann hinter die Stallwand, von wo ein halbwegs gebahnter Weg in den Wald hinaufführte. Der Alte hielt es nicht für nötig, jemandem zu sagen, wohin er ging, sonst hätte es vielleicht dem Sohn oder einem der Schwiegersöhne einfallen können, ihn zurückzuhalten. Und alte Leute wollen nun einmal am liebsten ihren eigenen Willen haben.

Er schlug den Pfad über die Felder durch das kleine Tannenwäldchen ein und erreichte den Birkenhain. Hier bog er vom Weg ab, stapfte auf der Suche nach ein paar einjährigen Birken in den Schnee hinaus.

Um diese Stunde gelang es dem Wind endlich, Schnee aus den Wolken herabzureißen. Jetzt fegte er mit einer langen Schleppe von Schneeflocken in den Wald hinauf.

Ingmar Ingmarson bückte sich gerade, um eine Gerte abzuschneiden, als der Schneewind heranbrauste. In dem Augenblick, als der alte Mann sich aufrichtete, stürzte der Wind auf ihn zu, blies ihm dichte Flocken ins Gesicht, in die Augen. Der Wind stürmte so heftig um ihn, daß er sich ein paarmal drehen mußte.

Das ganze Unglück kam daher, daß Ingmar Ingmarson alt geworden war. In seiner Jugend hätte ein Schneesturm ihn kaum schwindlig gemacht. Doch jetzt wirbelte alles im Kreise um ihn herum, als schwinge er sich in einer Weihnachtspolka. Er wollte sich auf den Heimweg begeben, schlug aber gerade die verkehrte Richtung ein, ging in den großen Tannenwald, der hinter dem Birkenhain begann, statt zu den Feldern hinunter.

Die Dunkelheit brach schnell herein. Unter den jungen Bäumen am Waldrand trieb das Schneegestöber sein Spiel weiter. Der Alte sah wohl, daß er zwischen Tannen ging, merkte aber nicht, daß er sich verirrt hatte. Denn auf der dem Hofe zugekehrten Seite des Birkenhaines wuchsen auch Tannen. Jetzt aber geriet Ingmar Ingmarson so tief in den Wald hinein, daß es ganz ruhig und still um ihn wurde. Vom Sturm war nichts mehr zu spüren. Die Bäume wurden hoch und höher. Da erkannte er, daß er falsch gegangen war, und wollte umkehren.

Daß er sich hatte verirren können, verwirrte und erregte ihn. Und wie er nun so mitten im weglosen Wald stand, war sein Kopf nicht klar genug, um zu wissen, wohin er sich wenden müsse. Er schlug zuerst eine, dann eine andere Richtung ein. Endlich kam er auf den Gedanken, in seinen eigenen Fußstapfen zurückzugehen, dann aber wurde es dunkler und er konnte sie nicht mehr finden. Mit jedem Schritt entfernte er sich weiter vom Waldrand.

Es war wie verhext, daß er den ganzen Abend hier im Wald herumlaufen mußte und sicher zu spät zum Baden kam.

Er drehte seine Mütze herum und knüpfte sein Strumpfband neu, blieb aber ebenso verwirrt wie vorher. Es wurde ganz dunkel, und er fing an zu glauben, daß er die Nacht im Wald zubringen müsse.

Er lehnte sich an eine Tanne, um seine Gedanken zu sammeln. Er war so viel hier gewesen, daß er fast jeden Baum kannte. Schon als Kind war er hier herumgegangen, hatte die Schafe gehütet und den Waldvögeln Schlingen gelegt. In seiner Jugend hatte er mitgeholfen, den Wald zu fällen. Er hatte ihn abgeholzt daliegen und aufs neue wachsen sehen.

Endlich glaubte er zu wissen, wo er sich befinde, und war überzeugt, ginge er so weiter, müsse er auf den rechten Weg kommen. Aber wie er es auch anstellte, er geriet immer tiefer in den Wald.

Plötzlich fühlte er festen, glatten Boden unter den

Füßen und meinte, einen Weg entdeckt zu haben. Er versuchte weiterzugehen, denn ein Weg mußte doch irgendwohin führen. Aber der Pfad mündete auf einer Waldwiese. Dort hatte das Schneegestöber freies Spiel. Statt Weg und Pfad gab es hier nur Schneehaufen und -gruben. Da verlor der Alte den Mut. Er kam sich vor wie ein armer Kerl, der draußen in der Wildnis sterben müsse. Durch den Schnee zu gehen, machte ihn müde. Immer wieder setzte er sich auf einen Stein, um auszuruhen. Aber sobald er dies tat, wurde er schläfrig und wußte, schliefe er ein, würde er erfrieren. Daher versuchte er wieder zu marschieren. Dies allein konnte ihn retten. Doch schon bald konnte er der Versuchung nicht widerstehen, erneut zu rasten. Durfte er nur ruhen, fragte er jetzt nicht mehr danach, ob ihn dies das Leben koste.

Das Wohlgefühl stille zu sitzen war so groß, daß der Tod ihn nicht schreckte. Er empfand im Gegenteil eine Art Freude im Gedanken, daß dann ein langer Nachruf in der Kirche über ihn verlesen werde. Er entsann sich, wie schön der Propst über seinen Vater gesprochen hatte. Sicher würde man auch über ihn Schönes sagen. Es würde erwähnt werden, daß er den ältesten Bauernhof im Tal besitze und welche Ehre es sei, einem so stolzen Geschlecht anzugehören. Auch von der Verantwortung würde die Rede sein. Ja, man war verantwortlich. Das hatte er immer gewußt. Die Ingmarsöhne mußten bis zum Äußersten ausharren.

Plötzlich durchzuckte es ihn blitzartig, es sei wenig rühmlich, erfroren im wilden Wald gefunden zu werden. So sollte es bei seiner Totenfeier nicht heißen. Wieder erhob er sich, wieder begann er zu wandern. Er hatte so lange ausgeruht, daß ganze Schneemassen aus seinem

Pelz fielen, als er aufstand. Aber schon nach einem Weilchen setzte er sich wieder und träumte vor sich hin.

Die Gedanken an den Tod erfüllten ihn wie eine Lokkung. Er erlebte in Gedanken sein eigenes Begräbnis, alle Ehren, die seinem toten Leib widerfuhren. Er sah den Festsaal im oberen Stockwerk seines Hauses mit dem großen, gedeckten Tisch. Propst und Pröpstin saßen auf den Ehrenplätzen, der Richter mit der weißen Krause über der schmalen Brust daneben, und die Majorin in schwarzer Seide, die dicke Goldkette viele Male um den Hals geschlungen. Er sah alle Betten in den Gastzimmern weiß bezogen, weiße Laken vor den Fenstern und auf allen Möbeln, sah Tannengrün von der Haustür bis hinunter zur Kirche gestreut. Er stellte sich auch das zwei Wochen dauernde Backen, Schlachten und Bierbrauen vor, bei dem zwanzig Klafter Holz verheizt wurden.

Seine Leiche lag auf einer Bahre im innersten Zimmer. Kohlendunst erfüllte die frisch geheizten Räume. Während der Sargdeckel zugeschraubt wurde, ertönten Choräle, der Sarg war silberbeschlagen. Der Hof war voller Gäste, das ganze Dorf in Bewegung, um das »Mitgebrachte« zu bereiten. Alle Kirchenhüte waren gebürstet, der ganze Herbstbranntwein wurde beim Leichenschmaus ausgetrunken, auf den Wegen ging es zu wie an einem Markttag.

Wieder erhob sich der alte Mann. Er hatte die Gäste beim Leichenschmaus von sich sprechen gehört. »Aber wie konnte es geschehen, daß er erfror?« fragte der Richter. »Was hatte er nur im Hochwald zu tun?« – Daran wären wohl Weihnachtsbier und Branntwein schuld, antwortete der Kapitän.

Diese Antwort schreckte Ingmar auf. Die Ingmarsöhne waren nüchterne Leute. Es sollte nicht von ihm heißen, er sei in seiner letzten Stunde nicht bei Sinnen gewesen. Wieder begann er seine Wanderung. Aber er war jetzt so müde, daß er sich kaum mehr auf den Füßen halten konnte. Er befand sich nun hoch oben im Wald. Denn hier lagen große Felsblöcke auf dem Boden, wie sie weiter unten nicht zu finden waren. Er blieb mit dem Fuß zwischen ein paar Steinen hängen, so daß er nicht mehr loskam, und jammerte laut. Er konnte einfach nicht mehr.

Plötzlich stürzte er in einen großen Reisighaufen, fiel weich in den Schnee, ohne sich weh zu tun. Aber er vermochte nicht mehr aufzustehen, begehrte nichts anderes auf Erden als zu schlafen. Er schob das Reisig ein wenig beiseite, kroch hinein, als sei es ein Fell. Wie er sich unter die Zweige schob, spürte er dort innen etwas Weiches und Warmes. Hier schläft wohl ein Bär, dachte er.

Er fühlte, wie das Tier sich bewegte, wie es witterte. Aber es lag ganz still. Meinethalben kann der Bär mich fressen, dachte Ingmar. Er hätte keinen Schritt gehen können, um zu entkommen.

Doch der Bär schien ihm, der in solcher Sturmnacht Schutz unter seinem Dach suchte, nichts tun zu wollen. Er glitt tiefer in seine Höhle, als wolle er dem Gast Platz machen, dann hörte Ingmar seine gleichmäßigen, lauten Atemzüge.

Auf dem alten Ingmarhof war keine Weihnachtsfreude eingekehrt. Erst durchsuchten sie das Wohnhaus und alle Wirtschaftsgebäude vom Keller bis zum Boden, dann fragten sie überall auf den Nachbarhöfen nach Ingmar.

Als sie ihn nirgends fanden, begaben sich Söhne und

Schwiegersöhne auf die Äcker hinaus. Die Fackeln, die den Kirchenleuten auf ihrer Fahrt zur Weihnachtsmette hätten leuchten sollen, trugen sie nun im rasenden Schneesturm auf Wegen und Stegen umher. Aber der Wind hatte jede Spur verweht. Sein Heulen übertönte Rufe und Schreie. Endlich sahen sie ein, daß sie bis zum Tagesanbruch warten mußten, wollten sie den Verschwundenen finden.

Kaum dämmerte das Morgenrot, waren alle Leute vom Ingmarhof auf den Beinen. Die Männer wollten eben in den Wald hinausziehen, da erschien die alte Hausmutter und rief sie in die Wohnstube. Sie hieß sie, auf den langen Bänken Platz zu nehmen. Sie selbst setzte sich mit der Bibel an den Weihnachtstisch und begann zu lesen. Als sie mit ihren schwachen Kräften suchte, was einer solchen Stunde angemessen war, verfiel sie auf die Geschichte von dem Mann, der von Jerusalem nach Jericho ging und unter die Mörder fiel.

Sie las langsam, mit singender Stimme, von dem armen Mann, dem der barmherzige Samariter zu Hilfe kam. Um sie herum saßen Söhne und Schwiegertöchter, Töchter und Enkelinnen. Sie alle glichen ihr. Sie waren groß und schwerfällig mit häßlichen, altklugen Gesichtern, denn sie gehörten zu der alten Familie der Ingmarsöhne. Sie hatten rötliches Haar, sommersprossige Haut, hellblaue Augen mit weißen Wimpern. Trotz großer Verschiedenheit waren ihnen ein strenger Zug um den Mund, schläfrige Augen und schwere Bewegungen gemeinsam. Man sah ihnen an, daß sie zu den Angesehensten der Gegend gehörten und wußten, daß sie vornehmer waren als andere.

Die Ingmarsöhne und -töchter seufzten während des Bibellesens tief. Sie fragten sich, ob wohl ein Samariter den Hausvater gefunden und sich seiner erbarmt habe. Denn für alle Ingmarsöhne war es, als verlören sie etwas von ihrer eigenen Seele, würde einer ihres Stammes von einem Unglück getroffen.

Die alte Frau las Jesu Frage: »Welcher dünkt dich, war unter diesen dreien dem Mann, der unter die Räuber fiel, der Nächste?«

Weiter kam sie nicht. Denn die Tür öffnete sich und Ingmar trat in die Stube.

»Mutter, Vater ist da«, sagte eine der Töchter. Die Hausmutter las nicht mehr vor, daß des Mannes Nächster der gewesen war, der Barmherzigkeit an ihm geübt hatte.

Etwas später saß die alte Frau wieder auf dem gleichen Platz und las wieder in der Bibel.

Sie war allein. Die Frauen waren zur Kirche, die Männer zur Bärenjagd in den Wald gegangen. Gleich nachdem Ingmar Ingmarson gegessen und getrunken hatte, war er mit seinen Söhnen aufgebrochen. Denn es ist nun einmal die Pflicht des Mannes, den Bären zu töten, wo und wann er ihm begegnet. Es geht nicht an, einen Bären zu schonen, denn früher oder später findet er doch Geschmack am Fleisch, dann sind weder Mensch noch Tier vor ihm sicher.

Seit die Männer fort waren, hatte sich eine große Angst der alten Frau bemächtigt. Sie beugte sich über den Text, über den heute in der Kirche gepredigt wurde, kam aber nicht weiter als bis zu dem Wort »Friede auf Erden und den Menschen ein Wohlgefallen«.

Sie starrte mit verlöschenden Augen diese Reihen an, seufzte von Zeit zu Zeit tief auf, las nicht weiter, sondern wiederholte nur ein ums andere Mal mit langsam schleppender Stimme »Friede auf Erden und den Menschen ein Wohlgefallen«.

Als sie sich wieder in dies Wort versenkte, trat der älteste Sohn in die Stube.

»Mutter«, sagte er sehr leise.

Sie hörte ihn, fragte, ohne vom Buch aufzusehen: »Bist du nicht mit im Wald?«

»Doch«, antwortete er noch leiser, »ich war dort.«

»Komm näher«, sagte sie, »damit ich dich sehen kann.«

Er trat näher, aber als sie ihn ansah, merkte sie, daß er zitterte. Er mußte sich auf die Tischkante stützen, um die Hände still halten zu können.

»Habt ihr den Bären erlegt?« fragte sie wieder.

Er vermochte nicht zu antworten, schüttelte nur den Kopf.

Die alte Frau stand auf und tat, was sie nicht mehr getan hatte, seit der Sohn ein Kind gewesen war. Sie legte sanft die Hand auf seinen Arm, streichelte ihm die Wange und zog ihn auf die Bank. Dann setzte sie sich neben ihn, hielt seine Hand in der ihren und bat: »Sag mir jetzt, was geschehen ist, mein Junge.«

Der Sohn spürte wieder die Liebkosung, die ihn in den Jahren der Kindheit getröstet hatte, wenn er unglücklich und hilflos war. Sie rührte ihn so tief, daß er anfing zu weinen.

»Ich weiß, es ist etwas mit Vater«, sagte die alte Frau.

»Ja, etwas sehr Schlimmes«, schluchzte der Sohn.

»Etwas Schlimmes?«

Der Sohn weinte immer heftiger. Er wußte nicht, wie er seine Stimme beherrschen sollte. Endlich hob er die grobe Hand mit den breiten Fingern und deutete auf die Stelle, die die Mutter eben gelesen hatte: »Friede auf Erden«.

»Hat es etwas damit zu tun?«

»Ja«, erwiderte er –

»Mit dem Weihnachtsfrieden?«

»Ja.«

»Wolltet ihr heute morgen eine böse Tat tun?«

»Ja.«

»Und Gott hat uns gestraft?«

»Gott hat uns gestraft.«

Endlich erfuhr sie, was sich zugetragen hatte. Sie hatten die Bärenhöhle gesucht. Als sie so nahe waren, daß sie den Reisighaufen sahen, waren sie stehengeblieben, um die Gewehre zu entsichern. Da stürzte der Bär aus seiner Höhle, lief geradewegs auf den alten Ingmar Ingmarson zu und versetzte ihm einen solchen Schlag auf den Kopf, daß er, wie vom Blitz getroffen, zu Boden sank. Niemand anderen fiel der Bär an, sondern verschwand im Wald.

Am Nachmittag fuhren Ingmar Ingmarsons Frau und Sohn zum Pfarrhof und meldeten den Todesfall. Der Sohn führte das Wort. Die Mutter hörte reglos, mit steinernem Gesichtsausdruck zu.

Der Propst saß in seinem Lehnstuhl am Schreibtisch. Er hatte seine Bücher geholt, um den Todesfall einzutragen. Er tat dies sehr langsam. Er wollte Zeit gewinnen, um darüber nachzudenken, was er Witwe und Sohn sagen könne. Denn es handelte sich um einen ungewöhnlichen Fall. Der Sohn hatte ganz offen berichtet, wie sich alles zugetragen hatte. Aber dem Propst kam es darauf an zu erfahren, wie sie selbst die Sache aufnahmen. Die Leute vom Ingmarhof waren eigenartige Menschen.

Als der Propst das Buch schloß, sagte der Sohn: »Wir möchten Euch bitten, keinen Nachruf auf Vater zu verlesen.«

Der Propst schob die Brille auf die Stirn und sah forschend die alte Frau an. Sie saß noch immer reglos da, zerknüllte nur das Taschentuch in der Hand.

»Wir möchten ihn an einem Werktag begraben«, fuhr der Sohn fort.

»So, so«, antwortete der Propst. Ihm schwindelte. Der alte Ingmar Ingmarson sollte in die Erde kommen, ohne daß jemand davon wußte? Das Kirchenvolk sollte nicht auf dem Hügel stehen und sehen, mit welchem Staat er zu Grabe getragen wurde?

»Wir werden auch keinen Leichenschmaus abhalten. Wir haben es den Nachbarn schon mitgeteilt, damit sie kein ›Mitgebrachtes‹ bereiten.«

»So, so«, wiederholte der Propst und brachte nichts anderes über die Lippen.

Er wußte, was es für solche Leute bedeutete, kein Totenmahl zu halten. Er wußte, welch großer Trost es für Witwen und Waisen war, einen stattlichen Leichenschmaus abzuhalten. »Es soll auch kein Trauerzug stattfinden, nur ich und meine Brüder gehen mit.«

Der Propst sah Antwort heischend zu der alten Frau hin. War dies auch ihr Wille? Sie saß da und verzichtete auf alles, was für sie kostbarer sein mußte als Silber und Gold.

»Wir, Mutter und ich, wollen weder Glockengeläute, noch einen silberbeschlagenen Sarg. Doch möchten wir den Herrn Propst um seine Meinung in dieser Angelegenheit bitten.«

Jetzt ergriff auch die Witwe das Wort. »Ja, wir möchten wissen, ob wir auch nicht unrecht gegen Vater handeln?«

Der Propst schwieg noch immer. Die alte Frau sprach eifrig weiter: »Hätte mein Mann sich an König oder

Vogt vergangen, hätte ich ihn vom Galgen herunterschneiden müssen, er hätte genauso ein ehrliches Begräbnis erhalten wie einst sein Vater. Denn die Ingmarsöhne fürchten niemanden und brauchen keinem aus dem Weg zu gehen.

Aber um die Weihnachtszeit hat Gott Frieden gesetzt zwischen Tier und Mensch. Das arme Tier hielt Gottes Gebot. Aber wir Menschen brachen es. Darum stehen wir jetzt unter Gottes Strafgericht und dürfen nicht an Prunk und Staat denken.«

Der Propst erhob sich und ging zu der alten Frau hin: »Ihr handelt ganz richtig«, sagte er, »und sollt Euren Willen haben.« Unwillkürlich fügte er, vielleicht mehr zu sich selbst, hinzu: »Die Ingmarsöhne sind großartige Menschen.«

Bei diesen Worten richtete sich die Alte ein wenig auf. Einen Augenblick empfand der Propst sie als Sinnbild des ganzen Geschlechts. Er verstand, was Jahrhundert um Jahrhundert diesen schwerblütigen und wortkargen Menschen die Macht verliehen hatte, die Führer eines ganzen Kirchspiels zu sein.

»Es ist die Pflicht der Ingmarsöhne, dem Volk ein Beispiel zu geben«, sagte die alte Frau. »Wir müssen zeigen, daß wir demütig sind vor Gott.«

DER TOTENSCHÄDEL

Im Svartsjöer Kirchspiel in Värmland war einmal ein Mann, der war eines Weihnachtsabends überall in der ganzen Umgegend herumgegangen, um sich Gäste einzuladen, aber er hatte niemandes habhaft werden können, der an diesem Tage sein Haus verlassen wollte. Lange streifte er herum, aber als es schließlich zu dämmern begann, ohne daß es ihm gelungen war, einen einzigen Gast an sich zu locken, merkte er, daß ihm nichts anderes übrig blieb, als unverrichteter Dinge heimzukehren.

Der Mann hätte sich wirklich selbst sagen müssen, daß es nicht anders hatte kommen können, er hätte die Sache ruhig nehmen sollen, aber das tat er nicht, sondern war überaus erbost über all die Ablehnungen, die ihm zuteil geworden waren. Er hatte sowohl Eßwaren wie Branntwein eingekauft, und seine Frau war nun gerade damit beschäftigt, einen Schmaus zu richten. Aber was sollte das für eine Freude sein, wenn kein munterer Kamerad mitkommen und ihm am Weihnachtstisch Gesellschaft leisten wollte? »Das ist natürlich, weil sie sich zu gut dünken, zu mir zu kommen«, sagte er. »Weil ich Totengräber geworden bin, ist es nicht fein genug, den Weihnachtsabend in meinem Heim zu feiern.«

Diese Anklage war ganz ungerecht, denn man mag den Svartsjöern nachsagen, was man will, nie ist es einem Menschen aus diesem Kirchspiel in den Sinn gekommen, eine Einladung abzuschlagen, weil der Gastgeber ein zu geringer Mann ist. Und dieser Mann war ja kein gewöhnlicher Totengräber. Er hieß Anders Oester und war aus altem Spielmannsgeschlecht. Selbst war er Feldmusikant bei den Värmländer Jägern gewesen, und erst nachdem er gnädigen Abschied aus dem Kriegsdienst erhalten hatte, hatte er die Anstellung als Totengräber angenommen.

Obendrein war er nicht nur Totengräber, sondern auch Küster, ein Beruf, der durchaus nichts Abschreckendes an sich hat. Aber in der Gemütsstimmung, in der er sich augenblicklich befand, dachte er nur an die dunklen Seiten des Lebens.

»Wenn kein anderer zu mir kommen will, muß ich mir wohl ein paar Geister vom Kirchhof zu Gast laden«, murmelte er. »Die werden sich doch wenigstens nicht schämen, beim Totengräber zu schmausen.«

Er ging da eben an der alten, grauen Steinmauer vorbei, die den Svartsjöer Kirchhof einfriedet, und darum war natürlich ein solcher Gedanke in seinem Hirn entstanden, aber er hatte vorderhand noch durchaus nicht die Absicht, Ernst damit zu machen.

Als er noch ein paar Schritte gegangen war, merkte er jedoch, daß ein runder, weißer Gegenstand aus dem dürren Gras hervorschimmerte, das den Gehpfad besäumte. Das Ding blinkte viel weißer als ein gewöhnlicher Stein, und so blieb er stehen, um zu sehen, was das sein konnte. Da erblickte er in dem bleichen Dämmerlicht nichts Geringeres als einen Totenschädel. Er war wahrscheinlich mit Erde und Schutt aus einem Grab geworfen worden, das er am vorhergehenden Tag gegraben hatte, und dann war er wohl von irgendeinem Tier dahin geschleppt worden, wo er jetzt lag.

Unter gewöhnlichen Umständen hätte der Mann sicherlich dieses Überbleibsel eines Menschen aufgehoben, der einer seiner Vorväter sein konnte, und auf jeden Fall im selben Kirchspiel gelebt hatte und gestorben war wie er; er hätte ihn in die Aufbahrungskammer getragen, aber jetzt war er nicht in der Laune, etwas so Einfaches und Natürliches zu tun. Er zog vielmehr den Hut, verbeugte sich lächelnd vor dem Totenschädel und sprach ihn mit einer eigentümlich milden, flötenden Stimme an, die er nur dann hatte, wenn er in seiner bösesten Laune war.

»Guten Abend, guten Abend!« sagte er. »Gehorsamster Diener. Ja, nun will ich vor allem ein fröhliches Weihnachtsfest wünschen, und dann möchte ich sagen, daß ich ausgezogen bin, um zum Schmaus zu bitten. Ich möchte wohl wissen, ob Ihr Euch zu gut dünkt, um heute abend zu mir zu kommen? Es ist kein großes Fest, wißt Ihr, aber Essen und Branntwein wird es genug geben.«

Nachdem er diese Einladung vorgebracht hatte, blieb er mit dem Hut in der Hand stehen, wie um die Antwort abzuwarten.

»Nun, Ihr sagt doch wenigstens nicht nein«, fuhr er fort, nachdem er eine angemessene Zeit gewartet hatte, »und so darf ich wohl hoffen, daß Ihr kommt. Ich wohne dort drüben in dem großen Haus auf dem Kirchenhügel, so habt Ihr keinen langen Weg zum Gastmahl.«

Dabei lachte Anders Oester laut und wild auf, setzte den Hut auf den Kopf und begab sich in sein Heim, ohne sich auf dem Wege weiter aufzuhalten.

Es verhielt sich wirklich so, daß er der nächste Nachbar des Friedhofes war. Denn er hatte seine Wohnstatt im Gemeindehaus in ein paar kleinen Dachkammern.

Als er nun durch die Einfahrt gegangen war und die Eingangstür öffnete, bot sich ihm ein Anblick, der nicht danach angetan war, seine schlechte Laune zu verbessern. Seine Frau lag nämlich gleich hinter der Tür auf dem Boden und scheuerte den unteren Vorraum. Ein kleines schmales Talglicht stand in einem Messingleuchter vor ihr auf dem nassen Fußboden und beleuchtete Wassereimer, Bürste und Wischfetzen.

»Ja, das schickt sich wirklich, daß du noch hier liegst und scheuerst, wenn jeden Augenblick Gäste kommen können!« sagte der Mann im Eintreten.

Sie hob das Gesicht, das überraschend schön war, mit reinen feinen Zügen, und warf ihm einen hastigen Blick zu. Sie merkte sofort, wie die Sache stand.

»Ach so, niemand wollte kommen«, sagte sie. »Ja, hab' ich mir's nicht gedacht! Das hat man doch sein Lebtag nicht gehört, daß sich Menschen am Weihnachtsabend zu Gaste bitten lassen.«

»Nein, sie haben es alle zu gut, als daß sie zu uns kommen wollten«, sagte er mit einer Heftigkeit, als ob er eine Anklage gegen sie schleuderte. »Das heißt, einer hat die Einladung doch angenommen«, fuhr er in nachlässigem Tone fort, »aber er kommt erst etwas später.«

»Dann gehe doch zu uns hinauf und warte auf ihn«, sagte die Frau. »Es ist schon angezündet und gedeckt. Ich bin hier unten gleich fertig.«

Aber Anders Oester hatte durchaus keine Lust, so zu handeln, wie man ihn gebeten hatte. Er blieb im Flur stehen, der Scheuernden mitten im Wege. Das wußte er, und es erfüllte ihn mit bitterer Befriedigung.

Rechts von ihm öffnete sich die Tür zur Ratsstube, wo die Gemeindeältesten ihre Sitzungen und Zusammenkünfte abzuhalten pflegten. In der offenen Feuerstatt brannte eine große prasselnde Flamme, die den ganzen Raum erleuchtete, und Anders Oester stellte sich hin und sah hinein. Die Stube war in altertümlicher Weise eingerichtet, mit groben schmucklosen Balkenwänden, ungeheuren Dielen und sichtbaren Dachsparren. Starke, wandfeste Bänke liefen rings um den ganzen Raum, ein großer ungestrichener Holztisch mit gewundenen Beinen stand erhöht in einer Ecke, dem Eingang schräg gegenüber, und vor dem Tisch ein hochlehniger lederbezogener Bürgermeisterstuhl, ein wahrhaftes Sinnbild sicherer Gewalt und unerschütterlicher Ruhe.

Die Frau hatte auch drinnen gescheuert und dann den Boden mit weißem Seesand und gehacktem Wacholderreisig bestreut. In dem flackernden Schein der lodernden Flamme erschien der Raum Anders Oester ansehnlich und traulich zugleich, und er sagte zu der Frau:

»Wenn du fertig bist, kannst du die Weihnachtsgerichte heruntertragen und hier in der Ratsstube aufdecken. Ich glaube, ich will den Weihnachtsschmaus hier abhalten.«

Die Frau sah ganz entsetzt zu ihm auf.

»Was meinst du?« rief sie. »Du willst hier unten sitzen und mit dem saufen, den du erwartest? Man kann ja nichts vor die Fenster ziehen. Wenn jemand vorbeiginge, würdet ihr ja gesehen werden.«

Sie war ganz erregt. Die Ratsstube gehörte so wie die Kirche der Gemeinde, und sie betrachtete sie beinahe als eine heilige Stätte. Sie konnte sie sich nicht für ein Trinkgelage verwendet denken.

Aber Anders Oester wollte sich nicht darein finden, daß ihm an diesem Tage alles versagt wurde, was er sich wünschte.

»Sei doch nicht so widerspenstig, Bolla«, sagte er. »Ich

sage dir, daß ich heute abend hier sitzen und meinen Weihnachtsschmaus halten will.«

Es waren der große Tisch, die großen Stühle und die große Stube, die ihn lockten. Wenn er sein Weihnachtsfest, auf einem so ehrwürdigen Stuhle sitzend, feiern dürfte, an einem Tisch, an dem neben ihm reichlich zwanzig, dreißig Leute Platz hätten, über einen Raum hinsehend, wo all die Mächtigen der Gemeinde sich zu versammeln pflegten, dann würde er sich als ein angesehener Mann fühlen, als ein Großbauer, und das war es, was ihm nottat.

»Du kannst sicher sein, daß du um deine Stelle kommst, wenn du das tust«, sagte die Frau. »Eine solche Tollheit wirst du nicht anstellen, solange ich lebe.«

Als die Frau sich in dieser entschiedenen Weise seinem Wunsche widersetzte, kannte sein Zorn keine Grenzen. All der Mißmut, der sich während des ganzen Tages in ihm angesammelt hatte, kochte nun auf und wollte zum Ausbruch kommen. Er erwiderte ihr kein Wort, sondern lief nur die Treppe zum Dachboden hinauf, und in ihr Zimmer, wo er das Jagdgewehr von der Wand riß.

Dann schlich er mit leisen Schritten zur Treppe zurück und beugte sich über das Geländer, so daß er die Frau sehen konnte, die noch immer dalag und den Flurboden scheuerte.

»Bolla, Bolla«, sagte er mit einer Stimme, die so sanft und weich war, daß sie beinahe von Honig triefte, »ist das dein Ernst, daß ich nicht am Ratstisch sitzen und meinen Weihnachtsschmaus essen darf, solange du am Leben bist?«

»Ja, das ist es!« rief sie rasch zurück; aber kaum war es gesagt, mußte sie daran denken, daß diese flötende Stimme nie etwas Gutes zu bedeuten hatte. Sie warf einen raschen Blick hinauf und erblickte eine blanke Büchsenmündung ein paar Ellen über ihrem Kopf.

Blitzschnell warf sie sich zurück. Im selben Augenblick war der Flur von Rauch und Feuer erfüllt, und eine Kugel schlug gerade vor ihr in den Fußboden ein.

»Herr du Allmächtiger!« Sie ließ alles stehen und liegen und floh Hals über Kopf hinaus in die Dunkelheit.

Anders Oester machte keinen Versuch, sie zu verfolgen. Er lachte nur kalt und schneidend auf, ganz so wie früher auf dem Wege. Dann ging er ganz ruhig hinauf und hängte das Gewehr an seinen Platz.

Hierauf begann er mit großer Raschheit und Behendigkeit alles so einzurichten, wie er es haben wollte. Er puffte die Scheuergerätschaften in einen Winkel des Flurs, um freien Durchgang zu haben, und trug dann alles, was die Frau zum Schmaus aufgetischt hatte, in die Ratsstube hinunter. Er breitete ein Tuch auf dem Ratstisch aus, setzte zwei zierliche dreiarmige Leuchter darauf, mitten dazwischen stellte er einen großen Butterstollen, auf das sorgsamste gekräuselt und geziert, dann brachte er mehrere Sorten weiches Brot, fetten und mageren Käse, Wurst, Schinken, eine Hammelkeule, einen Humpen Weihnachtsbier sowie Messer und Teller. Zu allerletzt schleppte er das Branntweinfäßchen hinab, das er mitten auf den Tisch stellte, mit einem Kranz von Gläsern unter der Pipe.

Als alles in Ordnung war, setzte er sich auf den Bürgermeisterstuhl und aß und trank wohlbehaglich und in guter Ruhe.

Es war vermutlich so, daß der aufgehäufte Zorn in ihm, der ihn so gequält hatte, daß jedes Glied ihn schmerzte, durch den abgefeuerten Schuß einen Ablauf gefunden hatte. Er empfand eine solche Erleichterung, daß er gar nicht anders denken konnte, als daß er recht gehandelt hatte.

Warum mußte die Frau sich ihm auch in diesem widersetzen, das doch ein so unschuldiger Wunsch war? Es kam ihr doch zu, ihrem Mann untertänig zu sein. Nun war es ihr so ergangen, wie sie es verdient hatte. Er hatte nur Gerechtigkeit gegen sie geübt, und nicht genug damit, daß es gerecht war, es war auch klug.

Wie er da saß, erinnerte er sich an eine ganze Reihe von Fällen, wo sie widerspenstig gewesen war. Aber jetzt hatte es wohl mit derlei ein für allemal ein Ende. Jetzt hatte sie einmal gelernt, wer der Herr im Hause war. Es war ein ganz vortrefflicher Einfall gewesen, auf sie zu schießen, fortab würde er bessere Tage haben und mehr Freude in seiner Ehe.

Er war müde und hungrig und ließ sich das Essen wohl schmecken. Nach einer Weile, als er sich satt zu fühlen begann, dachte er jedoch mit erneutem Bedauern daran, daß er nicht imstande gewesen war, sich Gesellschaft zu verschaffen.

Da fiel ihm mit einemmal der Totenschädel ein. »Ich glaube, er will es machen wie die andern und sich auch nicht einfinden«, sagte er. »Da bleibt wohl nichts anderes übrig, als daß ich fortgehe und ihn hole.«

Er setzte den Hut auf, legte die wenigen Schritte zum Friedhof zurück und kam bald mit dem Totenschädel in der Hand zurück.

Es klebte eine Menge Erde daran fest, und so tauchte er ihn in den Eimer und trocknete ihn mit dem Scheuerfetzen ab. Als er ihn so fein, als er nur konnte, gemacht hatte, stellte er ihn auf dem Tisch vor sich auf. – – –

Die Frau saß mittlerweile ganz verstört und verweint in einem Bauernhof, der einige wenige Schritte von der

Kirche entfernt lag. Sie war zu guten Freunden und Nachbarn gekommen, die sie zu trösten versuchten, und da es Weihnachtsabend war, tat sie ihr möglichstes, um wenigstens ihre Tränen zu unterdrücken, damit sie mit ihrem Jammer nicht ihre Weihnachtsfreude störe. Aber sie hatte das Gefühl, daß sie da saß und in einen Abgrund hineinstarrte, in den sie stürzen mußte.

»Er hat auf mich geschossen«, dachte sie ein ums andre Mal. »Er hat mich töten wollen! Was soll aus uns werden?«

Wäre er betrunken gewesen, dann hätte es weniger zu sagen gehabt. Aber er war nüchtern gewesen, und er hatte sie töten wollen, um solch einer Lappalie wegen.

Sie dachte an die lange Zeit, die sie miteinander gelebt hatten. Mehr als zwanzig Jahre hatten sie Gutes und Böses miteinander geteilt, und nun war es dahin gekommen, daß er auf sie geschossen hatte. Es war also nicht die geringste Spur von Zärtlichkeit für sie in seinem Herzen nach all der Not und all den Kümmernissen, die sie miteinander durchgemacht hatten.

Hier im Bauernhof, in den sie ihre Zuflucht genommen hatte, waren ein paar kleine Jungen, die der ganze Vorfall ungemein interessierte. Immer wieder liefen sie hinaus, guckten durch die Fenster in das Gemeindehaus und erzählten ihr dann, was sie gesehen hatten.

»Jetzt trägt er das Essen hinunter und deckt auf dem großen Ratstisch auf«, berichteten sie. Nach einer Weile hieß es: »Jetzt sitzt er auf dem Bürgermeisterstuhl und ißt und trinkt.«

Das nächstemal erzählten sie, daß er da saß und sprach, ganz als ob noch jemand im Zimmer bei ihm wäre. Er hob das Glas und trank jemandem zu, den die Kinder nicht sehen konnten.

Die Frau fragte nur wenig danach, was der Mann trieb. Sie konnte an nichts andres denken, als dieses Einzige, daß er auf sie geschossen hatte! Es schien ihr ganz unmöglich, zu ihm zurückzukehren. Nicht so sehr der Gedanke, daß sie in ewiger Angst vor einem Manne leben mußte, der beim geringsten Widerspruch gleich zum Gewehr griff, hinderte sie, in sein Haus zurückzukehren. Es war vielmehr das herzlähmende Gefühl, daß er sie hassen mußte, wenn er imstande war, sie auf diese Weise zu überfallen.

Das war unrettbar. Das ließ sich nie wieder gut, nie ungeschehen machen. Der Grund, auf dem sie ihr Glück gebaut hatten, war eingestürzt. Jetzt hatte es keinen Halt mehr.

Kalte Schauer schüttelten sie, während sie der Bäuerin half, die Grütze rühren und den Weihnachtstisch decken. »Er hat mich ja doch mit seinem Schuß getötet«, dachte sie; »er ist mir gerade durchs Herz gegangen.«

Sie hatte sich eben mit den anderen am Weihnachtstisch niedergelassen, als die Tür sachte aufging und der Mann eintrat. Er ging nicht in das Zimmer vor, sondern blieb im Schatten bei der Tür stehen. Er winkte ihr nicht, daß sie zu ihm kommen solle; er machte überhaupt keine Bewegung, er stand nur da.

Im ersten Augenblick empfand sie nichts anderes als Zorn, daß er es wieder wagte, ihr in die Nähe zu kommen, und sie zwang sich, ihn nicht anzusehen und zu tun, als ob er gar nicht da wäre. Aber natürlich konnte sie es doch nicht lassen, hie und da einen hastigen Blick zur Tür zu werfen, und sie wunderte sich, daß er so still dastand. »Es ist ihm etwas geschehen«, dachte sie. »Er ist nicht derselbe wie vorhin. Er ist ganz weiß im Gesicht. Gewiß ist er krank geworden. Vielleicht hatte er schon Fieber, als er vorhin auf mich schoß.«

Sie stand vom Tisch auf, sagte leise: »Habt schönen Dank«, und ging auf die Tür zu. Der Mann öffnete sie und ging vor ihr aus dem Hause und auf ihr Heim zu. Er ging den ganzen Weg schweigend, und sie hatte das Gefühl, daß sie seinem Geiste folgte, nicht ihm selbst.

Sie wußte ja, daß er in der Ratsstube aufgedeckt hatte, aber davon war jetzt keine Spur zu sehen, sondern alles war fein säuberlich zurechtgestellt. Er ging über die Treppe in ihre eigene Wohnung auf dem Dachboden. Auch da sah alles ganz so aus, wie da sie von daheim fortgelaufen war.

Das einzige, was ihr fremd war, war ein Totenschädel, der in einer Ecke des Zimmers auf einem Tisch stand. Der Mann stellte sich an den Tisch und wies auf den Schädel.

»Sieh ihn an«, sagte er.

Sie tat es, aber konnte nichts Ungewöhnliches daran sehen.

»Siehst du, daß er erschossen worden ist, ermordet?« sagte er. »Er ist kein Selbstmörder gewesen. Der Schuß ist von rückwärts gekommen, hier dicht hinter dem Ohr.«

»Ja, ich sehe«, sagte sie in zitternder Erwartung.

»Kannst du dich erinnern, je von einem gehört zu haben, der in diesem Kirchspiel erschossen worden wäre? Nein, so etwas hat sich zu unserer Zeit nicht begeben, und auch nicht zu unserer Eltern Zeit. In dieser Gegend ist wohl nicht oft jemand ermordet worden. Dieser hier ist vielleicht der einzige von all jenen, die auf dem Friedhof begraben liegen, der durch einen Schuß gefallen ist, und just heut' abend ist er zu mir gekommen.«

Er nickte ihr, das, was er eben gesagt hatte, bekräftigend, zu und fuhr fort:

»Denke doch nur! Von den vielen tausend Schädeln, die hier auf dem Friedhof begraben sind, gibt es vielleicht nur diesen einen, der von einer Mörderkugel durchbohrt wurde, und gerade der liegt nun hier vor mir.«

Die Frau stand noch immer stumm da.

»Er lag mir im Wege, als ich heute abends heimging, gerade dieser hier mit dem Schußzeichen. Er wollte sich mir wohl zeigen, aber ich sah ihn damals nicht so recht an. Später, als ich allein hier saß, kam er mir immer in den Sinn, so daß ich schließlich nicht anders konnte, ich mußte gehen und ihn holen. Er erbarmte mich, weil er so allein draußen in der Kälte und Dunkelheit lag, und überdies wollte ich jemanden haben, mit dem ich reden konnte. Und als ich ihn dann vor mir auf den Tisch stellte und ein Glas einschenkte, um mit ihm anzustoßen, da sah ich, daß er von einem Schuß zersprengt war. Was sagst du dazu, Bolla? Wo ist er her, und warum kam er mir gerade heute abend in den Weg? Woher kommt es, daß ich ihn gleich hineinnehmen mußte, nachdem ich auf dich geschossen hatte?«

»Das war wohl Gott«, flüsterte sie und faltete die Hände.

»Ja«, erwiderte er ebenfalls flüsternd. »So ist es. Es war Gottes Wille. Er wollte, daß ich gerade diesen sehen sollte. Er sollte mir zeigen, was es war, was ich hatte tun wollen. Er wurde mir gesendet, damit ich meine große Sünde und Verworfenheit erkenne.«

Sie näherten sich einander. Unwillkürlich faßten sie sich bei den Händen und blieben still vor dem Totenschädel stehen, mit einem Ausdruck im Gesicht wie zwei unschuldige Kinder. Sicherlich war er ihnen von Gott gesandt. Er sagte ihnen durch seine Gegenwart, daß Gott sich ihrer annahm, daß er Erbarmen mit ihnen hatte und sie retten wollte.

Sie fühlten plötzlich, daß alles andere ohne Belang war. Die Frau verlangte nicht, daß der Mann ihr sage, daß er bereue. Sie hatte ganz vergessen, daß sie nicht mehr mit ihm zusammenleben wollte. Der Mann dachte nicht mehr, wer von ihnen beiden jetzt der Herrschende im Hause sein würde. Sie hätten tausendmal aufgebrachter gegeneinander sein können, sich tausendmal mehr vorzuwerfen haben können, alles wäre vergessen gewesen, vor der beseligenden Gewißheit, daß Gott sich ihrer erbarmt hatte und sie davor erretten wollte, einander zu hassen.

Gott wollte ihnen wohl. Darum hatte er ihnen einen Warner geschickt. Vor etwas so Großem vergaßen sie nicht nur ihren Groll gegeneinander, sie vergaßen auch ihre Armut, ihre Zukunftssorgen. Sie fühlten das größte Glück, das Menschen empfinden können.

Ein Weihnachtsgast

Einer von denen, die das Kavaliersleben auf Ekeby genossen hatten, war der kleine Ruster, der Noten transponieren und Flöte spielen konnte. Er war niedriger Herkunft und arm, ohne Heim und ohne Familie. Als die Schar der Kavaliere sich zerstreute, brachen schwere Zeiten für ihn an.

Nun hatte er kein Pferd und keinen Wagen mehr, keinen Pelz und keine rotgestrichene Proviantkiste. Er mußte zu Fuß von Gehöft zu Gehöft ziehen und trug seine Habseligkeiten in ein blaukariertes Taschentuch eingebunden. Den Rock knöpfte er bis zum Kinn hinauf zu, so daß niemand sehen konnte, wie es um das Hemd und die Weste bestellt war, und in dessen weiten Taschen verwahrte er seine kostbarsten Besitztümer: die auseinandergeschraubte Flöte, die flache Schnapsflasche und die Notenfeder.

Sein Beruf war, Noten abzuschreiben, und wenn alles gewesen wäre wie in alten Zeiten, so hätte es ihm nicht an Arbeit gefehlt. Aber mit jedem Jahre, das verging, wurde die Musik oben in Värmland weniger gepflegt. Einstweilen wurde er noch als alter Freund auf den Herrenhöfen aufgenommen, aber man jammerte, wenn er kam, und freute sich, wenn er ging. Er roch nach Branntwein, und sobald er ein paar Schnäpse oder einen Toddy bekommen hatte, wurde er wirr und erzählte unerquickliche Geschichten. Er war die Geißel der gastfreien Gutshöfe.

Einmal kam er um die Weihnachtszeit nach Löfdala, wo Liljekrona, der große Violinspieler, daheim war. Liljekrona war auch einer der Ekebykavaliere gewesen, aber nach dem Tode der Majorin zog er auf sein prächtiges Gut Löfdala und blieb dort. Nun kam Ruster in den Tagen vor dem Weihnachtsabend zu ihm, störte die Festvorbereitungen und verlangte Arbeit. Liljekrona gab ihm einige Noten abzuschreiben, um ihn zu beschäftigen.

»Du hättest ihn lieber gleich fortschicken sollen«, sagte seine Frau, »jetzt wird er das so in die Länge ziehen, daß wir ihn über den Heiligen Abend hierbehalten müssen.«

»Irgendwo muß er doch sein«, sagte Liljekrona. Und er bewirtete Ruster mit Toddy und Branntwein, leistete ihm Gesellschaft und sprach die ganze Ekebyer Zeit noch einmal mit ihm durch. Aber er war verstimmt und seiner überdrüssig, er wie alle die andern, obgleich er es nicht merken lassen wollte, denn alte Freundschaft und Gastlichkeit waren ihm heilig. Aber in Liljekronas Haus hatten sie sich nun drei Wochen lang für das Weihnachtsfest gerüstet. Sie hatten in Unbehagen und Hast gelebt, sich die Augen bei Talglichtern und Kienspänen verdorben, im Schuppen beim Fleischeinsalzen und im Bräuhaus beim Bierbrauen gefroren. Doch die Hausfrau wie die Dienstleute hatten sich allem ohne Murren unterzogen.

Wenn alle Verrichtungen beendet waren und der Heilige Abend anbrach, dann würde ein großer Zauber sie gefangen nehmen. Am Weihnachtsfest würde ihnen Scherz und Spaß, Reim und Fröhlichkeit ohne alle Mühe über die Lippen kommen. Alle würden sich mit Lust im Tanze drehen, und aus den dunklen Winkeln der Erinnerung würden die Worte und Melodien der Tanzspiele auftauchen, obgleich man gar nicht glauben konnte, daß sie noch immer da waren. Und dann würden sie alle so gut sein, so gut!

Aber als nun Ruster kam, fand der ganze Haushalt von Löfdala, daß Weihnachten verdorben war. Die Hausfrau und die ältern Kinder und treuen Diener waren alle derselben Meinung. Ruster versetzte alle in lähmende Angst. Sie fürchteten überdies, daß, wenn er und Liljekrona anfingen, sich in den alten Erinnerungen zu ergehen, das Künstlerblut in dem großen Violinspieler aufflammen würde und sein Heim ihn verlieren mußte. Einst hatte es ihn nie lange daheim gelitten.

Es läßt sich nicht beschreiben, wie sie jetzt auf dem Hofe den Hausherrn liebten, seitdem er ein paar Jahre bei ihnen geblieben war. Und was hatte er zu geben, besonders an Weihnachten! Er hatte seinen Platz nicht auf irgendeinem Sofa oder Schaukelstuhl, sondern auf einer hohen, schmalen, glattgescheuerten Holzbank in der Kaminecke. Wenn er dort saß, dann zog er auf Abenteuer aus. Er fuhr rings um die Erde, er stieg zu den Sternen und noch höher empor. Er spielte und sprach abwechselnd, und alle Hausleute versammelten sich um ihn und hörten zu. Das ganze Leben wurde glanzvoll und schön, wenn der Reichtum dieser einzigen Seele es überstrahlte.

Darum liebten sie ihn, so wie sie das Weihnachtsfest, die Freude, die Frühlingssonne liebten. Und als nun der kleine Ruster kam, war ihr Weihnachtsfriede zerstört. Sie hatten vergeblich gearbeitet, wenn dieser kam und den Herrn des Hauses fortlockte. Es war ungerecht, daß dieser Säufer am Weihnachtstische eines frommen Hauses sitzen und alle Weihnachtsfreude stören sollte.

Am Vormittag des Weihnachtsabends hatte der kleine Ruster seine Noten fertiggeschrieben, und da sprach er von Fortgehen, obgleich es natürlich seine Absicht war zu bleiben.

Liljekrona war von der allgemeinen Verstimmung angesteckt und sagte darum gezwungen und matt, daß es wohl das beste wäre, wenn Ruster über Weihnachten da bliebe, wo er war.

Der kleine Ruster war stolz und leicht entflammt. Er drehte seinen Schnurrbart auf und schüttelte die schwarze Künstlermähne, die gleich einer dunklen Wolke um seinen Kopf stand. Was meinte Liljekrona eigentlich? Er sollte bleiben, weil er an keinen anderen Ort fahren konnte? Ah, man denke nur, wie sie in den großen Eisenwerken im Broer Kirchspiel standen und auf ihn warteten! Die Gaststube war bereit, der Willkommensbecher gefüllt. Er hatte solche Eile. Er wußte nur nicht, zu wem er zuerst fahren sollte. »Gott bewahre«, sagte Liljekrona, »so fahre doch.« Nach dem Mittagessen lieh sich der kleine Ruster Pferd und Schlitten, Pelz und Decken. Der Knecht von Löfdala sollte ihn zu irgendeinem Gutshof in Bro kutschieren und dann rasch heimfahren, denn es sah nach einem Schneesturm aus.

Niemand glaubte, daß er erwartet wurde oder daß es ein einziges Haus in der Umgegend gab, wo er willkommen gewesen wäre. Aber sie wollten ihn so gerne loswerden, daß sie sich dies verhehlten und ihn ziehen ließen. »Er hat es selbst gewollt«, sagten sie. Und nun, dachten sie, wollten sie fröhlich sein. Aber als sie sich gegen fünf Uhr im Eßsaal versammelten, um Tee zu trinken und um den Christbaum zu tanzen, schwieg Liljekrona verstimmt. Er setzte sich nicht auf die Märchenbank, er berührte weder Tee noch Punsch, er erinnerte sich an keine Polka, die Violine war ihm verleidet. Wer spielen und tanzen konnte, mochte es ohne ihn tun.

Da wurde die Gattin unruhig, da wurden die Kinder mißvergnügt, alles im ganzen Hause ging verkehrt. Es wurde der allertraurigste Weihnachtsabend.

Die Grütze brannte an, die Lichter flackerten, das Holz rauchte, der Wind blies bittere Kälte in die Stuben. Der Knecht, der Ruster kutschiert hatte, kam nicht heim. Die Haushälterin weinte, die Mägde zankten.

Plötzlich erinnerte sich Liljekrona, daß man den Spatzen keine Garbe hinausgehängt hatte, und er beklagte sich laut über alle Frauen rings um ihn, die alte Sitten außer acht ließen und neumodisch und herzlos waren. Aber sie begriffen wohl, daß ihn Gewissensbisse quälten, weil er den kleinen Ruster am heiligen Weihnachtsabend aus seinem Hause hatte fortgehen lassen.

Und ehe man sich's versah, ging Liljekrona in sein Zimmer, versperrte die Tür und begann zu spielen, wie er nicht gespielt, seit er zu wandern aufgehört hatte. Es waren Haß und Hohn, es waren Sehnsucht und Sturm. Ihr dachtet mich zu binden, aber ihr müßt eure Fesseln umschmieden. Ihr dachtet mich so kleinmütig zu machen, wie ihr selbst seid. Aber ich ziehe hinaus ins Große, ins Freie. Alltagsmenschen, Haussklaven, fanget mich, wenn es in eurer Macht steht! Als die Gattin diese Töne hörte, sagte sie: »Morgen ist er fort, wenn Gott nicht in dieser Nacht ein Wunder tut. Jetzt hat unsre Ungastlichkeit gerade das hervorgerufen, was wir vermeiden wollten.«

Inzwischen fuhr der kleine Ruster durch das Schneetreiben. Er zog von einem Hause zum andern und fragte, ob es Arbeit für ihn gäbe, aber nirgends wurde er aufgenommen. Sie forderten ihn nicht einmal auf, aus dem Schlitten zu steigen. Einige hatten das Haus voll Besuch, andere wollten am Weihnachtstage über Land fahren. »Versuche es beim nächsten Nachbar«, sagten sie alle.

Er mochte immerhin kommen und das Behagen von ein paar Werktagen stören, nicht aber das des Weihnachtsabends. Das Jahr hatte nur einen Weihnachtsabend, und auf den hatten sich die Kinder den ganzen Herbst über gefreut. Man konnte doch diesen Menschen nicht an einen Weihnachtstisch setzen, wo es Kinder gab. Früher hatten sie ihn gern aufgenommen, aber nicht jetzt, wo er trank. Was sollte man auch mit dem Menschen anfangen? Die Gesindestube war zu schlecht und das Gastzimmer zu fein.

So mußte der kleine Ruster von Hof zu Hof ziehen, in dem peitschenden Schneesturm. Der nasse Schnurrbart hing schlaff über den Mund, die Augen waren blutunterlaufen und verschleiert, aber der Branntwein verflüchtigte sich aus seinem Hirn. Ruster begann zu grübeln und zu staunen. War es möglich, war es möglich, daß niemand ihn aufnehmen wollte? Da sah er mit einem Male sich selbst. Er sah, wie jämmerlich und verkommen er war, und er begriff, daß er den Menschen verhaßt sein mußte. Mit mir ist es aus, dachte er. Es ist aus mit dem Notenschreiben, es ist aus mit der Flöte. Niemand auf Erden braucht mich, niemand hat Barmherzigkeit mit mir. Der Schneesturm pfiff und spielte, er riß die Schneehaufen auf und türmte sie wieder zusammen, er nahm eine Schneesäule in die Arme und tanzte damit übers Feld, er hob eine Flocke himmelhoch und stürzte eine andere in eine Grube. »So ist es, so ist es«, sagte der kleine Ruster, »solange man fährt und tanzt, ist es ein fröhliches Spiel, doch wenn man hinab in die Erde soll, dort eingebettet und verwahrt werden, dann ist es Kummer und Leid.« Doch hinab mußten alle, und jetzt war er an der Reihe. Er war am Ende.

Er fragte nicht mehr danach, wohin der Knecht ihn führte. Er glaubte, daß er in das Reich des Todes fuhr.

Der kleine Ruster verbrannte keine Götter auf dieser Fahrt. Er verfluchte weder das Flötenspiel noch das Kavaliersleben, er dachte nicht, daß es besser für ihn gewesen wäre, wenn er die Erde gepflügt oder Schuhe genäht hätte. Aber darüber klagte er, daß er nun ein ausgespieltes Instrument war, das die Freude nicht mehr gebrauchen konnte. Niemanden klagte er an, denn er wußte, wenn das Waldhorn gesprungen ist und die Gitarre ihre Stimme verloren hat, dann müssen sie fort. Er wurde plötzlich ein sehr demütiger Mensch. Er begriff, daß es mit ihm zu Ende ging, jetzt am Weihnachtsabend. Der Hunger oder die Kälte würden ihn umbringen, denn er verstand nichts, er taugte zu nichts und hatte keine Freunde. Da bleibt der Schlitten stehen, und auf einmal ist es hell um ihn, und er hört freundliche Stimmen, und da ist jemand, der ihn in ein warmes Zimmer führt, und jemand, der ihm heißen Tee bringt. Der Pelz wird ihm abgenommen, und mehrere Menschen rufen, daß er willkommen ist, und warme Hände bringen Leben in seine erstarrten Finger.

Von alledem wurde ihm so wirr im Kopfe, daß er wohl eine Viertelstunde nicht zur Besinnung kam. Er konnte unmöglich begreifen, daß er wieder nach Löfdala gekommen war. Er war sich gar nicht bewußt gewesen, daß der Knecht es satt bekommen hatte, im Schneesturm herumzufahren, und nach Hause umgekehrt war.

Ebensowenig verstand er, warum er jetzt in Liljekronas Haus so freundlich empfangen wurde. Er konnte nicht wissen, daß Liljekronas Gattin begriff, welche schwere Fahrt er an diesem Weihnachtsabend gemacht hatte, wo er an jeder Tür, an die er geklopft hatte, abgewiesen worden war. Sie hatte so großes Mitleid mit ihm bekommen, daß sie ihre eigenen Sorgen vergaß.

Liljekrona setzte das wilde Spielen in seinem Zimmer fort. Er wußte nichts davon, daß Ruster gekommen war. Dieser saß indessen mit der Frau und den Kindern im Speisesaal. Die Dienstleute, die am Weihnachtsabend auch da zu sein pflegten, waren vor der Langeweile bei der Herrschaft in die Küche geflüchtet.

Die Hausfrau versäumte nicht, Ruster zu beschäftigen. »Sie hören ja, Ruster«, sagte sie, »daß Liljekrona den ganzen Abend nur spielt, und ich muß mich um das Tischdecken und das Essen kümmern. Die Kinder sind ganz verlassen. Sie müssen sich der zwei Kleinsten annehmen, Ruster.«

Kinder, das war ein Menschenschlag, mit dem Ruster am wenigsten in Berührung gekommen war. Er hatte sie weder im Kavaliersflügel noch im Soldatenzelt getroffen, weder in Gasthöfen noch auf Landstraßen. Er scheute sich beinahe vor ihnen und wußte nicht, was er sagen sollte, das fein genug für sie war.

Er nahm die Flöte hervor und lehrte die Kinder, Klappen und Löcher mit den Fingern zu bedienen. Es waren zwei Knaben im Alter von vier und sechs Jahren. Sie bekamen eine Lektion auf der Flöte, und das interessierte sie sehr. »Das ist A«, sagte er, »und das ist C«, und dann griff er die Töne. Da wollten die Kleinen wissen, was das für ein A und was für ein C das war, das gespielt werden sollte.

Da nahm Ruster Notenpapier heraus und zeichnete ein paar Noten.

»Nein«, sagten sie, »das ist nicht richtig.« Und sie eilten fort und holten ein Abc-Buch.

Da fing der kleine Ruster an, sie das Alphabet abzuhören. Sie konnten und konnten es nicht. Es sah windig aus mit ihren Kenntnissen. Ruster wurde eifrig, hob die Knirpschen auf seine Knie und begann sie zu unterrichten. Liljekronas Frau ging aus und ein und hörte ganz erstaunt zu. Es klang wie ein Spiel, und die Kinder lachten, aber sie lernten dabei.

Ruster fuhr ein Weilchen fort, aber er war nicht recht bei dem, was er tat. Er wälzte die alten Gedanken, die er im Schneesturm gehabt hatte, in seinem Kopfe. Hier war es gut und behaglich, aber mit ihm war es doch auf jeden Fall aus. Er war verbraucht. Er würde fortgeworfen werden. Und urplötzlich schlug er die Hände vors Gesicht und begann zu weinen.

Da kam Liljekronas Frau hastig auf ihn zu.

»Ruster«, sagte sie, »ich kann verstehen, daß Sie glauben, für Sie sei alles aus. Sie haben kein Glück mit der Musik, und Sie richten sich durch den Branntwein zugrunde. Aber es ist noch nicht aus, Ruster.«

»Doch«, schluchzte der kleine Flötenspieler.

»Sehen Sie, so wie heute abend mit den Kleinen dazusitzen, das wäre etwas für Sie. Wenn Sie die Kinder lesen und schreiben lehren wollten, dann würden Sie wieder überall willkommen sein. Das ist kein geringeres Instrument, um darauf zu spielen, Ruster, als Flöte und Violine. Sehen Sie sie an, Ruster!«

Sie stellte die zwei Kleinen vor ihn hin, und er sah auf, blinzelnd, so, als hätte er in die Sonne gesehen. Es war, als fiele es seinen kleinen trüben Augen schwer, denen der Kinder zu begegnen, die groß und klar und unschuldig waren.

»Sehen Sie sie an, Ruster!« ermahnte Liljekronas Frau.

»Ich getraue mich nicht«, sagte Ruster, denn es schien

ihm wie ein Fegefeuer, in den Kinderaugen die Schönheit der Unschuld zu schauen.

Da lachte Liljekronas Frau hell und froh auf. »Dann sollen Sie sich an sie gewöhnen, Ruster. Sie sollen dieses Jahr als Schulmeister bei uns bleiben.«

Liljekrona hörte seine Frau lachen und kam aus seinem Zimmer.

»Was gibt es?« sagte er. »Was gibt es?«

»Nichts anderes«, antwortete sie, »als daß Ruster wiedergekommen ist, und daß ich ihn zum Schulmeister für unsere kleinen Jungen bestellt habe.«

Liljekrona war ganz verblüfft. »Wagst du das«, sagte er, »wagst du es? Er hat wohl versprochen, nie mehr ...«

»Nein«, sagte die Frau, »Ruster hat nichts versprochen. Aber er wird sich vor mancherlei in acht nehmen müssen, wenn er jeden Tag kleinen Kindern in die Augen sehen soll. Wäre es nicht Weihnachten, hätte ich dies vielleicht nicht gewagt, aber wenn unser Herrgott es wagte, ein kleines Kindlein, das sein eigener Sohn war, unter uns Sünder zu setzen, dann kann ich es wohl auch wagen, meine kleinen Kinder versuchen zu lassen, einen Menschen zu retten.«

Liljekrona konnte gar nicht sprechen, aber es zitterte und zuckte in jeder Falte seines Gesichts, wie immer, wenn er etwas Großes hörte.

Dann küßte er seiner Frau die Hand, so fromm wie ein Kind, das um Verzeihung bittet, und rief laut: »Alle Kinder sollen kommen und Mutter die Hand küssen.«

Das taten sie, und dann hatten sie ein fröhliches Weihnachtsfest in Liljekronas Heim.

Die Legende vom Vogelnest

Hatto, der Eremit, stand in der Einöde und betete zu Gott. Es stürmte, und sein langer Bart und sein zottiges Haar flatterten um ihn, so wie die windgepeitschten Grasbüschel die Zinnen einer alten Burgruine umflattern. Doch er strich sich nicht das Haar aus den Augen, noch steckte er den Bart in den Gürtel, denn er hielt die Arme zum Gebet erhoben. Seit Sonnenaufgang streckte er seine knochigen behaarten Arme zum Himmel empor – unermüdlich wie ein Baum seine Zweige ausstreckt. So wollte er bis zum Abend stehenbleiben, denn er hatte etwas Großes zu erbitten.

Er war ein Mann, der viel von der Arglist und Bosheit der Welt erfahren hatte. Er hatte selbst verfolgt und gequält; und Verfolgung und Qualen waren ihm zuteil geworden, mehr als sein Herz ertragen konnte. Darum zog er hinaus auf die große Heide, grub sich eine Höhle am Flußufer und wurde ein heiliger Mann, dessen Gebete an Gottes Thron Gehör fanden.

Hatto, der Eremit, stand am Flußgestade vor seiner Höhle und betete das große Gebet seines Lebens. Er betete zu Gott, den Tag des Jüngsten Gerichts über diese böse Welt hereinbrechen zu lassen. Er rief die posaunenblasenden Engel an, die das Ende der Herrschaft der Sünde verkünden sollten. Er rief nach den Wellen des Blutmeeres, um die Ungerechtigkeit zu ertränken. Er rief nach der Pest, auf daß sie die Kirchhöfe mit Leichenhaufen fülle.

Rings um ihn war die öde Heide. Aber eine kleine Strecke weiter oben am Flußufer stand eine alte Weide mit kurzem Stamm, der oben zu einem großen, kopfähnlichen Knollen anschwoll, aus dem neue, frischgrüne Zweige hervorwuchsen. Jeden Herbst wurden ihr von den Bewohnern des holzarmen Flachlandes diese frischen Schößlinge geraubt. Jeden Frühling trieb der Baum neue geschmeidige Zweige; und an stürmischen Tagen sah man sie um den Baum flattern und wehen, wie Haar und Bart um Hatto, den Eremiten, flatterten.

Das Bachstelzchenpaar, das sein Nest oben auf dem Stamm der Weide zwischen den emporsprießenden Zweigen zu bauen pflegte, hatte gerade an diesem Tage mit seiner Arbeit beginnen wollen, aber zwischen den heftig peitschenden Zweigen fanden die Vögel keine Ruhe. Sie kamen mit Binsenhalmen und Wurzelfäserchen und vorjährigem Riedgras geflogen, aber sie mußten unverrichteter Dinge umkehren. Da bemerkten sie den alten Hatto, der Gott anflehte, den Sturm siebenmal heftiger werden zu lassen, damit das Nest der kleinen Vöglein fortgefegt und der Adlerhorst zerstört werde.

Natürlich kann kein heute Lebender sich vorstellen, wie bemoost und vertrocknet und knorrig und schwarz und menschenunähnlich solch ein alter Heidebewohner aussah. Die Haut lag so stramm über Stirn und Wangen, daß der Kopf fast einem Totenschädel glich, und nur an einem schwachen Aufleuchten tief in den Augenhöhlen sah man, daß Leben darin war. Die vertrockneten Muskeln gaben dem Körper keine Rundung; der emporgestreckte nackte Arm bestand nur aus ein paar schmalen Knochen, die mit verrunzelter, harter, rindenähnlicher Haut überzogen waren. Er trug einen alten, eng anliegenden schwarzen Mantel. Er war braungebrannt von der Sonne und schwarz von Schmutz. Nur sein Haar und sein Bart waren licht, hatten sie doch Regen und Sonnenschein gebleicht, bis sie dieselbe graugrüne Farbe angenommen hatten wie die Unterseite der Weidenblätter.

Die Vögel, die umherflatterten und einen Platz für ihr Nest suchten, hielten Hatto, den Eremiten, für eine alte Weide. Sie umkreisten ihn viele Male, flogen weg und kamen zurück, merkten sich den Weg, bedachten den Standort im Hinblick auf Raubvögel und Stürme, fanden ihn recht unvorteilhaft, aber entschieden sich doch dafür. Eines der Vögelchen schoß pfeilschnell herab und legte sein Wurzelfäserchen in die ausgestreckte Hand des Eremiten.

Der Sturm hatte nachgelassen, so daß das Wurzelfäserchen ihm nicht sogleich aus der Hand gerissen wurde – aber der Eremit unterbrach dadurch sein Gebet nicht.

»Mögest du bald kommen, o Herr, und diese Welt des Verderbens vernichten, auf daß die Menschen sich nicht mit noch mehr Sünden beladen. Möchtest du die Ungebornen vom Leben erlösen! Für die Lebenden gibt es keine Erlösung.«

Da setzte der Sturm wieder ein, und das Wurzelfäserchen flatterte aus der großen, knochigen Hand des Eremiten. Die Vögel kamen aber wieder und versuchten die Grundpfeiler ihres neuen Heims zwischen seinen Fingern zu befestigen. Da legte sich plötzlich ein plumper, schmutziger Daumen über die Halme und hielt sie fest, und vier Finger wölbten sich über die Handfläche, so daß eine friedliche Nische entstand, in der die Vögel bauen konnten. Doch der Eremit fuhr in seinen Gebeten fort.

»Herr, ist das Maß deiner Geduld nicht erschöpft und die Schale deiner Gnade noch nicht leer? O Herr, wann kommst du aus deinem Himmel?«

Hatto, der Eremit, hatte Fiebervisionen vom Tag des Jüngsten Gerichtes. Der Boden erbebte, der Himmel glühte. Unter dem roten Firmament sah er schwarze Wolken fliehender Vögel; über den Boden wälzte sich eine Schar flüchtender Tiere. Doch während seine Seele von diesen Fiebervisionen erfüllt war, begannen seine Augen dem Flug der kleinen Vögel zu folgen, die blitzschnell hin und her flogen und mit einem vergnügten kleinen Piepsen ein neues Hälmchen in das Nest fügten.

Der Alte rührte sich nicht. Er hatte das Gelübde getan, den ganzen Tag stillstehend mit emporgestreckten Händen zu beten, um damit Gott zu zwingen, ihn zu erhören. Je matter sein Körper wurde, desto lebendiger wurden die Gesichte, die sein Hirn erfüllten. Er hörte die Mauern der Städte zusammenbrechen und die Wohnungen der Menschen einstürzen. Schreiende, entsetzte Volkshaufen eilten an ihm vorbei, und ihnen nach jagten die Engel der Rache und der Vernichtung, – hohe, silbergepanzerte Gestalten mit strengem, schönem Antlitz, auf schwarzen Rossen reitend und Geißeln schwingend, die aus weißen Blitzen geflochten waren.

Die kleinen Bachstelzchen bauten und zimmerten fleißig den ganzen Tag, und die Arbeit machte große Fortschritte. Auf der hügeligen Heide mit dem steifen Riedgras und an dem schilfreichen Flußufer war kein Mangel an Baustoff. Die Vögel fanden weder Zeit zur Mittagsrast noch zur Vesperruhe. Glühend vor Eifer und Vergnügen flogen sie hin und her, und ehe der Abend anbrach, waren sie beim Dachfirst angelangt.

Aber ehe der Abend anbrach, hatte der Eremit seine Blicke immer häufiger auf sie gerichtet. Er folgte ihnen auf ihrer Fahrt; er schalt sie aus, wenn sie sich dumm anstellten; er ärgerte sich, wenn der Wind ihnen Schaden tat; und am allerwenigsten konnte er es vertragen, wenn sie sich ein bißchen ausruhten.

So sank die Sonne, und die Vögel suchten ihre vertrauten Ruhestätten im Schilf auf.

Wer abends über die Heide geht, muß sich nahe zur Erde beugen, um Eulen mit großen, runden Flügeln über das Feld huschen zu sehen und Nattern und große Kröten. Hasen und Wasserratten fliehen vor den Raubtieren; und der Fuchs springt nach einer Fledermaus, die Mücken über dem Fluß jagt. Es ist, als hätte jedes Erdhügelchen Leben bekommen. Doch unterdessen schlafen die kleinen Vögelchen auf dem schwanken Schilf, dem kein Feind nahen kann, ohne daß das Wasser plätschert oder die Halme zittern.

Als der Morgen kam, flogen die Bachstelzen geradewegs auf ihr Nest zu, aber das war verschwunden. Sie guckten suchend über die Heide und erhoben sich in die Luft, aber der Baum war verschwunden. Schließlich setzten sie sich auf ein paar Steine am Flußufer, wippten mit dem langen Schwanz und drehten das Köpfchen. Wohin waren Baum und Nest gekommen?

Doch kaum hatte sich die Sonne um eine Handbreit über den Waldgürtel auf dem jenseitigen Flußufer erhoben, als ihr Baum gewandert kam und sich auf denselben Platz stellte, den er am Tage zuvor eingenommen hatte.

Da begannen die Bachstelzchen wieder zu bauen, ohne über die vielen Wunder der Natur nachzugrübeln.

Hatto, der Eremit, der die kleinen Kinder von seiner Höhle fortscheuchte und in den Flußschlamm hinausstürzte, um den fröhlichen jungen Menschen, die in bewimpelten Booten den Fluß hinaufruderten, Verwünschungen nachzuschleudern, vor dessen bösem Blick die Heidehirten ihre Herden behüteten, kehrte zu seinem

Platz am Fluß zurück, den kleinen Vögeln zuliebe. Er wußte, daß nicht nur jeder Buchstabe in den heiligen Büchern seine verborgne mystische Bedeutung hat, sondern auch alles, was Gott in der Natur geschehen läßt. Jetzt glaubte er, herausgefunden zu haben, was das Nest der Bachstelzen in seiner Hand bedeutete; Gott wollte, daß er mit erhobnen Armen betend dastehen sollte, bis die Vögel ihre Jungen aufgezogen hatten. Vermochte er dies, so sollte er erhört werden.

Doch an diesem Tage sah er wenig Visionen des Jüngsten Gerichtes. Statt dessen folgte er immer eifriger mit seinen Blicken den Vögeln. Er sah sie das Nest rasch vollenden. Die kleinen Baumeister flatterten rund herum und besichtigten es. Sie holten ein paar kleine Moosflechten und klebten sie außen an das Nest. Sie holten das feinste Wollgras, und das Weibchen nahm Flaum von der eignen Brust und polsterte das Nest innen damit.

Die Bauern, die den Eremiten fürchteten, pflegten ihm Brot und Milch zu bringen, um seinen Groll zu besänftigen. Sie kamen auch jetzt und fanden ihn regungslos dastehen, das Vogelnest in der Hand.

»Seht, wie der fromme Mann die kleinen Tiere liebt«, sagten sie und fürchteten sich nicht mehr vor ihm, sondern hoben den Milcheimer an seine Lippen und führten ihm das Brot zum Munde. Als er gegessen und getrunken hatte, verjagte er die Menschen mit bösen Worten, aber sie lächelten nur über seine Verwünschungen.

Sein Körper war schon lange seines Willens Diener geworden. Durch Hunger und Schläge, durch tagelanges Knien und wochenlange Nachtwachen hatte er ihn Gehorsam gelehrt. Nun hielten stahlharte Muskeln seine Arme tage- und wochenlang emporgestreckt. Während das Bachstelzenweibchen auf den Eiern lag und das Nest nicht mehr verließ, suchte der Eremit nicht einmal nachts seine Höhle auf. Er lernte es, sitzend mit emporgestreckten Armen zu schlafen; unter den Freunden der Wüste gibt es so manche, die noch größere Dinge vollbracht haben.

Er gewöhnte sich an die zwei kleinen unruhigen Vogelaugen, die über den Rand des Nestes zu ihm hinabblickten. Er achtete auf Hagel und Regen und schützte das Nest, so gut er konnte.

Eines Tages konnte das Weibchen seinen Wachtposten verlassen. Beide Bachstelzen saßen auf dem Rand des Nestes, wippten mit den Schwänzchen und beratschlagten und sahen seelenvergnügt aus, obgleich das ganze Nest von einem ängstlichen Piepsen erfüllt schien. Nach einem kleinen Weilchen zogen sie auf Mückenjagd aus.

Eine Mücke nach der andern wurde gefangen und heimgebracht. Und als das Futter kam, piepste es im Nest am allerärgsten. Den frommen Mann störte das Piepsen in seinen Gebeten.

Und sachte, sachte sank sein Arm herab, und seine kleinen Glutaugen starrten in das Nest.

Niemals hatte er etwas so hilflos Häßliches und Armseliges gesehen: kleine, nackte Körperchen mit spärlichem Flaum, keine Augen, keine Flugkraft, eigentlich nur sechs große, aufgerissene Schnäbel.

Es kam ihm selbst wunderlich vor, aber er mochte die Kleinen gerade so leiden, wie sie waren. Die Alten hatte er ja niemals von dem großen Untergang ausgenommen, aber für diese sechs Schutzlosen machte er eine stillschweigende Ausnahme.

Wenn die Bäuerinnen ihm jetzt Essen brachten, dankte er ihnen nicht mehr mit Verwünschungen. Da er für die Kleinen in seiner Hand notwendig war, freute er sich, daß die Leute ihn nicht verhungern ließen.

Bald guckten den ganzen Tag sechs runde Köpfchen über den Nestrand. Des alten Hatto Arm sank immer häufiger zu seinen Augen hernieder. Er sah die Federn aus der roten Haut sprießen, die Augen sich öffnen, die Körperformen sich runden.

Die Gebete um die große Vernichtung kamen immer zögernder über Hattos Lippen. Er glaubte Gottes Zusicherung zu haben, daß sie hereinbrechen würde, wenn die kleinen Vögelchen flügge waren. Nun stand er da und suchte gleichsam nach einem Ausweg. Denn diese sechs Kleinen, die er beschützt und behütet hatte, konnte er nicht opfern.

Früher war es etwas andres gewesen, als er noch nichts hatte, was sein eigen war. Die Liebe zu den Kleinen und Schutzlosen kam über ihn und machte ihn unschlüssig.

Manchmal wollte er das ganze Nest in den Fluß schleudern, denn er meinte, daß die beneidenswert sind, die ohne Sorgen und Sünden sterben dürfen. Mußte er die Kleinen nicht vor Raubtieren und Kälte, vor Hunger und den mannigfaltigen Heimsuchungen des Lebens bewahren? Aber gerade als er so dachte, kam der Sperber auf das Nest herabgesaust, um die Jungen zu töten. Da ergriff Hatto den Kühnen mit seiner linken Hand, schwang ihn im Kreise über seinem Kopf und schleuderte ihn mit der Kraft des Zornes in den Fluß.

Und der Tag kam, an dem die Kleinen flügge waren. Eine der Bachstelzen mühte sich drinnen im Nest, die Jungen auf den Rand hinauszuschieben, während die andre herumflog und ihnen zeigte, wie leicht das Fliegen war. Und als die Jungen sich hartnäckig fürchteten, da

zeigten ihnen die beiden Alten ihre allerschönsten Flug-
kunststücke. Mit den Flügeln schlagend, beschrieben sie
verschiedene Windungen, oder sie stiegen gerade in die
Höhe wie Lerchen und hielten sich mit heftig zitternden
Schwingen still in der Luft.

Aber als die Jungen noch immer eigensinnig blieben,
konnte Hatto es nicht lassen, sich in die Sache einzumi-
schen. Er gab ihnen einen behutsamen Puff mit dem
Finger, und damit war alles entschieden. Heraus flogen
sie, zitternd und unsicher, die Luft peitschend wie Fle-
dermäuse, sie sanken, aber sie erhoben sich wieder, begriffen die Kunst und verwandten sie dazu, so rasch wie
möglich das Nest wieder zu erreichen. Die Alten kamen
stolz und jubelnd zu ihnen zurück, und der alte Hatto
schmunzelte.

Er hatte doch in der Sache den Ausschlag gegeben.

Er grübelte nun darüber nach, ob es für unsern Herrgott nicht auch einen Ausweg geben konnte.

Vielleicht, wenn man es recht bedachte, hielt Gottvater diese Erde wie ein großes Vogelnest in seiner
Rechten, und vielleicht hatte er Liebe zu denen gefaßt,
die dort wohnen und hausen, zu allen schutzlosen Kindern der Erde. Vielleicht erbarmte er sich ihrer, die er zu
vernichten gelobt hatte, so wie sich der Eremit der kleinen Vögel erbarmte.

Freilich waren die Vögel des Eremiten um vieles besser als unsers Herrgotts Menschen, aber er konnte doch
begreifen, daß Gottvater dennoch ein Herz für sie hatte.

Am nächsten Tage stand das Vogelnest leer, und die
Bitterkeit der Einsamkeit bemächtigte sich des Eremiten.
Langsam sank sein Arm herab, und es war ihm, als ob
die ganze Natur den Atem anhielt, um dem Dröhnen
der Posaune des Jüngsten Gerichts zu lauschen. Doch in

demselben Augenblick kamen alle Bachstelzen zurück und setzten sich ihm auf Haupt und Schultern, denn sie hatten gar keine Angst vor ihm. Da zuckte ein Lichtstrahl durch das verwirrte Hirn des alten Hatto. Er hatte ja den Arm gesenkt, ihn jeden Tag gesenkt, um die Vögel anzusehen.

Und wie er da stand, von allen sechs Jungen umflattert und umgaukelt, nickte er jemandem, den er nicht sah, vergnügt zu. »Du bist frei«, sagte er, »du bist frei. Ich hielt mein Wort nicht, und so brauchst du auch deines nicht zu halten.«

Und es war ihm, als hörten die Berge zu zittern auf und als legte sich der Fluß gemächlich in seinem Bett zur Ruhe.

Das Schatzkästlein der Kaiserin

Der Bischof hatte Pater Verneau zu sich bescheiden lassen. Es handelte sich um eine höchst peinliche Angelegenheit. Pater Verneau war ausgesandt worden, um in einem Fabrikdistrikt in der Gegend von Charleroi zu predigen, er war aber gerade mitten in eine große Arbeitseinstellung geraten, bei der die Arbeiter ziemlich wild und zügellos gewesen waren. Er berichtete dem Bischof, daß er gleich bei seiner Ankunft auf der »schwarzen Erde« einen Brief von einem Arbeiterführer erhalten hatte, des Inhalts, daß es ihm frei stünde, zu reden; wenn er sich aber erlaube, in seiner Predigt Gott zu nennen – gerade heraus oder auf Schleichwegen – dann sollte ein Spektakel in der Kirche losgehen. »Und als ich auf die Kanzel trat und die Versammlung sah«, sagte der Pater, »zweifelte ich nicht daran, daß sie ihre Drohung ausführen würden.« Pater Verneau war ein kleiner, vertrockneter Mönch. Der Bischof sah auf ihn hinunter, wie auf ein Wesen niedrigerer Art. Solch ein unrasierter, ein bißchen schmutziger Mönch mit dem allerunbedeutendsten Gesicht müßte ja wohl feig sein. Er hätte ja sogar Angst vor ihm, dem Bischof.

»Es ist mir auch vermeldet worden«, sagte der Bischof, »daß Sie den Wunsch der Arbeiter erfüllt haben. Aber ich brauche wohl nicht erst hervorzuheben ...«

»Monseigneur«, unterbrach ihn Pater Verneau in aller Demut. »Ich glaubte, daß die Kirche, wenn möglich, störenden Auftritten aus dem Wege gehen sollte.«

»Aber eine Kirche, die es nicht wagt, Gottes Namen zu nennen ...«

»Haben Monseigneur meine Predigt gehört?«

Der Bischof ging im Zimmer auf und ab, um sich zu beruhigen.

»Sie wissen sie natürlich auswendig?« sagte er.

»Natürlich, Monseigneur.«

»Lassen Sie sie mich also hören, wie sie gehalten wurde, Pater Verneau, Wort für Wort, ganz wie sie gehalten wurde.«

Der Bischof setzte sich in seinen Lehnstuhl. Pater Verneau blieb stehen.

»Mitbürger und Mitbürgerinnen«, begann er, augenblicklich in seinen Vortragston verfallend.

Der Bischof zuckte zusammen.

»Sie lieben es, so angeredet zu werden, Monseigneur.«

»Tut nichts, Pater Verneau«, sagte der Bischof. »Fahren Sie fort!«

Den Bischof durchfuhr ein leiser Schauer; diese beiden Worte hatten ihn auf eine wundersame Art in die Situation versetzt. Er sah diese Versammlung von Kindern der »schwarzen Erde« vor sich, zu der Pater Verneau gesprochen hatte. Er sah viel rohe Gesichter, viele Lumpen, viel wilde Lustigkeit. Er sah das Volk, für das nichts geschehen war.

»Mitbürger und Mitbürgerinnen«, begann Pater Verneau aufs neue, »es gibt hier im Lande eine Kaiserin namens Maria Theresia. Sie ist eine ausgezeichnete Regentin. Sie ist die weiseste und vortrefflichste Herrscherin, die es in Belgien jemals gegeben hat.

Andre Regenten, Mitbürger, andre Regenten bekommen nach ihrem Tode Nachfolger und verlieren alle

Macht über ihr Volk. Nicht so die große Kaiserin Maria Theresia. Vielleicht hat sie den Thron in Österreich und Ungarn verloren; vielleicht sind Brabant und Limburg an andre Herren übergegangen, mitnichten aber ihre gute Grafschaft Westflandern. In Westflandern, wo ich diese letzten Jahre gelebt habe, kennt man heute noch keinen andern Herrscher als Maria Theresia. Wir wissen, daß König Leopold in Brüssel wohnt, aber er kümmert uns nicht. Maria Theresia ist es, die noch immer am Meere regiert.

Und vor allem in den Fischerdörfern. Je weiter man zum Meer hinauskommt, desto allmächtiger regiert sie.

Nicht die große Revolution und nicht das Kaiserreich und nicht die Holländer haben Macht genug gehabt, sie zu stürzen. Wie sollten sie auch? Sie haben für die Kinder des Meeres nichts getan, was sich mit ihrer Wirksamkeit vergleichen ließe. Was hat sie dem Volke auf den Dünen nicht alles geschenkt! Es ist unschätzbar, Mitbürger!

Vor ungefähr hundertfünfzig Jahren, im Anfange ihrer Regierungszeit, machte sie eine Reise durch Belgien. Da kam sie nach Brüssel und Brügge, sie kam nach Lüttich und Löwen, aber als sie endlich genug große Städte und bildergeschmückte Rathäuser geschaut hatte, zog sie an die Küste hinaus, um das Meer und die Dünen zu sehen.

Es war kein froher Anblick für sie. Sie sah das Meer größer und allmächtiger, als daß ein Mensch dagegen streiten könnte. Sie sah die Küste hilflos und unbeschützt. Da waren die Dünen, aber das Meer war einst über sie hinweggegangen und konnte es immer wieder tun. Da lagen auch einige Dämme, aber sie waren verfallen und eingesunken. Da sah sie versandete Häfen, da sah sie Marschland, so versumpft, daß nur Schilf und

Binsen darin wachsen wollten, da sah sie vom Sturm zerrissene Fischerhütten, unter den Dünen erbaut, gleichsam ins Meer hinausgeschleudert, und da sah sie armselige, alte Kirchen, die vom Meere weit hinaus in Flugsand und Strandhafer, in unzugängliche Wildnis getrieben waren.

Einen ganzen Tag weilte die große Kaiserin draußen am Meere; sie ließ sich von Überschwemmungen erzählen und von fortgespülten Dörfern. Sie ließ sich den Ort zeigen, wo ein ganzes Stück Land ins Meer versunken war. Sie ließ sich dorthin rudern, wo auf dem Meeresgrunde eine alte Kirche stehen sollte. Und sie ließ sich die Menschen aufzählen, die ertrunken waren, und das Vieh, das zugrunde gegangen war, als das Meer zum letzten Male die Dünen überschritten hatte.

Den ganzen Tag lang dachte die Kaiserin in ihrem stillen Sinn: Wie soll ich diesem armen Volke auf den Dünen helfen? Ich kann dem Meere doch nicht verbieten, zu steigen und zu sinken, ich kann ihm nicht untersagen, den Strand zu untergraben. Auch kann ich den Wind nicht binden, noch ihm verwehren, die Boote der Fischer umzustürzen. Und ebensowenig vermag ich Fische in ihre Netze zu führen oder den Strandhafer in nahrhaften Weizen zu verwandeln. Kein Monarch der Welt ist so stark, daß er dieses arme Volk aus seinem Unglück zu erlösen vermöchte.

Der nächste Tag war ein Sonntag, und die Kaiserin hörte in Blankenberghe die Messe. Da war alles Küstenvolk von Dunkerque bis Sluis herbeigeströmt, um sie zu sehen. Aber vor der Messe ging die Kaiserin umher und sprach mit dem Volke.

Der erste, der ihr begegnete, war der Hafenvogt von Nieuport. ›Was gibt es Neues in deiner Stadt?‹ fragte die

Kaiserin. ›Nichts Neues‹, sagte der Hafenvogt, ›außer daß Cornelius Ärtsens Boot gestern nacht vom Wind umgestürzt wurde und man ihn heute morgen an unserer Küste fand, auf dem Bootskiel reitend.‹ ›Noch ein Glück, daß er mit dem Leben davongekommen ist‹, sagte die Kaiserin. ›Das kann niemand wissen‹, sagte der Hafenvogt, ›denn er war wahnsinnig, als man ihn ans Land brachte.‹ ›Wohl vor Schrecken?‹ sagte die Kaiserin. ›Ja‹, sagte der Hafenvogt, ›es kam daher, weil wir in Nieuport nichts haben, worauf wir in der Stunde der Not vertrauen können. Cornelius wußte, daß seine Frau und die kleinen Kinder Hungers sterben müßten, wenn er umkäme, und dieser Gedanke brachte ihn wohl von Sinnen.‹ ›Das ist es also, was euch hier draußen auf den Dünen nottut‹, sagte die Kaiserin, ›etwas, worauf ihr vertrauen könnt.‹ ›Das ist es‹, sagte der Hafenvogt, ›das Meer ist unsicher, der Boden ist unsicher, Fischfang und Verdienst sind unsicher. Etwas, worauf wir vertrauen können, das brauchen wir.‹ Die Kaiserin ging weiter, bis sie zum Pfarrer von Heyst kam. ›Was gibt es Neues in Heyst?‹ sagte sie zu ihm. ›Nichts Neues‹, antwortete er, ›es sei denn, daß Jakob van Ravesteyn aufgehört hat, das Marschland einzudeichen, am Hafen zu graben, einen Leuchtturm zu errichten, und daß er überhaupt alle nützliche Arbeit aufgegeben hat, die er unter den Händen hatte.‹ ›Aber, wie kommt das nur?‹ sagte die Kaiserin. ›Er hat eine Erbschaft gemacht‹, sagte der Pfarrer, ›und jetzt erscheint sie ihm geringer, als er erwartet hatte.‹ ›Aber da hat er doch etwas Sicheres‹, sagte die Kaiserin. ›Ja, gewiß‹, erwiderte der Pfarrer. ›Aber nun, da er das Geld in der Hand hat, wagt er sich an kein großes Werk mehr, aus Furcht, daß es nicht hinreiche.‹ ›Also wäre etwas grenzenlos Großes vonnöten, um euch in Heyst zu helfen‹, sagte die Kaiserin. ›So ist es‹, pflichtete ihr der Pfarrer bei, ›es ist unendlich viel zu tun, und es kann eigentlich gar nichts geschehen, bevor man nicht weiß, daß unendlich viel da ist, um daraus zu schöpfen.‹

Die Kaiserin schritt weiter, bis sie zu dem Lotsenältesten von Middelkerke kam und ihn nach Neuigkeiten aus seiner Stadt fragen konnte. ›Nichts Neues weiß ich zu berichten‹, sagte der Lotsenälteste, ›nichts, als daß Jan van der Meer in Streit mit Luca Neerwinden geraten ist.‹ ›Wirklich?‹ sagte die Kaiserin. ›Ja, sie haben diesen Dorschgrund gefunden, nach dem sie beide ihr Leben lang gesucht haben. Seit altersher hörten sie davon erzählen und streiften auf dem Meere umher, um ihn zu finden, und waren allezeit die besten Freunde; aber jetzt, seit sie ihn gefunden haben, sind sie Feinde geworden.‹ ›So wäre es also besser gewesen, sie hätten ihn nie entdeckt‹, sagte die Kaiserin. ›Ja‹, sagte der Lotsenälteste, ›gewiß wäre es besser gewesen.‹ ›So müßte wohl das, was euch in Middelkerke helfen könnte‹, sagte die Kaiserin, ›so gut verborgen sein, daß niemand es fände.‹ ›Freilich‹, stimmte der Lotsenälteste ihr bei, ›gut verborgen müßte es sein, denn, wenn jemand es fände, gäbe es nur Zwist und Zank darüber, oder es würde auch gleich verbraucht, und da täte es keinen Nutzen mehr.‹

Die Kaiserin seufzte und fühlte, daß sie nichts vermochte. Sie ging dann in die Messe, und die ganze Zeit über lag sie auf den Knien und betete, daß sie dem Volke dennoch möge helfen können. Und, mit eurer Erlaubnis, Mitbürger, gegen Ende der Messe war es ihr klar geworden, daß es besser sei, wenig zu tun, als nichts zu tun. Als die Leute aus der Messe kamen, stellte sie sich auf die Kirchentreppe, um zu ihnen zu reden.

Keiner aus Westflandern wird je vergessen, wie sie damals aussah. Schön war sie wie eine Kaiserin und auch so angetan. Sie hatte sich Krone und Mantel reichen lassen und hielt das Zepter in der Hand. Sie hatte hochgekämmtes, weißgepudertes Haar, und eine Schnur großer echter Perlen ringelte sich durch die Haarwellen. Sie war in rote, leuchtende Seide gekleidet, aber das ganze Gewand war mit flämischen Spitzen überzogen. Rote, hochhackige Schuhe trug sie, mit großen Juwelenspangen über dem Rist. So sieht sie noch heute aus, wenn sie Westflandern regiert.

Sie sprach zu den Küstenbewohnern und tat ihnen ihren Willen kund. Sie sagte ihnen, wie sie auf Hilfe gesonnen hätte. Sie sagte, sie wüßte wohl, daß sie das Meer nicht zur Stille zwingen, die Winde nicht festbinden könnte, daß es nicht in ihrer Macht stünde, den Fischstrom an die Küste zu leiten oder den Strandhafer in Weizen zu verwandeln. Aber was sie armes Menschenkind für sie tun könne, das solle doch geschehen.

Sie lagen alle auf den Knien, indes sie sprach. Nie zuvor hatten sie ein so mildes und so mütterliches Herz für sich schlagen fühlen. Die Kaiserin sprach so mit ihnen von ihrem harten Leben, daß sie über ihr Mitleid zu weinen begannen.

Jetzt aber, sagte die Kaiserin, hätte sie beschlossen, ihnen ihr Schatzkästlein zurückzulassen mit allem, was es bergen könne. Das solle ihre Gabe für alle jene sein, die draußen auf den Dünen wohnten. Es sei die einzige Hilfe, die sie leisten könne; sie bat sie, zu verzeihen, daß sie so gering sei. Und sie hatte Tränen in den Augen, auch sie, als sie dieses sagte.

Sie fragte sie nun, ob sie versprechen und es beschwören wollten, daß sie den Schatz nicht gebrauchen wollten, bevor die Not unter ihnen so groß wäre, daß sie nicht mehr größer werden könnte. Und weiter, ob sie schwören wollten, daß sie ihn auf ihre Nachkommen vererben würden, wenn sie selbst seiner nicht bedürften. Und schließlich bat sie jeden einzelnen Mann, zu geloben, daß er nicht trachten würde, sich des Schatzes zu seinen eignen Gunsten zu bemächtigen, sondern daß jeder zuerst die ganze Fischerbevölkerung hören wollte.

Ob sie das beschwören wollten? Das wollten alle. Und sie segneten die Kaiserin und weinten Tränen der Dankbarkeit. Und auch sie weinte und sagte ihnen, sie wüßte wohl, daß sie eine nie versagende Stütze brauchten, um darauf zu vertrauen, und unendliche Schätze und unsägliches Glück, aber das könne sie ihnen nicht geben. Sie sei nie so ohnmächtig gewesen wie hier draußen auf den Dünen.

Mitbürger, ohne daß sie es wußte, kraft jener Regentenweisheit, die diesem großen Weibe angeboren war, ist es ihr gelungen, mehr zu erreichen, als sie im Auge hatte, und darum kann man sagen, daß sie noch heutigen Tages Westflandern regiere.

Es muß euch eine Freude sein, von allen den Segnungen zu hören, die sich durch die Gabe der Kaiserin über Westflandern verbreitet haben. Die Leute dort draußen haben etwas, worauf sie vertrauen können, und das tut ihnen sehr not, wie uns allen. Wie groß das Elend auch sein mag, es ergreift sie keine Verzweiflung.

Sie haben mir dort draußen gesagt, wie das Schatzkästlein der Kaiserin aussieht. Wie der Schrein der heiligen Ursula in Brügge, nur noch viel schöner. Das ist eine Nachbildung der Domkirche in Wien und ist aus reinem Golde verfertigt, aber auf den Seitenfeldern sieht man die Schicksale der Kaiserin im klarsten Alabaster gebildet. Auf den vier Seitentürmchen leuchten die vier Diamanten, die die Kaiserin aus der Krone des türkischen Sultans genommen hat, und auf den Giebeln ist ihr Namenszug in Rubinen eingelegt. Aber wenn ich sie frage, ob sie den Schrein gesehen hätten, dann sagen sie, daß schiffbrüchige Seeleute, die in Lebensgefahr sind, den Schrein stets vor sich auf den Wellen schwimmen sehen, zum Zeichen, daß sie nicht um Weib und Kind verzweifeln mögen, wenn es sich so fügte, daß sie sie lassen müßten.

Aber diese Leute sind die einzigen, die den Schatz gesehen haben, sonst ist ihm niemand nahe genug gekommen, um ihn zu zählen. Und ihr wißt, Mitbürger, daß die Kaiserin zu niemand gesagt hat, wieviel er enthielt. Aber, wenn ihr etwa daran zweifelt, wie segensreich er gewesen ist und noch heute ist, dann bitte ich euch: gehet hinaus ans Meer und sehet es selbst. Da hat es seither ein Graben und Bauen gegeben, und das Meer liegt jetzt hinter Dämmen und Wellenbrechern gezähmt und gebändigt und tut keinen Schaden, und es gibt grüne Wiesen innerhalb der Dünen und Badeorte und wachsende Städte an der Meeresseite. Bei jedem Leuchtturm aber, der errichtet wurde, bei jedem Hafen, bei jedem Schiffe, die man zu bauen begann, bei jedem Damm, den man aufwarf, – immer dachte man: Wenn die eignen Mittel nicht reichen, so hilft uns unsre gnädige Kaiserin Maria Theresia. Aber das ist stets nur ein Sporn gewesen, das eigne Geld hat immer gereicht.

Ihr wißt auch, daß die Kaiserin nicht gesagt hat, wo der Schatz sich befand. War das nicht wohlbedacht, Mitbürger? Einer hat ihn in Verwahrung, aber erst, wenn alle sich entschlossen haben, ihn zu teilen, wird der Mann, der den Schatz jetzt verwahrt, hervortreten und erzählen, wo er sich befindet. Darum weiß man, daß er weder jetzt, noch in Zukunft ungerecht verteilt werden wird. Er ist für alle gleich. Ein jeder weiß, daß die Kaiserin ebensogut an ihn denkt wie an seinen Nachbarn. Es kann nicht, wie anderwärts, Zwist und Neid unter dem Volke draußen entstehen, denn sie haben das Beste gemeinsam.«

Der Bischof fiel Pater Verneau in die Rede.

»Genug«, sagte er, »wie haben Sie den Schluß gestaltet?«

»Ich sagte ihnen«, erwiderte der Mönch, »es sei ein großes Unglück, daß die gute Kaiserin nicht auch nach Charleroi gekommen sei. Ich beklagte sie, weil sie das Schatzkästlein nicht besäßen. Bei den großen Dingen, die sie vollbringen wollten, könnte ihnen gewiß nichts nötiger sein, sagte ich.«

»Nun?« fragte der Bischof.

»Ein paar Kohlrüben, Euer Hochwürden, und ein paar Pfiffe, aber da war ich schon von der Kanzel herunter. Weiter nichts.«

»Sie hatten verstanden«, sagte der Bischof, »daß Sie zu ihnen von Gottes Vorsehung sprachen.«

Der Mönch verneigte sich.

»Sie hatten verstanden, daß Sie ihnen zeigen wollten, daß diese Macht, die sie verhöhnen, weil sie sie nicht sehen, sich fernhalten muß. Daß sie in demselben Augenblick mißbraucht werden würde, in dem sie sich in vernehmbarer Form offenbarte. Ich beglückwünsche Sie.«

Der Mönch verneigte sich und schritt auf die Tür zu. Der Bischof kam ihm nach; er strahlte vor Wohlwollen.

»Aber das Schatzkästlein ...? Sie glauben daran, die Leute dort ...?«

»Ob sie daran glauben! Gewiß, Monseigneur!«

»Aber der Schatz, – war denn jemals ein Schatz da?«

»Mit Ihrer Erlaubnis, Monseigneur, ich habe geschworen ...«

»Nun, nun, mir ...« sagte der Bischof.

»Der Pfarrer von Blankenberghe hat ihn in Verwahrung. Er ließ ihn mich sehen. Es ist eine kleine Holzkiste mit Eisenbeschlägen.«

»Nun?«

»Und auf ihrem Boden liegen zwanzig blanke Mariatheresientaler.«

Der Bischof lächelte, er wurde aber sogleich wieder ernsthaft. »Kann man solch eine Holzkiste mit der Vorsehung vergleichen?«

»Alle Vergleiche hinken, Monseigneur. Alle Menschengedanken sind eitel.«

Pater Verneau verneigte sich noch einmal und glitt aus dem Empfangszimmer.

Es war in Rom zu Anfang der neunziger Jahre. Leo der Dreizehnte stand da gerade auf der Höhe seines Ansehens und Ruhms. Alle rechtgläubigen Katholiken jubelten über seine Erfolge und Siege, die in Wahrheit großartig waren.

Auch für jene, die die großen politischen Ereignisse nicht fassen konnten, war es offenbar, daß die Sache der Kirche wieder im Fortschreiten begriffen war. Jeder konnte sehen, daß überall neue Klöster errichtet wurden, und daß Pilgerscharen nach Italien zu strömen begannen, ganz wie in alten Zeiten. An vielen Orten sah man die alten verfallenen Kirchen restaurieren, zerstörte Mosaiken instandsetzen, und die Schatzkammern der Kirchen füllten sich mit goldenen Reliquienschreinen und diamanteneingelegten Monstranzen.

Mitten in dieser Zeit des Erfolges wurde das römische Volk durch die Nachricht erschreckt, daß der Papst erkrankt sei. Er sollte sehr schlimm dran sein. Ein Gerücht behauptete sogar, er läge im Sterben.

Der Zustand war auch in hohem Grade ernst. Die Ärzte des Papstes gaben Bulletins aus, die kaum irgendwelche Hoffnung ließen. Es wurde hervorgehoben, daß das hohe Alter des Papstes – er war damals schon achtzig Jahre – es beinahe unmöglich mache, daß er die Krankheit überstehe.

Diese Krankheit des Papstes verursachte natürlich großes Aufsehen. In allen Kirchen Roms begann man für seine Genesung zu beten. Die Zeitungen waren voll Mitteilungen über den Krankheitsverlauf. Die Kardinäle begannen ihre Maßregeln zu treffen, um die neue Papstwahl vorzubereiten.

Überall beklagte man den bevorstehenden Hingang des glänzenden Fürsten. Man fürchtete, daß das Glück, das sich unter Leo dem Dreizehnten an die Sache der Kirche geheftet hatte, ihr unter seinem Nachfolger nicht treu bleiben würde. So mancher hatte gehofft, daß es diesem Papst gelingen würde, Rom und den Kirchenstaat wieder zu gewinnen. Andre hatten wohl geträumt, er würde eines der großen protestantischen Länder in den Schoß der alleinseligmachenden Kirche zurückführen.

Mit jedem Augenblick, der verstrich, nahmen die Unruhe und die Betrübnis zu. Als die Nacht kam, dachten viele gar nicht daran, zu Bett zu gehen. Die Kirchen wurden bis lange nach Mitternacht offen gehalten, damit die Betrübten die Möglichkeit hatten, einzutreten und zu beten.

Unter diesen betenden Scharen gab es sicherlich mehr als eine arme Seele, die ausrief: »Herr Gott, nimm mein Leben an Stelle des seinen. Laß ihn leben, der so viel für deine Ehre wirken kann, und lösche anstatt dessen mein Lebensflämmchen, das niemand zum Frommen brennt.«

Aber wenn der Todesengel einen dieser Betenden beim Wort genommen hätte und plötzlich mit gezücktem Schwerte vor ihn hingetreten wäre, die Erfüllung seines Gelöbnisses zu fordern, da kann man wohl denken, wie er sich betragen hätte. Sicherlich hätte er ein so übereiltes Anerbieten alsogleich zurückgenommen und um die Gnade gefleht, alle Jahre des Lebens, die ihm ursprünglich zugedacht wären, leben zu dürfen.

Um diese Zeit wohnte in einer der dunklen Baracken

am Tiberufer eine alte Frau. Sie gehörte zu jenen, die so geschaffen sind, daß sie Gott täglich für das Leben danken. Am Vormittag pflegte sie auf dem Markt zu sitzen und Gemüse zu verkaufen, und dies war eine Beschäftigung, die ihr in hohem Grade zusagte. Sie fand, daß nichts fröhlicher sein könnte als ein Markt am Morgen. Alle Zungen waren im Gang, um Waren auszubieten, und die Käufer drängten sich vor den Ständen, wählten und feilschten, während so manches gute Scherzwort zwischen ihnen und den Verkaufenden hin und her flog. Zuweilen machte sie gute Geschäfte und verkaufte ihr ganzes Lager aus, aber auch wenn sie nicht so viel wie einen Rettich anbrachte, machte es ihr Freude, in der frischen Morgenluft unter Blumen und Grün zu stehen.

Am Abend hinwiederum hatte sie eine andre und noch größere Freude. Da kam ihr Sohn auf Besuch zu ihr nach Hause. Er war Geistlicher, aber er war an einer unbedeutenden Kirche in einem der Armenviertel angestellt. Die armen Geistlichen, die dort wirkten, hatten nicht viel zum Leben, und die Mutter fürchtete, daß ihr Sohn Hunger leide. Aber daraus erwuchs ihr auch ihre große Freude, denn es gab ihr Anlaß, ihn mit Leckerbissen vollzupfropfen, wenn er zu ihr auf Besuch kam. Er sträubte sich, er hatte Anlagen zu einem strengen, entsagenden Leben, aber die Mutter war so verzweifelt, wenn er nein sagte, daß er immer nachgeben mußte. Während er aß, ging sie in der Stube umher und schwätzte von allem, was sich am Morgen auf dem Markte zugetragen hatte. Es waren lauter sehr weltliche Dinge, und zuweilen fiel es ihr ein, daß ihr Sohn daran Anstoß nehmen könnte. Dann unterbrach sie sich mitten in einem Satze und fing an, von geistlichen und ernsten Dingen zu reden, aber da konnte der Kaplan nicht umhin, zu lachen. »Nein, nein, Mutter Concenza«, sagte er. »Rede nur weiter, wie du es gewohnt bist. Die Heiligen kennen dich schon. Sie wissen, was du im Kopfe hast.«

Dann lachte sie ebenfalls und sagte: »Du hast wirklich recht, es lohnt sich nicht, dem lieben Gott etwas vorzumachen.«

Aber als die Krankheit des Papstes begann, kam auch auf Signora Concenza ihr Teil an der allgemeinen Betrübnis. Von selbst wäre sie sicherlich nicht auf den Gedanken verfallen, sich über seinen Hingang Sorgen zu machen, aber als der Sohn zu ihr kam, war er nicht zu bewegen, einen Bissen zu kosten oder ihr ein Lächeln zu schenken, obgleich sie ganz vollgepfropft mit Einfällen und Geschichten war. Da erschrak sie natürlich und fragte, was es denn gäbe. »Der Heilige Vater ist krank geworden«, antwortete der Sohn.

Zuerst konnte sie kaum glauben, daß dies der einzige Grund seiner Verstimmung sei. Natürlich war es traurig, aber sie wußte ja, wenn ein Papst starb, kam sogleich ein andrer. Sie erinnerte ihren Sohn daran, daß sie auch den guten Pio Nono betrauert hätten. Und sieh da, dieser, der nach ihm kam, sei noch ein größerer Papst gewesen. Sicherlich würde es den Kardinälen gelingen, ihnen einen ebenso heiligen und weisen Herrscher zu wählen.

Da begann der Sohn mit ihr vom Papste zu sprechen. Er ließ es sich nicht einfallen, sie in seine Regententätigkeit einzuweihen, aber er erzählte ihr kleine Geschichtchen aus seinen Kindheits- und Jugendjahren. Auch aus seiner Prälatenzeit gab es Dinge zu berichten, die sie verstehen und würdigen konnte, wie er seinerzeit in Süditalien Räuber verfolgte und wie er in den Jahren, als er Bischof in Perugia war, allen teuer wurde.

Ihre Augen standen voll Tränen, und sie rief: »Ach, daß er doch nicht so alt wäre, daß er doch noch viele Jahre leben könnte, da er ein so großer und heiliger Mann ist!«

»Ja, wenn er nur nicht so alt wäre«, sagte der Sohn und seufzte.

Aber Signora Concenza hatte sich schon die Tränen aus den Augen gewischt. »Du mußt dies wirklich mit Ruhe tragen«, sagte sie. »Bedenke doch, daß seine Lebenszeit ganz sicher abgelaufen ist. Es ist unmöglich, den Tod zu hindern, ihn zu ergreifen.«

Aber der Kaplan war ein Schwärmer. Er liebte die Kirche, und er hatte geträumt, daß der große Papst sie zu wichtigen, entscheidenden Siegen führen würde.

»Ich wollte gerne mein Leben hingeben, wenn ich ihm dadurch neues Leben erkaufen könnte«, sagte er.

»Was sagst du da!« rief die Mutter. »Liebst du ihn wirklich so sehr? Aber du darfst keinesfalls so gefährliche Wünsche aussprechen. Du mußt im Gegenteil darauf bedacht sein, recht lange zu leben. Wer weiß, was noch geschehen kann? Warum solltest du nicht auch einmal Papst werden können?«

Eine Nacht und ein Tag verstrichen, ohne daß der Zustand des Papstes sich besserte. Als Signora Concenza am nächsten Tage den Sohn traf, sah er ganz verstört aus. Sie begriff, daß er den ganzen Tag bei Fasten und Gebet verbracht hatte, und sie begann ärgerlich zu werden.

»Ich glaube wirklich, du willst dich wegen dieses alten kranken Mannes umbringen«, sagte sie.

Den Sohn quälte es, sie nun wieder ohne Mitgefühl zu sehen, und er versuchte sie zu bewegen, ein wenig an seinem Schmerze teilzunehmen.

»Du solltest wirklich mehr als ein andrer wünschen,

daß der Papst am Leben bleibe«, sagte er. »Wenn er zu regieren fortfährt, wird er, ehe ein Jahr vergeht, meinen Pfarrer zum Bischof ernennen, und in diesem Falle ist mein Glück gemacht. Er wird mir dann eine gute Anstellung an einer Domkirche geben. Du wirst mich dann nicht mehr in fadenscheiniger Soutane herumgehen sehen. Ich werde reichlich Geld haben und dir und allen deinen armen Nachbarn helfen können.«

»Aber wenn nun der Papst stirbt?« fragte Signora Concenza atemlos.

»Wenn der Papst stirbt, dann kann niemand etwas wissen. Wenn mein Pfarrer dann nicht gerade bei seinem Nachfolger in Gunst steht, müssen wir beide noch viele Jahre da bleiben, wo wir sind.«

Signora Concenza stellte sich vor den Sohn und betrachtete ihn bekümmert. Sie sah seine Stirn an, die voll Runzeln war, und sein Haar, das zu ergrauen begonnen hatte. Er sah müde und abgezehrt aus. Es war wirklich notwendig, daß er sobald als möglich diese Stelle an der Domkirche bekam.

Heute nacht werde ich in die Kirche gehen und für den Papst beten, dachte sie. Er darf nicht sterben.

Nach dem Abendbrot überwand sie tapfer ihre Müdigkeit und begab sich auf die Straße. Große Menschenscharen strömten da vorbei. Viele waren nur Neugierige, die ausgingen, um mit dabei zu sein, die erste Nachricht des Todesfalles aufzufangen, aber viele waren Betrübte, die von Kirche zu Kirche wanderten, um zu beten.

Kaum war jedoch Signora Concenza auf die Straße gekommen, als sie eine ihrer Töchter traf, die mit einem Lithographen verheiratet war.

»Ach Mutter, wie recht tust du daran, daß du ausgehst und für ihn betest«, sagte die Tochter. »Du kannst dir nicht vorstellen, was für ein Unglück es wäre, wenn er stürbe. Mein Fabiano war nahe daran, sich das Leben zu nehmen, als er erfuhr, daß der Papst erkrankt sei.«

Sie erzählte, daß ihr Mann, der Lithograph, gerade jetzt hunderttausend Papstbilder habe drucken lassen. Wenn nun der Papst stürbe, würde er nicht die Hälfte davon verkaufen, ja nicht einmal den vierten Teil. Er würde ruiniert sein. Ihr ganzes Vermögen stünde auf dem Spiel.

Sie eilte weiter, um Neuigkeiten zu hören, mit denen sie ihren armen Mann trösten konnte, der nicht aus-zugehen wagte, sondern daheim saß und über sein Unglück brütete. Aber ihre Mutter blieb auf der Straße stehen und murmelte in sich hinein: »Es geht nicht, daß er stirbt. Es geht wirklich nicht, daß er stirbt.«

Sie trat in die erste Kirche ein, die sie sah. Sie kniete nieder und betete für das Leben des Papstes.

Als sie sich wieder erhob, um fortzugehen, fiel ihr Blick auf ein kleines Votivbild, das gerade über ihrem Kopfe an der Wand hing. Es stellte den Tod vor, der ein furchtbares zweischneidiges Schwert ausstreckte, um ein junges Mädchen niederzumetzeln, während ihre alte Mutter sich ihm in den Weg stellte und vergebens den Streich an Stelle des Kindes aufzufangen suchte.

Sie stand lange nachdenklich vor dem Bilde. »Meister Tod ist ein gar genauer Rechenmeister«, sagte sie, »man hat nie gehört, daß er darauf eingegangen wäre, ein junges Leben für ein altes freizugeben. Vielleicht wäre er doch weniger unerbittlich, wenn man ihm vorschlüge, ein altes für ein junges herzugeben.«

Sie entsann sich der Worte des Sohnes, daß er an Stelle des Papstes sterben wollte, und ein Schauer durchfuhr sie. Man denke, wenn der Tod ihm beim Worte nahm.

»Nein, nein, Meister Tod«, flüsterte sie. »Du darfst ihm nicht glauben. Du begreifst wohl, daß er nicht meinte, was er sagte. Er will leben. Er will nicht von seiner alten Mutter fortgehen, die ihn liebt.«

Zum ersten Male durchzuckte sie nun der Gedanke, daß, wenn sich jemand für den Papst opfern sollte, es doch besser wäre, sie täte es, sie, die schon alt war und das Leben gelebt hatte.

Als sie die Kirche verließ, traf sie mit einigen Nonnen von sehr ehrwürdigem Aussehen zusammen, die im nördlichen Teile des Landes daheim waren. »Wir haben wirklich Hilfe sehr nötig«, sagten sie zu der alten Concenza. »Unser Kloster war so alt und baufällig, daß der böse Sturm im vorigen Winter es umwehte. Was ist das doch für ein Unglück, daß der Papst krank ist. Wir können ihm ja unsere Kümmernisse nicht vorbringen. Wenn er sterben sollte, müssen wir unverrichteter Dinge heimfahren. Sein Nachfolger wird ja lange Jahre hindurch an andre Dinge zu denken haben, als armen Nonnen beizustehen.«

Alle, die auf der Straße waren, waren von denselben Gedanken erfüllt. Es war sehr leicht, mit wem man wollte, ins Gespräch zu kommen. Ein jeder war froh, seinen Sorgen Worte leihen zu können. Und alle, denen Mutter Concenza sich näherte, ließen sie hören, daß der Tod des Papstes für sie ein furchtbares Unglück wäre.

Und die alte Frau wiederholte ein ums andre Mal für sich selbst: »Es ist wahr, mein Sohn hat recht. Es geht wirklich nicht an, daß der Papst stirbt.«

Eine Krankenpflegerin stand mitten in einer Schar von Menschen und sprach sehr laut. Sie war so erregt, daß die Tränen über ihre Wangen liefen. Sie erzählte, daß sie vor fünf Jahren den Befehl erhalten hätte, fortzureisen und an einem Aussätzigenspital zu dienen, das auf einer fernen Insel, weit weg auf der andern Seite des Erdballs lag. Sie hätte natürlich gehorchen müssen, aber es wäre widerstrebend geschehen. Sie hätte furchtbare Angst vor dem Auftrage gehabt. Aber bevor sie fortfuhr, wäre sie vom Papste empfangen worden, er hätte ihr einen besonderen Segen erteilt, und hätte bestimmt versprochen, sie wieder vorzulassen, wenn sie zurückkäme. Und davon hätte sie die fünf Jahre, die sie fortgewesen sei, gelebt, nur von der Hoffnung, ihn noch einmal zu sehen. Das hätte ihr geholfen, all das Entsetzliche zu überstehen. Und jetzt, wo sie endlich heimkommen durfte, würde sie mit der Nachricht begrüßt, daß er auf dem Totenbette liege. Sie dürfte ihn also nicht einmal erblicken.

Sie war ganz verzweifelt, und die alte Concenza war sehr gerührt. Es würde wirklich ein allzu großer Schmerz für alle Menschen sein, wenn der Papst stürbe, dachte sie bei sich, während sie weiter durch die Straße wanderte.

Als sie sah, daß viele Menschen ganz verweint aussahen, dachte sie mit großem Wohlgefühl, welches Glück es sein müßte, aller Freude zu sehen, wenn der Papst wieder hergestellt wäre. Und da sie, wie viele Menschen von fröhlicher Gemütsart, eigentlich nicht mehr Angst vor dem Sterben als vor dem Leben hatte, sagte sie zu sich selbst:

»Wenn ich nur wüßte, wie es zugehen sollte, wollte ich gerne dem Heiligen Vater die Jahre schenken, die ich noch zu leben habe, da es wahrscheinlich ist, daß seine eigenen abgelaufen sind.«

Sie sagte dies halb im Scherz, aber es lag auch Ernst hinter den Worten. Sie wünschte wirklich, so etwas vollbringen zu können. Eine alte Frau kann sich keinen schöneren Tod wünschen, dachte sie. Ich würde sowohl meinem Sohn wie meiner Tochter helfen und überdies eine große Menge Menschen glücklich machen.

Während gerade solche Gedanken sich in ihr regten, hob sie die gefütterte Decke, die vor dem Eingang einer kleinen dunklen Kirche hing. Es war eine von den uralten Kirchen, eine von jenen, die allmählich in die Erde zu sinken scheinen, weil der Stadtgrund um sie herum sich im Laufe der Jahre gehoben hat. Diese Kirche hatte in ihrem Inneren etwas von altertümlicher Unheimlichkeit bewahrt, die von den düsteren Zeiten herstammen mußte, in denen sie entstanden war. Man wurde unwillkürlich von einem Schauer geschüttelt, wenn man unter diese niedrigen Wölbungen trat, die auf unermeßlich dicken Säulen ruhten, und die barbarisch bemalten Heiligenbilder sah, die von Wänden und Altären herniederblickten.

Als Signora Concenza in diese alte Kirche trat, die ganz von Betenden erfüllt war, wurde sie von mystischem Schrecken und Ehrfurcht ergriffen. Sie fühlte, daß in diesem Raume eine Gottheit wohnte. Unter den schweren Wölbungen schwebte etwas unendlich Mächtiges und Geheimnisvolles, etwas, daß ein so vernichtendes Gefühl der Übermacht einflößte, daß sie sich fürchtete, dort zu verweilen. »Ach, dieses ist keine Kirche, in die man geht, um eine Messe zu hören oder zu beichten«, sagte Signora Concenza zu sich selbst. »Hierher geht man, wenn man in großer Not ist, wenn einem nicht anders zu helfen ist als durch ein Wunder.«

Sie blieb zögernd an der Tür stehen und atmete diese seltsame Luft voll Geheimnis und Grauen ein.

»Ich weiß nicht einmal, wem diese alte Kirche geweiht

ist«, murmelte sie, »aber ich fühle, daß hier wirklich jemand ist, der unsere Gebete hört.«

Sie sank neben den Knienden nieder, die so zahlreich waren, daß sie den Boden vom Altare bis hinauf zum Eingang bedeckten. Während sie selbst betete, hörte sie ihre Nachbarn seufzen und schluchzen. All dieser Kummer drang ihr ins Herz und erfüllte es mit immer größerem Mitleid. »Ach, mein Gott, laß mich etwas tun, um den alten Mann zu retten«, betete sie. »Ich würde ja fürs erste meinen Kindern und dann allen andern Menschen helfen.«

Zuweilen huschte ein kleiner magerer Mönch zu den Betenden und flüsterte ihnen etwas ins Ohr. Und der, zu dem er gesprochen hatte, erhob sich sogleich und folgte ihm in die Sakristei.

Signora Concenza begriff sofort, um was es sich handelte. Das sind jene, welche Gelöbnisse für die Genesung des Papstes ablegen, dachte sie.

Als der kleine Mönch das nächstemal kam und seine Runde machte, erhob sie sich und folgte ihm.

Das war eine ganz unwillkürliche Handlung. Es deuchte sie, daß sie von der Macht, die in der alten Kirche herrschte, dazu getrieben würde.

Als sie in die Sakristei kam, die noch altertümlicher und geheimnisvoller zu sein schien als die Kirche selbst, wurde sie sogleich von Reue erfaßt. »Mein Gott, was habe ich hier zu tun?« fragte sie sich. »Was habe ich hinzugeben? Ich besitze ja nichts andres als ein paar Fuhren Gemüse. Ich kann dem Heiligen doch nicht ein paar Körbe Artischocken schenken.«

Der einen Seite des Raumes entlang lief ein langer Tisch, und an diesem stand ein Geistlicher und trug alles, was den Heiligen versprochen wurde, in ein Register ein.

Concenza hörte, wie einige versprachen, der alten Kirche eine Geldsumme zu schenken, während ein andrer seine Golduhr und eine dritte ihre Perlohrgehänge hingeben wollte.

Concenza stand noch immer still an der Tür. Ihre letzten armen Groschen hatte sie ausgegeben, um dem Sohne ein paar Leckerbissen zu beschaffen. Sie hörte, wie einige, die nicht reicher zu sein schienen als sie, Wachskerzen und Silberherzen kauften. Sie stand da und drehte ihre Rocktasche aus und ein. Sie konnte nicht einmal so viel aufbringen.

So stand sie lange da und wartete, bis sie schließlich die einzige Fremde in der Sakristei war. Die Geistlichen, die dort umhergingen, sahen sie ein wenig erstaunt an. Da machte sie ein paar Schritte vorwärts, sie schien zuerst unsicher und befangen, aber nach den ersten Schritten wanderte sie leicht und rasch zu dem Tische hin.

»Hochwürden«, sagte sie zu dem Geistlichen. »Schreiben Sie, daß Concenza Zamponi, die voriges Jahr am Tage Johannes des Täufers sechzig Jahre alt wurde, alle ihre übrigen Jahre dem Papste gibt, damit sein Lebensfaden verlängert werde.«

Der Geistliche hatte schon zu schreiben begonnen. Er war sicherlich sehr müde davon, daß er die ganze Nacht dies Register geführt hatte, und dachte nicht weiter daran, was es für Dinge waren, die er aufzeichnete. Aber nun brach er mitten im Satze ab und sah fragend zu Signora Concenza auf. Sie begegnete seinem Blicke sehr ruhig.

»Ich bin stark und gesund, Hochwürden«, sagte sie. »Ich könnte schon meine siebzig erleben. Es sind mindestens zehn Jahre, die ich dem Heiligen Vater schenke.«

Der Geistliche sah ihren Eifer und ihre Andacht, und

er erhob keine Einwendungen. »Es ist eine Arme«, dachte er. »Sie hat nichts andres zu geben.«

»Es ist geschrieben, meine Tochter«, sagte er.

Als die alte Concenza wieder ins Freie kam, war es so spät, daß alles Straßenleben aufgehört hatte und die Gasse ganz öde dalag. Sie befand sich in einem entlegenen Stadtteil, wo die Gaslaternen so spärlich standen, daß es fast ganz dunkel war. Sie schritt doch rüstig aus. Sie fühlte eine große Weihe in sich und war gewiß, daß sie nun etwas getan hatte, was viele Menschen glücklich machen würde.

Wie sie so über die Straße ging, hatte sie mit einem Male die Empfindung, daß ein lebendes Wesen über ihrem Kopfe schwebte.

Sie blieb stehen und sah auf. Im Dunkel zwischen den großen Häusern vermeinte sie ein paar große Flügel zu unterscheiden, und sie glaubte auch das Rauschen der Fittiche zu hören.

»Was ist das?« sagte sie. »Es kann doch kein Vogel sein, es ist gar zu groß.«

Gleich darauf glaubte sie ein Antlitz zu gewahren, das so weiß war, daß es die Dunkelheit durchleuchtete. Da packte sie unsägliches Grauen. »Das ist der Todesengel, der über mir schwebt«, dachte sie. »Ach, was habe ich getan! Ich habe mich in die Gewalt des Entsetzlichen gegeben.«

Sie begann zu laufen, aber sie hörte noch immer das Rauschen der mächtigen Flügel, und sie war überzeugt, daß der Tod ihr nacheilte.

So ging es durch ein paar Straßen. Es deuchte sie, daß der Tod ihr immer näher käme. Schon fühlte sie seine Flügel an ihre Schultern schlagen.

Plötzlich spürte sie, wie etwas Schweres und Scharfes

ihren Kopf traf. Das zweischneidige Schwert des Todes hatte sie endlich erreicht. Sie sank in die Knie. Sie fühlte, daß sie ihr Leben lassen mußte.

Einige Stunden später wurde die alte Concenza von ein paar Arbeitern auf der Straße gefunden. Sie lag ohnmächtig da, von einem Schlaganfall getroffen. Die arme Frau wurde sogleich in ein Krankenhaus gebracht, und es gelang, sie zum Bewußtsein zu bringen, aber es war offenbar, daß sie nicht mehr lange Zeit zu leben hatte.

Man konnte doch ihre Kinder holen lassen. Als sie voll Betrübnis an ihr Krankenlager traten, fanden sie sie sehr ruhig und glücklich. Sie konnte nicht viele Worte sprechen, aber sie lag da und streichelte ihnen die Hände.

»Ihr sollt froh sein«, sagte sie, »froh, froh.«

Es war ihr sichtlich nicht recht, daß sie weinten. Sie bat auch die Krankenpflegerinnen, sie möchten doch lächeln und Freude zeigen.

»Froh und glücklich«, sagte sie, »nun müßt ihr alle froh und glücklich sein.«

Sie lag mit hungernden Augen da und wartete darauf, ein bißchen Freude zu sehen.

Nach einer Weile wurde sie ungeduldig über die Tränen ihrer Kinder und über die ernsten Mienen der Krankenpflegerinnen. Sie begann Dinge zu sagen, die niemand verstehen konnte. Sie sagte, wenn sie nicht froh wären, dann hätte sie ebensogut noch weiter leben können. Die, welche sie hörten, glaubten, sie phantasiere.

Plötzlich öffnete sich die Tür, und ein junger Doktor trat in den Krankensaal. Er schwenkte eine Zeitung in der Hand und rief mit lauter Stimme: »Dem Papst geht es besser. Er wird am Leben bleiben. Heute nacht ist eine Wendung eingetreten.«

Die Krankenpflegerinnen bedeuteten ihm, zu schweigen, damit er die Sterbende nicht störe, allein diese hatte ihn schon gehört.

Sie hatte auch gesehen, wie ein Aufzucken der Freude, ein Schimmer von Glück, der sich nicht verbergen ließ, die durchfuhr, die um ihr Bett standen.

Da verschwand die Ungeduld von ihrem Antlitz. Sie lächelte zufrieden. Sie gab ein Zeichen, daß man sie im Bette aufsetzen möge; da saß sie nun und sah sich mit etwas Fernschauendem im Blick um. Es war, als blickte sie hinaus über Rom, wo nun die Menschen über die Straßen strömten und einander mit der frohen Kunde grüßten.

Sie hob den Kopf, so hoch sie konnte. »Das war ich«, sagte sie. »Ich bin sehr glücklich. Gott läßt mich sterben, damit er leben kann. Es bekümmert mich nicht, zu sterben, da ich alle Menschen glücklich gemacht habe.«

Sie legte sich wieder zurück, und in einigen Augenblicken war sie tot.

In Rom erzählte man, daß der Heilige Vater sich nach seiner Genesung eines Tages daran ergötzte, die Aufzeichnungen der Kirchen über die frommen Gelöbnisse durchzusehen, die für seine Genesung gemacht worden waren.

Er las lächelnd die langen Reihen kleiner Gaben, bis er zu der Aufzeichnung kam, daß Concenza Zamponi ihm ihre übrigen Lebensjahre geschenkt hatte. Da wurde er mit einem Male sehr ernst und gedankenvoll.

Er ließ sich nach Concenza Zamponi erkundigen, und er erfuhr, daß sie in derselben Nacht, in der er genesen war, gestorben war. Er ließ auch ihren Sohn Domenico zu sich rufen und fragte ihn nach ihren letzten Augenblicken.

»Mein Sohn«, sagte der Papst zu ihm, als er alles erfahren hatte, »deine Mutter hat mir nicht das Leben gerettet, wie sie in ihrer letzten Stunde glaubte, aber ich bin sehr gerührt über ihre Liebe und Opferwilligkeit.«

Er ließ Domenico seine Hand küssen, worauf er ihn verabschiedete.

Aber die Römer versichern, wenn auch der Papst nicht zugestehen wolle, daß seine Lebenstage durch die Gabe der armen Frau verlängert worden seien, so sei er doch davon überzeugt. »Warum hätte wohl sonst Vater Zamponi so rasch Karriere gemacht?« fragten die Römer.

Er sei ja schon Bischof, und man flüsterte, daß er bald Kardinal werden würde.

Und in Rom konnte man auch später nur schwer glauben, daß der Papst sterben würde, auch als er sehr krank war. Niemand konnte berechnen, wann sein Lebenslauf sich erfüllt hatte. Es hing ja alles davon ab, wie viele Jahre die arme Concenza ihm geschenkt hatte.

Die Legende des Luciatags

Vor vielen hundert Jahren lebte im südlichen Teil von Värmland eine reiche geizige alte Frau, die Frau Rangela geheißen wurde. Sie hatte eine Burg – oder vielleicht sollte man richtiger sagen, einen befestigten Hof – an der schmalen Mündung einer Bucht, die der Vänersee tief ins Land schnitt, und über diese Mündung hatte sie eine Brücke gebaut, die so aufgezogen werden konnte wie die Zugbrücke über einen Burggraben. Hier an der Brücke hielt Frau Rangela eine starke Wache von Knechten, und vor den Wegfahrenden, die sich bequemten, das Brückengeld zu entrichten, das sie verlangte, ließ die Wache sogleich die Brücke herab, aber für die anderen, die sich ihrer Armut wegen oder aus irgendeinem anderen Grund weigerten zu bezahlen, blieb sie hochgezogen, und da es keine Fähre gab, blieb diesen nichts anderes übrig, als einen Umweg von mehreren Meilen zu machen, um die Bucht zu umgehen.

Frau Rangelas Beginnen, auf diese Weise Steuern von den Wegfahrenden einzuheben, erregte viel Unmut, und vermutlich hätten die trotzigen Bauern, die sie zu Nachbarn hatte, sie schon längst gezwungen, ihnen freien Durchlaß zu gewähren, hätte sie nicht einen mächtigen Freund und Beschützer in Herrn Eskil auf Börtsholm gehabt, dessen Ländereien an Frau Rangelas Grund und Boden grenzten. Dieser Herr Eskil, der eine wirkliche Burg mit Mauern und Türmen bewohnte, der so reich war, daß sein gesamter Grundbesitz einen ganzen Sprengel ausmachte, der, von sechzig gewappneten Dienern gefolgt, durchs Land ritt, und obendrein ein wohlgelittener Ratgeber des Königs war, der war nicht nur ein guter Freund Frau Rangelas, sondern es war ihr auch gelungen, ihn zu ihrem Eidam zu machen, und unter solchen Umständen war es nur natürlich, daß niemand es wagte, die geizige Frau in ihrem Tun und Lassen zu stören.

Jahr für Jahr setzte Frau Rangela unangefochten ihr Treiben fort, als ein Ereignis eintrat, das ihr recht große Unruhe bereitete. Ihre arme Tochter starb ganz unvermutet, und Frau Rangela sagte sich, daß ein Mann wie Herr Eskil mit acht minderjährigen Kindern und einem Hofstaat, der dem eines Königs zu vergleichen war, wohl bald eine neue Ehe eingehen würde, besonders da er noch nicht so alt war. Aber wenn die neue Frau etwa Frau Rangela feindselig gesinnt war, konnte dies ihr sehr schädlich werden. Es war für sie fast noch notwendiger, mit der Frau auf Börtsholm auf gutem Fuße zu stehen als mit ihrem Mann. Denn Herr Eskil, der viele große Dinge zu vollbringen hatte, befand sich stets auf Reisen, und unterdessen oblag es seiner Gattin, im Haus und in der Umgegend zu schalten und zu walten.

Frau Rangela erwog die Sache reiflich, und als das Begräbnis vorüber war, ritt sie eines Tages nach Börtsholm hinüber und suchte Herrn Eskil in seinem Gemach auf. Da leitete sie das Gespräch damit ein, daß sie ihn an seine acht Kinder erinnerte und an die Pflege, deren sie bedurften, an seine zahllose Dienerschar, die beaufsichtigt, verköstigt und gekleidet werden mußte, an seine großen Gastmähler, zu denen er nicht zögerte, Könige und Königssöhne einzuladen, an den großen Ertrag seiner Herden, seiner Äcker, seiner Jagdreviere, seiner Bienenkörbe, seiner Hopfenpflanzungen, seiner Fischereien, der im Haupthause verwertet und bearbeitet werden mußte, kurzum an alles, was seine Frau zu verwalten gehabt hatte, und rief auf diese Weise ein recht beängstigendes Bild der großen Schwierigkeiten hervor, denen er nach ihrem Hinscheiden entgegenging.

Herr Eskil hörte mit der Ehrerbietung zu, die man einer Schwiegermutter schuldig ist, aber auch mit einem gewissen Bangen. Er fürchtete, all dies hätte zu bedeuten, daß Frau Rangela sich erbötig machen wollte, seine Hausvorsteherin auf Börtsholm zu werden, und er mußte sich sagen, daß diese alte Frau mit ihrem Doppelkinn und ihrer Hakennase, ihrer groben Stimme und ihrem bäurischen Gehaben keine erfreuliche Gesellschaft in seinem Hause sein würde.

»Lieber Herr Eskil«, fuhr Frau Rangela fort, die sich möglicherweise der Wirkung ihrer Rede nicht unbewußt war. »Ich weiß, daß sich Euch nun Gelegenheit zu den allervorteilhaftesten Heiraten bietet, aber ich weiß auch, daß Ihr reich genug seid, mehr auf das Wohl Eurer Kinder zu sehen als auf Brautschatz und Erbe, und darum möchte ich Euch vorschlagen, eine der jungen Basen meiner Tochter zu ihrer Nachfolgerin zu wählen.«

Herrn Eskils Antlitz erhellte sich sichtlich, als er hörte, daß es eine junge Anverwandte war, die seine Schwiegermutter befürwortete, und diese fuhr mit gesteigerter Zuversicht fort, ihn zu überreden, sich mit ihres Bruders Sten Folkessons Tochter Lucia zu vermählen, die diesen Winter, am Luciatag, ihr achtzehntes Jahr vollendete. Sie war bisher bei den frommen Frauen im Kloster Riseberga erzogen und daselbst nicht nur zu guten Sitten und strenger Gottesfurcht angehalten worden, sondern sie hatte auch in dem großen Klosterhaushalt gelernt, einem herrschaftlichen Hause vorzustehen.

»Wenn ihr nicht Jugend und Armut hinderlich sind«, sagte Frau Rangela, »solltet Ihr sie wählen. Ich weiß, daß meine dahingegangene Tochter ihr leichten Herzens die Pflege ihrer Kinder anvertraut hätte. Sie braucht nicht aus dem Grab zu ihren Kleinen zurückzukehren wie Frau Dyrit auf Oerehus, wenn Ihr ihnen ihre Base zur Stiefmutter gebt.«

Herr Eskil, der niemals Zeit hatte, an seine eigenen Angelegenheiten zu denken, empfand große Dankbarkeit gegen Frau Rangela, die ihm eine so passende Heirat vorschlug. Er erbat sich freilich ein paar Wochen Bedenkzeit, aber schon am zweiten Tag gab er Frau Rangela Vollmacht, für ihn zu unterhandeln. Und sobald es in Hinsicht der Ausrüstung, der Hochzeitsvorbereitungen und des Anstands tunlich war, wurde die Hochzeit gefeiert, so daß die junge Frau ihren Einzug in Börtsholm zeitig im Vorfrühling hielt, einige Monate, nachdem sie ihr achtzehntes Lebensjahr vollendet hatte.

Wenn Frau Rangela bedachte, welche Dankbarkeit diese ihre Bruderstochter ihr schuldig war, weil sie sie zur Frau auf einer so reichen und stattlichen Burg gemacht, kann man wohl sagen, daß sie größere Zuversicht empfand, als da noch ihre eigene Tochter dort regierte. In ihrer Freude erhöhte sie die Abgaben an der Brücke noch um einiges und verbot es den Nachbarn streng, den Wanderern im Boot über den Sund zu helfen, damit nur ja niemand sich der Steuer entzog.

Da geschah es nun an einem schönen Frühlingstag, als Frau Lucia einige Monate auf Börtsholm gewohnt hatte, daß ein Zug kranker Pilger, die auf dem Weg zur heiligen Dreifaltigkeitsquelle im Dorfe Sätra in Västmanland waren, über die Brücke gelassen zu werden verlangten. Diese Menschen, die ausgezogen waren, um ihre Gesundheit wiederzugewinnen, waren es gewohnt, daß die am Weg Wohnenden ihre Wanderung in jeder Weise erleichterten, und es widerfuhr ihnen weit öfter, daß sie Geld erhielten, als daß sie solches auszugeben brauchten.

Frau Rangelas Brückenwächter hatten jedoch strengen Befehl, keinerlei Nachsicht zu zeigen, am allerwenigsten gegen diese Art von Wanderern, die sie im Verdacht hatte, nicht so krank zu sein, als sie sich stellten, und aus reiner Faulheit im Land herumzuziehen.

Als den Kranken nun die freie Überfahrt verweigert wurde, erhob sich unter ihnen ein Jammern sondergleichen. Die Lahmen und Verkrüppelten wiesen auf ihre verkrümmten Glieder und fragten, wie jemand so hartherzig sein könne, ihre Wanderschaft um einen ganzen Tagesmarsch zu verlängern, die Blinden fielen auf dem Weg auf die Knie und suchten sich zu den Brückenwächtern hinzutasten, um ihnen die Hände zu küssen, während einige der Verwandten und Freunde der Kranken, die ihnen unterwegs beistanden, ihre Taschen und Beutel vor den Augen der Wächter umkehrten, um zu zeigen, daß sie wirklich leer waren.

Aber die Knechte standen ganz ungerührt da, und die Verzweiflung der Armen kannte keine Grenzen, als zu ihrem Glück die Schloßfrau von Börtsholm in Gesellschaft ihrer Stiefkinder über die Bucht gerudert kam. Als sie den Lärm hörte, eilte sie herbei, und sowie sie erfahren hatte, um was es sich handelte, rief sie: »Nichts leichter, als dieser Sache abzuhelfen. Die Kinder gehen hier ein wenig ans Land und besuchen ihre Großmutter, Frau Rangela, und mittlerweile werde ich diese bresthaften Wanderer in meinem Boot über den Sund bringen.«

Die Wächter sowohl wie die Kinder, die wußten, daß mit Frau Rangela nicht zu spaßen war, wenn es sich um ihr teures Brückengeld handelte, suchten die junge Frau durch Mienen und Zeichen zu warnen, aber sie merkte nichts und wollte vielleicht nichts merken. Denn diese junge Frau war in allem das Gegenteil ihrer Muhme, Frau Rangela. Schon seit ihrer frühesten Kindheit hatte sie die heiligkeitsgekrönte sizilianische Jungfrau Lucia, die ihre Schutzpatronin war, geliebt und verehrt, und sie getreulich in ihrem Herzen getragen als ihr Vorbild. Dafür hatte die Heilige ihr ganzes Wesen mit Licht und Wärme durchdrungen; dies zeigte sich schon in ihrem Äußeren, das von schimmernder Durchsichtigkeit und Feinheit war, so daß man beinahe Angst hatte, daran zu rühren.

Unter vielen freundlichen Worten führte sie nun die Kranken über den Sund, und als der letzte der Schar an dem ersehnten Ufer gelandet war, verließ sie sie, so überschüttet von Segenswünschen, daß, wenn derlei Gut so schwerwiegend wäre, als es wertvoll ist, ihr Nachen auf den Grund gegangen wäre, ehe sie ihn noch über den Sund hätte führen können.

Segnungen und gute Wünsche taten ihr auch sehr not, denn von Stund an begann ihre Muhme, Frau Rangela, zu befürchten, daß sie von ihrer Bruderstochter keine Unterstützung erwarten konnte, und sie bereute bitterlich, daß sie sie zu Herrn Eskils Gemahl machte. Sie, die mit solcher Leichtigkeit die arme Jungfrau erhöht hatte, faßte den Entschluß, sie, ehe sie noch weiteren Schaden stiften konnte, aus ihrer hohen Stellung herabzureißen und sie in ihre frühere Unbemerktheit zurückzuversetzen.

Um ihrer Bruderstochter leichter etwas anhaben zu können, verbarg sie jedoch bis auf weiteres ihre bösen Absichten und besuchte sie recht oft in Börtsholm. Da tat sie ihr Bestes, solchen Unfrieden zwischen den Hausgenossen und der jungen Schloßfrau zu stiften, daß diese ihres Amtes vielleicht müde wurde. Aber zu ihrer großen Verwunderung mißlang ihr dies vollständig. Dies mochte zum Teil daher kommen, daß Frau Lucia es ungeachtet ihrer Jugend verstand, ihr Haus in trefflicher Ordnung zu halten, aber der eigentliche Grund war wohl der, daß Kinder wie Diener zu merken glaubten, daß die neue Hausfrau unter einer mächtigen himmlischen Schutzmacht stand, die ihre Widersacher strafte und all jenen, die ihr willig und gut dienten, unerwartete Vorteile verschaffte.

Frau Rangela merkte bald, daß sie hier nichts erreichen konnte, aber sie wollte die Hoffnung nicht aufgeben, bevor sie nicht auch einen Versuch mit Herrn Eskil gemacht hatte. Der weilte jedoch diesen Sommer meistens am Königshof, von langen schwierigen Unterhandlungen festgehalten. Kam er einmal für ein paar Tage heim, so widmete er seine Zeit hauptsächlich den Vögten und Jägern. Den weiblichen Bewohnern von Börtsholm schenkte er nur zerstreute Aufmerksamkeit, und auch wenn Frau Rangela auf Besuch kam, hielt er sich fern, so daß es ihr niemals gelang, ihn unter vier Augen zu sprechen.

An einem schönen Sommertag, als Herr Eskil sich auf Börtsholm befand und gerade in seiner Stube im Gespräch mit seinem Stallvogt saß, widerhallte die Burg von so überlauten Schreien, daß er sein Gespräch mit dem Vogt unterbrach und hinauseilte, um zu sehen, was es gäbe.

Da fand er, daß seine Schwiegermutter, Frau Rangela, vor dem Burgtor zu Pferde saß und ärger kreischte als eine Horneule.

»Ach, Eure armen Kinder, Herr Eskil!« rief sie. »Sie sind in Seenot geraten. Sie kamen heute morgen an mein Ufer gerudert, aber auf dem Heimweg muß sich ihr Boot mit Wasser gefüllt haben. Ich sah von daheim, wie schlimm es ihnen erging, und bin schnurstracks hergeritten, um zu warnen. Ich sage auch, wenn schon Eure Frau meine eigene Bruderstochter ist, es war schlecht von ihr, die Kinder allein in einem so morschen Boot fortzulassen. Das sieht in Wahrheit nach einem Stiefmutterstreich aus.«

Herr Eskil verschaffte sich mit einigen Fragen Kenntnis, in welcher Richtung sich die Kinder befanden, und eilte dann, vom Vogt gefolgt, zur Bootsstelle hinunter. Aber sie waren noch nicht weit gekommen, als sie Frau Lucia mit der ganzen Kinderschar den steilen Pfad heraufkommen sahen, der vom See nach Börtsholm führte.

Die junge Burgfrau hatte die Kinder diesmal nicht auf ihrer Fahrt begleitet, sondern war daheim ihren Verrichtungen nachgegangen. Aber es war so, als hätte sie eine Warnung der mächtigen himmlischen Helferin erhalten, die über sie wachte, denn ganz plötzlich hatte sie die Burg verlassen, um nach ihnen zu suchen. Da hatte sie gesehen, wie sie durch Winken und Schreien Hilfe vom Ufer herbeizurufen suchten, sie war in ihrem eigenen Boot zu ihnen hinausgeeilt, und es war ihr im letzten Augenblick gelungen, sie aus dem sinkenden Fahrzeug in das ihre hinüberzuretten.

Als nun Frau Lucia und ihre Stiefkinder den Strandweg hinaufwanderten, war sie so darein vertieft, die Kinder auszufragen, wie sie in eine so arge Lage geraten waren, und diese so eifrig zu erzählen, daß sie gar nicht sahen, daß Herr Eskil ihnen entgegenkam. Aber er, der durch Frau Rangelas Worte von einem Stiefmutterstreich etwas nachdenklich geworden war, gab rasch seinem Vogt einen Wink und stellte sich mit ihm hinter einen der Heckenrosensträucher, die, groß und üppig, fast den ganzen Strandhügel bedeckten, auf dem Börtsholm gelegen war.

Da hörte Herr Eskil, wie die Kinder Frau Lucia auseinandersetzten, daß sie in einem guten Boote von daheim fortgefahren seien, aber indes sie bei Frau Rangela zu Gast waren, war ihr Fahrzeug mit einem alten schlechten vertauscht worden. Sie hatten den Tausch erst bemerkt, als sie schon weit draußen auf dem See waren und das Wasser bereits von allen Seiten hereinzuströmen begann, und sicherlich wären sie umgekommen, wenn ihre liebe Frau Mutter ihnen nicht so schnell zu Hilfe gekommen wäre.

Es sah aus, als dämmerte Frau Lucia eine Ahnung auf, wie es sich in Wahrheit mit dieser Vertauschung der Boote verhielt, denn sie blieb totenbleich mitten auf dem Abhang stehen, mit tränenden Augen, die Hände ans Herz gedrückt. Die Kinder drängten sich um sie, um sie zu trösten. Sie sagten ihr, daß sie ja der Gefahr heil entronnen waren, aber sie blieb kraftlos und regungslos.

Da legten die zwei ältesten der Stiefkinder, ein paar kräftige junge Knaben von vierzehn und fünfzehn Jahren, ihre Hände zu einer kleinen Bahre zusammen und trugen sie so die Anhöhe hinauf, während die jüngeren lachend und in die Hände klatschend nachfolgten.

Während die kleine Schar so zwischen blühenden Rosen im Triumph nach Börtsholm hinanzog, stand Herr Eskil recht versonnen da und blickte Weib und Kindern nach. Die junge Frau war ihm sehr hold und seltsam strahlend erschienen, als sie an ihm vorbeigetragen ward, und vielleicht wünschte er, daß Alter und

Würde ihm gestattet hätten, sie in seine Arme zu nehmen und sie in seine Burg zu tragen.

Vielleicht auch, daß Herr Eskil in diesem Augenblick
bedachte, wie wenig Glück und wieviel Mühsal er im
Dienst der hohen Herrschaften hatte, während vielleicht
Friede und Freude seiner hier am eigenen Herd harrte.
Diesen Tag schloß er sich wenigstens nicht in seine
Kammer ein, sondern verbrachte die Zeit damit, mit
seiner Gemahlin zu plaudern und den Spielen der Kin-
der zuzusehen.

Frau Rangela hingegen sah all dies mit großem Miß-
behagen und beeilte sich, Börtsholm so rasch zu verlassen, als es anstandshalber ging. Aber da niemand sie
ernsthaft zu bezichtigen wagte, das Leben ihrer Enkel-
kinder aufs Spiel gesetzt zu haben, um Frau Lucia die
Ungnade ihres Herrn und Gebieters zuzuziehen, so wurde der freundschaftliche Umgang nicht abgebrochen,
und sie konnte sich wie bisher bemühen, die junge Burgfrau ihrer hohen Stellung zu berauben.

Lange genug sah es doch aus, als sollten alle Versuche
der alten Frau mißlingen, denn Frau Lucias gutes Herz
und ihr unantastbares Betragen machte sie im Verein
mit der Hilfe ihrer himmlischen Schutzpatronin unver-
wundbar für alle Angriffe. Aber gegen Herbst ließ sich
zu Frau Rangelas großer Freude ihre Bruderstochter auf
ein Vorhaben ein, das Herr Eskil kaum umhin konnte zu
mißbilligen.

Dieses Jahr war die Ernte auf Börtsholm so reichlich
ausgefallen, daß sie die des vorigen Jahres, ja aller vor-
angegangenen Jahre, solange man zurückdenken konnte,
bei weitem übertraf. Ebenso hatten sich Jagd und Fischerei mehr als doppelt so einträglich erwiesen als gewöhnlich. Die Bienenkörbe quollen von Honig und Wachs

über, und die Hopfengärten strotzten von Hopfen. Die Kühe schenkten Milch im Überfluß, die Wolle der Schafe wurde lang wie Gras, und die Schweine fraßen sich so fett, daß sie sich kaum rühren konnten. Alle, die auf der Burg wohnten, merkten diesen reichen Segen, und sie zögerten nicht, zu sagen, daß er um Frau Lucias willen auf den Hof einströmte.

Aber während man nun auf Börtsholm eifrig damit beschäftigt war, alle Erträgnisse des Jahres zu bergen und zu verwerten, zeigte sich da eine große Menge notleidender Menschen, die alle vom östlichen oder nordöstlichen Ufer des großen Vänersees kamen. Sie schilderten mit vielen Tränen und kläglichen Gebärden, wie die ganze Gegend, aus der sie kamen, von einem Feindesheer heimgesucht war, das sengend, plündernd und mordend dahinzog. Die Kriegsknechte hatten solche Niedertracht an den Tag gelegt, daß sie sogar das Korn in Brand gesteckt, das noch ungeerntet auf dem Acker stand, und alle Viehherden mit sich fortgetrieben hatten. Die Menschen, die mit dem Leben davongekommen waren, gingen dem Winter ohne ein Dach über dem Kopfe und ohne Lebensmittel entgegen. Einige waren auf den Bettel ausgezogen, andre hielten sich in den Wäldern verborgen, andre wieder wanderten auf den Brandstätten herum, unfähig, irgendeine Arbeit vorzunehmen, nur über alles wehklagend, was sie verloren hatten.

Als Frau Lucia diese Erzählungen hörte, quälte sie der Anblick all der Lebensmittel, die sich nun in Börtsholm anhäuften. Schließlich wurde der Gedanke an die hungernden Menschen auf der andern Seite des Sees in ihr so übermächtig, daß sie kaum einen Bissen Speise an die Lippen führen konnte.

Immerzu dachte sie an Erzählungen, die sie im Kloster

gehört, von heiligen Männern und Frauen, die sich bis auf den bloßen Körper ausgeplündert hatten, um den Armen und Elenden zu helfen. Und vor allem erinnerte sie sich, wie ihre eigene Schutzpatronin, die heilige Lucia von Syrakus, in der Barmherzigkeit gegen einen heidnischen Jüngling, der sie um ihrer schönen Augen willen liebte, so weit gegangen war, daß sie ihre Augen aus den Höhlen gerissen und sie ihm blutig und erloschen geschenkt hatte, um ihn dadurch von seiner Liebe zu ihr zu heilen, die eine christliche Jungfrau war und ihm nicht angehören konnte. Die junge Frau quälte und ängstigte sich aufs höchste bei diesen Erinnerungen, und sie empfand große Verachtung vor sich selbst, daß sie von so viel Not hören konnte, ohne einen ernsten Versuch zu machen, ihr abzuhelfen.

Während sie noch von diesen Gedanken gequält wurde, kam Botschaft von Herrn Eskil, daß er in des Königs Auftrag eine Reise nach Norwegen machen mußte und nicht vor Weihnachten daheim erwartet werden konnte. Aber dann würde er nicht nur von seinen eigenen sechzig Mannen begleitet sein, sondern auch von einer großen Schar Verwandten und Freunden, weshalb er Frau Lucia bitten ließ, sich auf ein großes und langandauerndes Gastmahl gefaßt zu machen.

Am selben Tag, an dem Frau Lucia so erfuhr, daß ihr Gatte im Herbst nicht heimkommen werde, ging sie daran, die Angst zu stillen, die sie nun schon so lange quälte. Sie ließ ihren Leuten befehlen, all die Lebensmittel, die in Börtsholm aufgespeichert waren, an den Strand hinunterzubringen. So wurde denn der ganze Wintervorrat der Burg auf Schuten und Kähne verladen, sicherlich zur höchlichen Verwunderung aller Bewohner der Burg.

Als Keller und Vorratskammer gründlich geleert waren, begab sich Frau Lucia, von ihren Kindern, ihren Dienern und Dienerinnen gefolgt, an Bord eines wohlbemannten Schiffes, und während sie in Börtsholm nur einige alte Wächter zurückließ, denen sie die Obhut über die Burg anvertraute, ließ sie sich mit ihrer ganzen Ladung auf den großen See hinausrudern, der vor ihr lag, uferlos wie ein Meer.

Über diese Fahrt Frau Lucias finden sich viele alte Überlieferungen und Aufzeichnungen vor. So wird erzählt, daß der Teil des Vänerufers, an dem der Feind am schlimmsten gehaust hatte, bei ihrer Ankunft von seinen Einwohnern nahezu ganz verlassen war. Frau Lucia war ganz mutlos herangerudert und hatte nach irgendeinem Zeichen von Leben und Bewegung ausgespäht, aber kein Rauch war zum Himmel aufgestiegen, kein Hahn hatte gekräht, keine Kuh hatte gebrüllt.

Hier hauste doch noch in einem Kirchspiel ein alter Pfarrer, der Herr Kolbjörn genannt wurde. Er hatte nicht mit seinen Schäflein ziehen wollen, als diese aus ihren zerstörten Häusern flüchteten, weil er den Pfarrhof und die Kirche voll Kriegsverwundeter hatte. Er war bei diesen geblieben, hatte ihre Wunden verbunden und das wenige, was er sein eigen nannte, unter sie verteilt, ohne sich selbst Nahrung oder Ruhe zu gönnen. Davon war er so ermattet, daß er sich dem Tod nahe fühlte. So hatte denn an einem der dunkelsten Herbsttage, als schwere Wolken sich über den See türmten, als das Wasser sich mit schwarzen Wogen heranwälzte und die Düsterkeit der Natur all die Hoffnungslosigkeit und Not noch steigerte, der arme Herr Kolbjörn, der keine Messe mehr zu lesen vermochte, versucht, den Strang der Kirchenglocke zu ziehen, um damit Gottes Segen auf seine Krankheit herabzurufen. Und siehe da! Kaum waren die ersten

Glockentöne verklungen, als eine kleine Flotte, aus Schiffchen und Prahmen bestehend, ans Land gerudert kam. Und aus einem Schiffe stieg eine schöne junge Frau ans Land, mit einem Antlitz, das von Licht durchschimmert war. Vor ihr gingen acht herrliche Kinder, und hinter ihr kam eine lange Reihe von Dienern, die alle erdenklichen Lebensmittel trugen: ganze gebratene Kälber und Schafe, lange Spieße voll trockener Brotlaibe, Tonnen mit Dünnbier und Säcke voll Mehl. Hilfe war in letzter Stunde gekommen gleichsam durch ein Wunder.

Nicht weit von Herrn Kolbjörns Kirche, auf einer Landzunge, die scharf in den See hinausschoß und Scherenspitze genannt wurde, hatte seit urdenklichen Zeiten ein alter Bauernhof gestanden. Er war nun niedergebrannt und ausgeplündert, aber der Besitzer, ein siebzigjähriger Mann, hatte solche Liebe zu dem Hof, daß er es nicht übers Herz bringen konnte, ihn zu verlassen. Bei ihm waren seine alte Ehefrau geblieben, ein kleiner Enkel und eine Enkelin. Diese hatten eine Zeitlang durch Fischerei ihr Leben gefristet, aber eines Nachts hatte der Sturm ihre Gerätschaften zerstört, und seither saßen sie unter den Trümmern da und warteten auf den Hungertod. Während sie so harrten, mußte der Bauer an seinen Hund denken, der mitten unter ihnen lag, geduldig verschmachtend. Er ergriff einen Knüttel, und mit seinen letzten Kräften schlug er nach dem Hunde, um ihn zu vertreiben, denn er wollte nicht, daß das Tier für etwas sterbe, was es gar nichts anging. Aber bei dem Schlage heulte der Hund laut auf und lief davon. Die ganze Nacht strich er unablässig heulend um den Hof herum. Und man hörte ihn weit hinaus auf den See, und ehe noch der Tag anbrach, ruderte Frau Lucia, von dem Gebell geleitet, mit Rettung und Hilfe ans Land.

Noch weiter weg lag ein kleines, von Mauern umfriedetes Haus, wo heilige Frauen wohnten, die Gott gelobt hatten, es niemals zu verlassen. Gegen diese frommen Schwestern hatten die Kriegführenden so viel Rücksicht gezeigt, daß sie sie selbst und ihr Haus verschont hatten, aber ihren ganzen Wintervorrat hatten sie ihnen geraubt. Das einzige, was sie behalten durften, war ein Taubenschlag voll Tauben, und diese hatten sie eine nach der andern geschlachtet, bis nur mehr eine einzige übrig war. Aber diese Taube war sehr zahm, und die frommen Frauen hatten sie so lieb, daß sie ihr Leben nicht dadurch verlängern wollten, sie zu essen, sondern den Taubenschlag öffneten und ihr die Freiheit schenkten. Da stieg die weiße Taube zuerst hoch zum Himmel auf, dann schoß sie herab und setzte sich auf den Dachfirst. Aber als Frau Lucia am Ufer vorbeiruderte, nach jemandem ausspähend, der der Hilfe bedurfte, sah sie die Taube und sagte sich, daß, wo sie war, es auch noch Menschen geben mußte. Und sie landete und schenkte den frommen Frauen so viele Nahrungsmittel, als sie brauchten, um den Winter zu durchleben.

Noch weiter südwärts hatte am Vänerstrand ein kleiner Marktflecken gelegen, der ebenfalls eingeäschert und geplündert war. Einzig und allein die langen Pfahlbrücken, an denen die Schiffe in früheren Tagen anzulegen pflegten, standen noch da. Hier unter diesen Brücken hatte sich in den Tagen der Zerstörung ein Mann, der Krämer-Lasse genannt wurde, mit seiner Frau verborgen, und während das Kampfgetümmel über ihnen raste, hatte sie da ein Kind geboren. Aber seither war sie so schwer krank, daß sie nicht fliehen konnte, und der Mann war bei ihr geblieben. Nun war ihr Elend sehr groß, und tagtäglich bat die Frau den Mann, doch an sich selbst zu denken und sie ihrem Schicksal zu überlassen, aber er konnte sich nicht dazu entschließen, sondern weigerte sich. Da versuchte sie sich eines Nachts aus ihrem Schlupfwinkel zu erheben und sich mit dem Kinde ins Wasser hinabgleiten zu lassen, denn sie dachte, wenn sie einmal tot wären, würde er fliehen und so sein Leben retten. Aber das Kind schrie in dem kalten Wasser laut auf, und der Mann erwachte. Er brachte sie beide wieder ans Land, aber das Kind war so erschrokken, daß es die ganze Nacht hindurch schrie. Und das Geschrei drang übers Wasser und rief die redliche Helferin herbei, die suchend und harrend über den See ruderte.

Solange sie noch Gaben übrig hatte, fuhr Frau Lucia den Vänerstrand entlang, und es war ihr auf dieser Fahrt so froh und leicht ums Herz wie nie zuvor. Denn so wie es nichts Schwereres gibt, als still und untätig zu bleiben, wenn man von fremdem, schwerem Unglück erzählen hört, so bringt es jedem, der ihm auch nur im allergeringsten Maße abzuhelfen versucht, das größte Glück und süßeste Ruhe. Diese Erleichterung und Freude ohne die leiseste Ahnung, daß ihr etwas Böses bevorstehen könnte, empfand sie noch, als sie am Vortage des Luciatages zu recht später Abendstunde nach Börtsholm zurückkehrte. Bei der Abendmahlzeit, die aus nichts anderem bestand als einigen Humpen Milch, sprach sie mit ihren Reisegefährten von der schönen Fahrt, die sie gemacht hatten, und alle waren darin einig, daß sie nie freudvollere Tage erlebt hatten.

»Aber jetzt steht uns eine arbeitsame Zeit bevor«, fuhr sie fort. »Morgen dürfen wir den St. Luciatag nicht mit Essen und Trinken feiern wie in anderen Jahren. Wir müssen jetzt daran gehen, ohne Unterlaß zu brauen, zu

backen und zu schlachten, so daß wir den Weihnachtsschmaus zu Herrn Eskils Heimkehr fertig haben.«

Dies sagte die junge Frau ohne die mindeste Angst,
denn sie wußte ja, daß ihre Viehställe und Scheuern und
Vorratskammern von Gottes guten Gaben voll waren,
wenn auch für den Augenblick nichts davon zu mensch-
licher Nahrung bereitet war.

So glücklich auch die Fahrt gewesen, waren doch
alle Teilnehmer recht ermüdet und gingen zeitig zur
Ruhe. Aber kaum hatte Frau Lucia ihre Augenlider zum
Schlummer geschlossen, als vor der Burg Pferdegetrap-
pel, Waffengeklirr und Rufe ertönten. Das Burgtor drehte sich knirschend in seinen Angeln, die Steine des Hofes
wurden von eifrigen Füßen getreten. Sie begriff, daß
Herr Eskil mit der Reiterschar heimgekehrt war.

Frau Lucia sprang in aller Eile aus dem Bett, um ihm
entgegenzugehen. Nachdem sie ihre Kleidung notdürf-
tig geordnet, eilte sie auf den Altan hinaus, um die
Treppe zu erreichen, die in den Burghof hinunterführte.
Aber sie kam nicht weiter als bis zur obersten Stufe,
denn Herr Eskil stand schon mitten auf der Treppe, auf
dem Weg zu ihrer Kammer.

Ein Fackelträger ging ihm voraus, und in dem Lichtschein glaubte Frau Lucia zu sehen, daß Herrn Eskils
Antlitz in furchtbarer Weise vom Zorn gezeichnet war.
Einen Augenblick hoffte sie, daß nur der rote rauch-
geschwärzte Fackelschein sein Gesicht so dunkel und
drohend machte, aber als sie sah, wie Kinder und Diener
mit kläglichen Mienen und niedergeschlagenen Blicken
vor ihm zurückwichen, mußte sie sich sagen, daß ihr
Mann sehr erzürnt heimgekommen war, bereit, Gericht
zu halten und Strafe zu verhängen.

Während Frau Lucia so stand und auf Herrn Eskil

hinuntersah, erblickte auch er sie, und mit steigender Angst merkte sie, wie sein Gesicht dabei von einem gezwungenen Lächeln verzerrt wurde. »Kommt Ihr nun, holde Hausfrau, um mir eine Willkommensmahlzeit zu kredenzen?« höhnte er. »Aber diesmal habt Ihr Euch umsonst gemüht, denn ich und meine Mannen haben unser Abendmahl bei Eurer Muhme, Frau Rangela, eingenommen. Aber morgen«, fügte er hinzu, und hier übermannte ihn der Zorn, so daß er mit der Hand auf das Treppengeländer schlug, »erwarten wir, daß Ihr uns zu Ehren Eurer Schutzheiligen Sancta Lucia mit einem so guten Frühmahl bewirtet, als das Haus es vermag, auch dürft Ihr nicht vergessen, mir beim ersten Hahnenschrei meinen Morgentrunk vorzusetzen.«

Nicht ein Wort vermochte die junge Schloßfrau zu erwidern. Gerade so wie im vorigen Sommer, als sie zum erstenmal ahnte, daß Frau Rangela Böses gegen sie im Schilde führte, blieb sie stehen, die Hände ans Herz gedrückt, mit tränenvollen Augen. Denn sie mußte sich sagen, daß es Frau Rangela war, die Herrn Eskil zur Unzeit heimgerufen und aufgereizt hatte, als sie ihm erzählte, was Frau Lucia mit seinem Hab und Gut getan hatte.

Aber Herr Eskil ging noch ein paar Schritte die Treppe hinauf, und ohne sich von der Angst seiner Gattin im mindesten rühren zu lassen, beugte er sich zu ihr vor und sagte mit furchtbarer Stimme: »Bei unseres Heilands Kreuz, Frau Lucia, merkt es Euch wohl, wenn dieses Frühmahl mir nicht behagt, so werdet Ihr es all Euer Lebtag bereuen!«

Damit legte er die Hand schwer auf die Schulter seiner Frau und schob sie vor sich in das Schlafgemach.

Auf dieser Wanderung in die Schlafkammer dünkte es Frau Lucia, daß etwas, was ihr bis dahin in seltsamer

Weise verborgen gewesen war, ihr mit einemmal offenbar wurde. Sie erkannte, daß sie eigenmächtig und gedankenlos gehandelt hatte, und daß Herr Eskil wohl Grund haben mochte, ihr zu zürnen, daß sie, ohne ihn zu befragen, über sein Eigentum verfügt hatte. Sie versuchte auch jetzt, wo sie allein waren, ihm dies ruhig zu sagen und ihn zu bitten, ihre jugendliche Unbedachtsamkeit zu verzeihen, aber er ließ sie nicht zu Wort kommen. »Legt Euch nun zu Bett, Frau Lucia«, sagte er, »und hütet Euch wohl, vor der gewohnten Stunde aufzustehen! Wenn Euer Morgentrunk und Euer Willkommensmahl nicht zu meiner Zufriedenheit ausfallen, so werdet Ihr einen Weg zu laufen haben, zu dem Ihr alle Eure Kräfte brauchen könnt.«

Mit dieser Antwort mußte sie sich begnügen, obwohl sie ihre Furcht nur noch vermehrte, und man kann es wohl verstehen, daß in dieser ganzen Nacht kein Schlummer in ihre Augen kam. Sie lag da und vergegenwärtigte sich, was ihr Gatte gesagt hatte, und je mehr sie seine Worte überdachte, desto klarer wurde es ihr, daß er damit eine harte Drohung gegen sie ausgesprochen hatte. Sicherlich hatte er bei sich bestimmt, daß er sie nicht verurteilen wollte, ehe er nicht selbst erfahren, ob sie so schlecht gehandelt, wie Frau Rangela wohl behauptet hatte. Aber war sie nicht imstande, ihn zu bewirten, wie er es begehrte, war es zweifellos, daß eine schreckliche Strafe ihrer harrte. Das Geringste war wohl, daß sie für unwürdig erklärt wurde, länger seine Gemahlin zu sein, und zu ihren Eltern heimgeschickt wurde; aber aus den letzten Worten, die er geäußert, glaubte sie zu entnehmen, daß er sie obendrein dazu verurteilen wollte, zwischen seinen Knechten Spießruten zu laufen wie eine gemeine Diebin.

Als sie zu der Überzeugung gelangt war, daß es sich so verhielt, was auch wirklich der Fall war, denn Frau Rangela hatte Herrn Eskil zu wahnsinniger Wut aufgestachelt, begann Frau Lucia zu zittern, ihre Zähne schlugen aufeinander, und sie glaubte sich dem Tod nahe. Sie wußte, daß sie die Stunden der Nacht dazu verwenden mußte, Hilfe und Auswege zu finden, aber ihr großes Entsetzen lähmte sie, so daß sie regungslos liegenblieb. Wie sollte es nur möglich sein, bis zum nächsten Morgen meinen Herrn und seine sechzig Mann zu speisen? dachte sie in ihrer Hoffnungslosigkeit. Da kann ich ebensogut still liegen und warten, bis das Unglück über mich hereinbricht.

Das einzige, was sie zu ihrer Rettung zu tun vermochte, war, Stunde für Stunde brennende Gebete zu Sancta Lucia von Syrakus emporzusenden. »O Sancta Lucia, meine teure Schutzpatronin«, bat sie, »morgen ist der Tag, an dem du den Märtyrertod erlittest und in das himmlische Paradies eingingst. Entsinne dich, wie dunkel und hart und kalt es ist, auf Erden zu leben. Komm zu mir in dieser Nacht und führe mich mit dir von hinnen! Komm und schließe meine Augen im Schlummer des Todes. Du weißt, daß dies mein einziger Ausweg ist, um Entehrung und schimpflicher Strafe zu entrinnen.«

Während sie so die Hilfe der heiligen Lucia anrief, vergingen die Stunden der Nacht, und der gefürchtete Morgen näherte sich. Viel früher, als sie es erwartet, ertönte der erste Hahnenschrei; die Knechte, die das Vieh zu versorgen hatten, wanderten über den Burghof zu ihren Verrichtungen, und die Pferde richteten sich lärmend in ihren Ställen auf.

Jetzt erwacht auch Herr Eskil, dachte sie. Gleich wird er mir befehlen, seinen Morgentrunk zu holen, und dann muß ich eingestehen, daß ich so töricht gehandelt habe, daß ich weder Eier noch Met besitze, den ich ihm wärmen kann.

In diesem Augenblick der höchsten Gefahr für die junge Burgfrau konnte ihre himmlische Freundin, die heilige Lucia, die sich wohl sagen mußte, daß ihr Schützling nur aus allzu großer Barmherzigkeit gefehlt hatte, nicht länger ihrer Lust widerstehen, ihr beizuspringen. Der irdische Leib der Heiligen, der Hunderte von Jahren in der engen Grabkammer in Syrakus' Katakomben geruht hatte, erfüllte sich mit einem Mal mit lebendigem Geist, nahm seine Schönheit und den Gebrauch seiner Glieder wieder an, hüllte sich in ein Kleid aus Sternenlicht gewoben, und begab sich wiederum in jene Welt hinaus, wo sie einst gelitten und geliebt hatte.

Und nur wenige Augenblicke später sah der verdutzte Wächter im Pförtnerturm zu Börtsholm, wie ein nächtliches Wunder, eine Feuerkugel, ganz weit im Süden auftauchte. Sie durchschnitt die Luft so rasch, daß das Auge dem Fluge nicht folgen konnte, kam gerade auf Börtsholm zu, flog so nahe an dem Wächter vorbei, daß sie ihn fast streifte, und war verschwunden. Aber auf diesem Feuerball, so wollte es zum mindesten den Wächter bedünken, schwebte eine junge Jungfrau so, daß sie sich mit den Zehenspitzen darauf stützte, während sie die Arme hoch erhoben hielt und sich gleichsam gaukelnd und tanzend des glühenden Nachens bediente.

Nahezu im selben Augenblick sah die in Angst und Beben wachende Frau Lucia einen Schimmer durch eine Türspalte der Schlafkammer dringen. Und als sich gleich darauf die Türe auftat, trat zu ihrer Verwunderung und Freude eine schöne Jungfrau in Gewändern so weiß wie Sternenlicht in das Gemach. Ihr langes schwarzes Haar war mit einer Pflanzenranke gebunden, aber an dieser Ranke saßen nicht gewöhnliche Blätter und Blumen, sondern blinkende Sternlein. Diese Sternlein erhellten die ganze Kammer, und doch dünkte es Frau Lucia, daß sie ein Nichts waren gegen die Augen der holden Fremden, die nicht nur in dem klarsten Glanze schimmerten, sondern auch himmlische Liebe und Barmherzigkeit ausstrahlten.

In der Hand trug die fremde Jungfrau eine große Kupferkanne, aus der ein milder Duft von edlem Traubensaft drang, und mit dieser schwebte sie durch die Kammer zu Herrn Eskil hin, goß von dem Weine in eine kleinere Schale und bot ihm zu trinken.

Herr Eskil, der gut geschlafen hatte, erwachte, als der Lichtschein auf seine Augenlider fiel, und führte die Schale an seine Lippen. In dem halbwachen Zustand, in dem er sich befand, erfaßte er kaum mehr von dem Wunder, als daß der Wein, der ihm kredenzt wurde, sehr wohlschmeckend war, und er leerte die Schale bis auf den letzten Tropfen.

Aber dieser Wein, der kaum etwas andres sein konnte als der edle Malvasier, der Ruhm des Südens und aller Weine Krone, war so schlafbringend, daß er kaum die Schale niedergestellt hatte, als er schon schlafend in sein Bett zurücksank. Und im selben Augenblick schwebte die schöne heilige Jungfrau aus dem Zimmer, Frau Lucia in einem Zustand bebender Verwunderung und neuerwachter Hoffnung zurücklassend.

Die lichte Helferin begnügte sich aber nicht damit, nur Herrn Eskil zu bewirten. An dem dunklen kalten Wintermorgen durchwanderte sie die düsteren Säle der schwedischen Burg, und jedem der schlummernden Kriegsknechte bot sie eine Schale des freudenbringenden Weins des Südens.

Alle, die ihn tranken, dünkte es, daß sie himmlische Wollust gekostet hätten. Sie säumten auch nicht, sofort in einen Schlummer zu versinken, von Träumen von Gefilden erfüllt, wo ewiger Sommer und ewige Sonne herrschten.

Aber kaum hatte Frau Lucia die holde Erscheinung verschwinden gesehen, als die Angst und die Ohnmacht, die sie die ganze Nacht bedrückt hatten, ganz und gar von ihr wichen. Sie legte rasch ihre Kleider an und rief dann alle Hausgenossen zur Arbeit.

Den langen Wintermorgen waren diese alle damit beschäftigt, Herrn Eskils Willkommensmahl zu bereiten. Junge Kälber, Ferkel, Gänse und Hühner mußten in aller Eile ihr Leben lassen, Teige wurden geknetet, Feuer unter den Bratspießen und in den Backöfen entzündet, Kohl wurde geschmort, Rüben geschält und Honigkuchen zum Nachtisch gebacken.

Die Tische im Bankettsaal wurden mit Tüchern bedeckt, die teuren Wachskerzen aus den tiefen Truhen ausgepackt, und auf die Bänke wurden blaue Federpolster und Gewebe gebreitet.

Während all dieser Vorbereitungen schliefen der Burgherr und seine Mannen weiter. Als Herr Eskil endlich erwachte, sah er an dem Stand der Sonne, daß die Mittagsstunde angebrochen war. Er verwunderte sich nicht nur über seinen langen Schlummer, sondern vielleicht noch mehr darüber, daß er den Verdruß verschlafen hatte, der ihn am vorigen Abend gequält. Seine Frau hatte sich ihm in seinen Morgenträumen in großer Sanftmut und Holdseligkeit gezeigt, und er wunderte sich nun über sich selbst, daß er sich versucht gefühlt hatte, sie zu einer harten schimpflichen Strafe zu verurteilen.

Vielleicht steht es doch nicht so schlimm, wie Frau Rangela mir vorgespielt hat, dachte er. Freilich kann ich sie nicht als meine Gemahlin behalten, wenn sie mein Hab und Gut vergeudet hat, aber es mag genügen, sie ohne weitere Strafe zu ihren Eltern heimzuschicken.

Als er aus seiner Kammer trat, empfingen ihn seine acht Kinder, die ihn in den Bankettsaal führten. Da saßen seine Mannen schon auf den Bänken und warteten ungeduldig auf sein Erscheinen, um die Mahlzeit in Angriff nehmen zu können. Denn die Tische vor ihnen bogen sich unter allen erdenklichen Speisen.

Frau Lucia setzte sich, ohne irgendwelche Angst zu zeigen, an die Seite ihres Mannes; doch war sie nicht von aller Unruhe befreit, denn wenn sie auch in aller Eile eine Mahlzeit hatte zurüsten können, war sie doch ganz ohne Bier und Met, die sich nicht so rasch herstellen ließen. Und sie war sehr im Zweifel, ob Herr Eskil sich bei einem Frühmahl, bei dem es an Getränken fehlte, wohlverpflegt fühlen würde.

Aber da gewahrte sie auf dem Tisch vor sich die große Kupferkanne, die die heilige Jungfrau getragen hatte. Die stand da, bis an den Rand mit duftendem Wein gefüllt. Wieder fühlte sie innige Freude über den Schutz der barmherzigen Heiligen, und sie bot Herrn Eskil von dem Wein, während sie ihm erzählte, wie er nach Börtsholm gekommen war, was Herr Eskil mit der allergrößten Verwunderung vernahm.

Als Herr Eskil ein paarmal von dem Wein gekostet hatte, der aber diesmal nicht einschläfernd, sondern nur belebend und veredelnd wirkte, faßte Frau Lucia wieder Mut und erzählte ihm von ihrer Fahrt. Anfangs saß Herr Eskil sehr ernst da, aber als sie von dem Pfarrer, Herrn Kolbjörn, zu erzählen anfing, da rief er: »Herr Kolbjörn ist mir ein treuer Freund, Frau Lucia. Ich bin von Herzen froh, daß Ihr ihm beistehen konntet.«

In gleicher Weise stellte es sich heraus, daß der Groß-bauer auf der Schereninsel Herrn Eskils Kamerad in vielen Feldzügen gewesen, daß unter den frommen Frau-en sich eine seiner Basen befunden hatte, und daß Krämer-Lasse im Marktflecken ihm Kleider und Waffen aus dem Ausland zu verschaffen pflegte. Ehe noch Frau Lucia zu Ende gesprochen, war Herr Eskil nicht nur bereit, ihr zu verzeihen, sondern er war ihr von Herzen dankbar, weil sie so vielen seiner Freunde geholfen hatte.

Aber die Angst, die Frau Lucia in der Nacht durch-gemacht hatte, drang noch einmal auf sie ein, und sie hatte Tränen in der Stimme, als sie endlich sagte: »Nun dünkt es mich selbst, lieber Herr, daß ich sehr übel dran getan, ohne Euch um Erlaubnis zu fragen, Euer Eigen-tum zu verschenken. Aber ich bitte Euch, meine große Jugend und Unerfahrenheit zu bedenken und mir um dessentwillen zu vergeben.«

Als Frau Lucia so sprach und Herr Eskil sich nun bewußt wurde, daß seiner Frau so große Frömmigkeit eigen war, daß eine der Bewohnerinnen des Himmels ihre irdische Gestalt wieder angenommen hatte, um ihr zu Hilfe zu eilen, und als er ferner bedachte, wie er, der für einen weisen, weitblickenden Mann gelten wollte, sie verdächtigt hatte und nahe daran gewesen war, sei-nen Zorn über sie zu ergießen, da empfand er so heftige Scham, daß er die Augen niederschlug und nicht imstan-de war, ihr mit einer Silbe zu antworten.

Als Frau Lucia ihn stumm mit gesenktem Kopfe sit-zen sah, kehrte ihre Angst wieder, und sie wäre am lieb-sten weinend von ihrem Platz geflüchtet. Aber da kam, ungesehen von allen, die barmherzige heilige Lucia in den Saal, schmiegte sich an die junge Frau und flüsterte ihr ins Ohr, was sie weiter sagen sollte. Und diese Worte waren gerade die, welche Frau Lucia auszusprechen gewünscht hatte, aber ohne die himmlische Ermutigung hätte sie sich in ihrer Schüchternheit wohl nie dazu entschlossen.

»Noch um *eines* will ich Euch bitten, mein teurer Herr und Gemahl«, sagte sie, »und das wäre, daß Ihr mehr daheim weilen möget. Dann würde ich nie in die Versuchung kommen, gegen Euren Willen zu handeln, auch könnte ich Euch dann all die Liebe zeigen, die ich für Euch fühle, so daß sich niemand zwischen Euch und mich zu drängen vermöchte.«

Als diese Worte gesagt waren, merkten alle, daß sie höchlich nach Herrn Eskils Sinn waren. Er hob den Kopf, und die große Freude, die er fühlte, verjagte seine Scham.

Eben wollte er seiner Frau die liebreichste Antwort geben, als einer von Frau Rangelas Vögten in den Bankettsaal gestürzt kam. Er erzählte mit hastigen Worten, daß Frau Rangela zu früher Morgenstunde nach Börtsholm aufgebrochen war, um zu Frau Lucias Bestrafung zurechtzukommen. Aber unterwegs war sie etlichen Bauern begegnet, die sie schon lange des Brückengeldes wegen haßten, und als diese sie in nächtlicher Dunkelheit trafen, von einem einzigen Diener begleitet, hatten sie zuerst diesen in die Flucht gejagt, dann hatten sie Frau Rangela vom Pferde gerissen und sie jämmerlich ermordet.

Nun war Frau Rangelas Vogt auf der Suche nach den Mördern, und er begehrte, daß auch Herr Eskil Mannen aussende, um sich an der Suche zu beteiligen.

Aber da erhob sich Herr Eskil und sprach mit strenger lauter Stimme: »Es mag den Anschein haben, als wäre es am schicklichsten, daß ich nun meiner Frau auf ihre Bitten Antwort gäbe, aber ehe ich dies tue, will ich zuerst mit Frau Rangela fertig sein. Und nun sage ich, meinethalben mag sie immerhin ungerächt daliegen, und nimmermehr will ich meine Diener aussenden, um Bluthandwerk um ihretwillen zu üben, denn ich glaube sicherlich, sie ist über ihre Taten gefallen.«

Als dies gesagt war, wandte er sich Frau Lucia zu, und nun war seine Stimme so mild, daß man kaum glauben konnte, daß ein solcher Ton in seiner Kehle wohne.

»Aber meiner lieben Hausfrau will ich nun sagen, daß ich ihr von Herzen gern verzeihe, ebenso wie ich hoffe, daß sie meine Heftigkeit entschuldigen möge. Und da es ihr Wunsch ist, werde ich den König bitten, daß er einen andern als mich zu seinem Ratgeber wählen möge, denn ich will nun in den Dienst zweier edler Damen treten. Die eine davon ist meine Gattin, die andre die heilige Lucia von Syrakus, der ich in all den Kirchen und Kapellen, die ich auf meinen Gütern habe, Altäre errichten will, sie bittend, daß sie bei uns, die wir in der Kälte des Nordens schmachten, jenen Funken und Leitstern der Seele brennend erhalten möge, der da heißt Barmherzigkeit.«

Am dreizehnten Dezember zu früher Morgenstunde, wenn Kälte und Finsternis Gewalt über Värmland hatten, kehrte noch in meiner Kindheit die heilige Lucia von Syrakus in alle Häuser ein, die zwischen den Bergen Norwegens und dem Gullspangålf zerstreut lagen. Sie trug noch, wenigstens in den Augen der Kinder, ein Kleid weiß von Sternenlicht, sie hatte im Haar einen grünen Kranz mit brennenden Lichterblumen, und sie weckte stets die Schlummernden mit einem warmen duftenden Trunk aus ihrer Kupferkanne.

Nie sah ich zu jener Zeit ein herrlicheres Bild, als wenn die Türe sich auftat und sie in das Dunkel der Kammer trat. Und ich wünschte, daß sie nie aufhörte, sich in den Heimstätten Värmlands zu zeigen. Denn sie ist das Licht, das die Dunkelheit bezwingt, sie ist die Legende, die die Vergessenheit überwindet, sie ist die Herzenswärme, die vereiste Gefilde mitten im harten Winter lieblich und sonnig macht.

EIN EMIGRANT

Wohl in dem Vorgefühl von all dem Trüben und Schweren, das er um ihretwillen erdulden sollte, mochte der
Knabe die Puppe gar nicht ansehen, als er sie am Weihnachtsabend bekam. Er sagte gerade heraus, er wolle
nicht mit Puppen spielen; er, der doch ein Junge sei.
Die Mutter hatte ihn gefragt, ob sie die Puppe auf den
Boden tragen oder sie dem kleinen Mädchen des Droschkenkutschers schenken solle, das er nicht leiden konnte,
und sogar dazu hatte er ja gesagt. Es war ihm ganz
gleichgültig, was aus dieser abscheulichen Puppe wurde.

Aber was nun auch der Grund sein mochte, die Puppe
wurde doch nicht zum Droschkenkutscher getragen,
sondern fand sich noch am Weihnachtsmorgen in der
Wohnung vor. Der Knabe war dadurch erwacht, daß die
Mutter aufstand, um zur Weihnachtsmesse zu gehen,
und er hatte ein bißchen gejammert, daß er allein zu
Hause bleiben sollte.

»Du bist doch nicht allein«, hatte die Mutter gesagt.
»Jetzt hast du doch jemanden, der dir Gesellschaft leisten kann.«

Damit hatte die Mutter die große Fleckchenpuppe
genommen, sie auf einen Stuhl an den Tisch gesetzt und
sie mit einer brennenden Lampe davor zurückgelassen.
Es sollte hell im Zimmer sein, damit der Kleine sah, daß
jemand da war, der über ihn wachte, und er die ganze
Zeit, da die Mutter weg war, ruhig schlafen konnte.

Der Knabe wollte der Mutter nicht sagen, wie kindisch ihm das alles vorkam. Er hätte gern gewußt, ob sie denn vergessen hatte, daß sie einen Jungen zum Kind hatte, nicht ein Mädel. Er ließ sie jedoch gehen, ohne weitere Einwände zu erheben, denn es war ihm ganz recht, unter vier Augen mit der Puppe zu bleiben. Wenn sie nur erst allein waren, dann würde sie schon nicht allzulange an dem Tisch unter der Lampe sitzenbleiben. Sie würde schon auf ihren rechten Platz kommen, darauf konnte sie sich verlassen.

Als die Mutter in der Türe stand, im Begriffe zu gehen, sagte sie noch: »Du kannst Laban hier fragen, wie es in der Weihnachtsnacht zuging, als Jesus geboren wurde. Du glaubst gar nicht, wieviel er von allem weiß, was sich einmal in der Welt zugetragen hat.«

Nein, das ging doch über den Spaß. Die dumme Puppe dort am Tisch! Die Mutter wurde wohl bald ebenso einfältig wie die Puppe selbst.

Aber es war merkwürdig. Wie er am Weihnachtsmorgen dalag und die Puppe anguckte und sich dachte, daß das wohl die letzte war, die ihm etwas erzählen konnte, gleichviel was, merkte er, daß sie plötzlich eine andere geworden war.

Sie war doch früher als ein Matrose kostümiert gewesen, mit weiter Bluse, weißen langen Hosen und einer schirmlosen Mütze, auf der ihr Name »Laban« mit rotem Wollgarn gestickt war, aber so sah sie jetzt nicht mehr aus. Sie hatte sich ganz plötzlich in einen der Hirten verwandelt, die in derselbigen Nacht, in der Jesus geboren ward, über die Flur gingen und die Schafe hüteten. Er hörte auch die Engel in der Luft über dem Kopf der Puppe singen, und er sah, wie sie sich aufrichtete, um zu sehen, was für merkwürdige Vögel durch die dunkle Nacht flogen.

Alles war genauso, wie er es die Mutter am Abend vorher erzählen gehört hatte, nur mit dem Unterschied, daß er jetzt alles vor sich sah, ganz so, wie es geschehen war. Es war Nacht, und es waren Engel, und es waren lebende Schafe. Das war etwas anderes, als nur davon erzählen zu hören.

Der Junge war damals erst drei Jahre alt. Und deshalb konnte er wohl nichts von dem, was die Puppe und er an jenem Morgen zusammen gesehen hatten, in seiner Erinnerung bewahren. Daß sie auch nach Bethlehem gegangen waren und das Jesuskind gesehen hatten, glaubte er wohl, aber er konnte sich nicht recht entsinnen, wie es zugegangen war. Es war ihm wieder ganz entschwunden.

Das einzige, was er von diesem Weihnachtsmorgen-Abenteuer noch wußte, war, daß, als die Mutter heimkam, die Puppe in seinen Armen gelegen und geschlafen hatte. Die Mutter hatte gleich gemerkt, daß die Puppe nicht mehr am Tische saß, und sie hatte sich ein bißchen mißtrauisch umgesehen, nach dem Kachelofen und der nächsten Kellerluke geguckt, aber schließlich hatte sie entdeckt, daß der Knabe den Matrosen mit ins Bett genommen hatte.

Und sie war sehr froh gewesen, als sie dies gemerkt hatte. Denn sie wußte nun, daß der Kleine einen Freund gefunden hatte, der ihm über viele einsame Stunden und viele Sorgen hinweghelfen würde.

Mit der Zeit entdeckte der Knabe immer mehr und mehr gute Eigenschaften an der Puppe. Er sagte ganz ernsthaft zur Mutter, wie um ein großes Unrecht gutzumachen, daß er, bevor er Laban hatte, gar nicht gewußt hatte, wozu Puppen gut seien. Er hatte geglaubt, sie seien nur für kleine Mädchen zu brauchen, die ihnen

Kleider nähten und ihnen diese Kleider an- und wieder auszogen.

»Aber jetzt denkst du anders von ihnen?« fragte die Mutter und lächelte ihm zu.

Ja gewiß, jetzt begriff er, daß Kinder Puppen so lieb-hatten, weil sie sich verwandeln konnten.

Und verwandelt hatte sie sich wirklich, diese Puppe. Sie war ein König gewesen und hatte mit einer Krone auf dem Kopfe dagesessen, und sie war das kleine Mäd-chen des Droschkenkutschers gewesen und hatte mit piepsender Kinderstimme gesprochen. Sie hatte vor gar niemandem Respekt. Sie war Mutter selbst gewesen, wie sie da hinter ihrem Ladentisch stand und Äpfel und Apfelsinen verkaufte, und sie war all die Frauen und Dienstmädchen gewesen, die in den Keller kamen, um einzukaufen.

Was hatten sie damals für gute Tage im Obstkeller gehabt, er und die Puppe! Sie hatten einen kleinen Schlupfwinkel ganz für sich allein, unter dem Laden-tisch, an dem die Mutter stand und Obst und Gemüse verkaufte, ein eigenes kleines Stübchen mit zwei kleinen Schemeln, auf denen sie einander gegenübersaßen und im Flüsterton Gespräche führten, während man über ih-ren Köpfen kaufte und verkaufte. Der Knabe war früher wütend auf all die gewesen, die in den Kellerladen ka-men und ihm seine Mutter wegnahmen. Aber jetzt wa-ren sie ihm ganz willkommen, denn die Puppe verstand es, wie gesagt, sich in sie alle zu verwandeln. Sie ahmte ihre Stimme nach, und sie ging mit ihnen nach Hause und erzählte dann, was der Mann zu der Suppe gesagt hatte, die die Frau von den Kohlblättern und den Pasti-naken aus Frau Hernquists Keller gekocht hatte.

Viele von denen, die im Laden aus und ein gingen,

pflegten zu sagen, es wäre merkwürdig, zuzuhören, wie der Knabe die Puppe sprechen und antworten ließ. Daraus sah er, daß sie gar nichts von solchen Dingen verstanden, denn es war doch gewiß nicht er, sondern die Puppe, die sich das alles ausdachte. Er suchte wohl den Leuten begreiflich zu machen, wie es sich verhielt, aber nach einigen vergeblichen Versuchen merkte er, daß das ganz unmöglich war.

Die allerschönste der guten Eigenschaften der Puppe kam doch erst zutage, als er anfing, in die Schule zu gehen. Nach dem ersten Vormittag in der Schule war er recht mutlos nach Hause gekommen. Es war doch viel schwerer gewesen, die ersten Buchstaben zu lernen, als er sich vorgestellt hatte. Er hatte sich auf den Ladentisch zur Mutter gesetzt, damit die ihm helfe, aber es war darum nicht besser gegangen.

»Willst du dich nicht zu Laban setzen und dir von ihm das Lesen beibringen lassen?« hatte die Mutter gefragt, aber der Knabe war unschlüssig gewesen, er konnte doch nicht glauben, daß Laban zum Schulmeister taugte.

»Ja, du kannst sicher sein, daß er dazu taugt«, sagte die Mutter. »Er war in all den Jahren, die ich in die Schule ging, mein Lehrer, und ich hatte immer die besten Zeugnisse. Man sprach sogar mit meinem Vater davon, mich Lehrerin werden zu lassen, so fix war ich.«

Als die Mutter dies gesagt hatte, kroch der Knabe unter den Ladentisch zu Laban, der dort auf seinem Schemel saß, und die Mutter gab ihnen ein kleines Kerzenstümpfchen, das sie zwischen sich stellen durften, damit sie die Buchstaben sahen.

»Lehre du ihn jetzt zuerst, dann lehrt er dich«, sagte die Mutter. Man hörte es, daß sie in der Sache zu Hause war.

An diesem Abend bekam der Knabe eine noch höhere Meinung von Laban als früher. Denn seht ihr, die Puppe lernte sofort die Buchstaben. Sie brauchte die Aufgabe nur ein einziges Mal zu hören, dann saß sie ihr so fest im Kopfe, daß man das Licht auslöschen konnte, und sie sagte die ganze Geschichte von vorne nach rückwärts und von rückwärts nach vorne her, ohne auch nur einen einzigen Fehler zu machen.

»Ja, dacht ich mir's nicht, daß Laban dir helfen würde«, sagte die Mutter. »Denke jetzt nur morgen in der Schule an ihn, dann wirst du schon die ganze Aufgabe können.«

Als der Knabe am nächsten Tag in die Schule kam, war er doch sehr ängstlich, weil er glaubte, daß Laban und nicht er die Buchstaben gelernt hatte. Aber als er antworten sollte, hielt er die Gedanken ganz fest auf Laban gerichtet. »So hätte er gesagt«, dachte er. Und er antwortete so gut, daß er von der Lehrerin gelobt wurde. Aber das machte ihm große Sorgen. Er wollte nicht dastehen und ein Lob ernten, das er nicht verdient hatte. Das wäre doch unrecht gegen die andern Kinder gewesen, die keine solche Puppe hatten wie er. Und schließlich sagte er auch der Lehrerin, wer es war, der die Aufgabe gelernt hatte. Er hatte erwartet, daß sie doch wenigstens verstehen würde, wie es sich mit dieser Puppe verhielt, aber sie lachte ihn nur aus, so daß er das nächste Mal nichts anderes tun konnte, als ihr Lob schweigend entgegenzunehmen.

Die gute Zeit für ihn und die Puppe, die dauerte eigentlich so lange, wie er in die Volksschule ging. Immer war es die kluge Puppe, die arbeitete, und der Knabe hatte herrliche, freie Tage ohne alle Mühe und Plage. Nichts veränderte sich, außer daß er eines schönen Tages nicht mehr unter dem Ladentisch Platz fand, und da zogen Laban und er in einen Verschlag hinter dem Kellerladen. Da war ganz hoch oben in der Wand eine Luke, und darunter stellte die Mutter einen Tisch und einen alten Lehnstuhl, der so groß war, daß sie beide darin Platz fanden, er und die Puppe, und da saßen sie nun nebeneinander und lernten die Aufgaben.

Aber was der Kameradschaft ein Ende zu machen drohte, war, daß die Mutter beschloß, den Knaben ins Gymnasium zu schicken.

Seht ihr, man hatte ja schon lange, ja eigentlich seit der Weihnacht, da er die Puppe bekam, davon gesprochen, daß es etwas Merkwürdiges um diesen Knaben war. Die Leute, die mit ihm im Obstkeller plauderten, konnten nicht genug von den lustigen Antworten erzählen, die er ihnen gegeben hatte. Und die Lehrerin in der Volksschule, die konnte sich vor Staunen gar nicht fassen und erinnerte sich nicht, je ein so begabtes Kind gehabt zu haben. Und alle diese, die die große Begabung, die sich im Obstkeller verbarg, mit entdeckt hatten, lagen der Mutter unaufhörlich in den Ohren, den Sohn doch ins Gymnasium zu schicken.

Ihr ging es sehr gegen den Strich. Einerseits wollte sie aus ihrem Sohn kein Herrschaftskind machen, das sich ihr entfremdete, wenn es heranwuchs, und andererseits brauchte sie den Jungen sobald als möglich zur Hilfe im Geschäft. Aber sie wollte ja kein Unrecht gegen ihr eigenes Kind begehen, und da alle von den großen Anlagen sprachen, die erst in einer solchen höheren Lehranstalt zu ihrer rechten Entfaltung kommen konnten, entschloß sie sich endlich zu diesem Schritt.

Nun kann man sich denken, daß die Kameradschaft mit der Puppe nicht mehr so leicht war. Kaum war der

Knabe in die erste Klasse gekommen, als die übrigen Schuljungen ihn damit aufzuziehen begannen. Er kämpfte viele Schlachten für sie aus. Und das ging ja an, solange er sie mit den Fäusten verteidigen konnte. Aber es sollten Angriffe kommen, die er nicht auf diese Art zurückschlagen konnte.

Dabei mußte man ja sagen, daß es ihm in der Schule vortrefflich ging. Und dieselbe wunderliche Art, seine Aufgaben zu lernen, hatte er noch beibehalten. Konnte er sich nur einbilden, daß es die Puppe war, die lernte, nicht er, kostete es ihn nicht die geringste Mühe, zu lernen, was es auch sein mochte.

Aber als er in die zweite Klasse kam, erzählte ihm die Mutter eines Tages, daß es Leute gäbe, die sagten, es könnte doch nie ein rechter Mann aus ihm werden, der noch als Zehnjähriger mit Puppen spielte. Andere Knaben pflegten sich nicht so zu benehmen.

Das waren Worte, die sich in sein Herz eingruben. Gegen die konnte er keinen gewappneten Widerstand anwenden. Er machte auch schon am selben Tag einen Versuch, sich der Puppe zu entledigen. Er trug sie auf den Dachboden, aber schon nach ein paar Stunden trug er sie wieder hinab. Er kam mit seinen Aufgaben nicht vom Fleck, wenn er die Puppe nicht neben sich hatte.

Und nun kamen zwei harte Jahre für ihn und die Puppe. Die Leute wollten sie nicht in Frieden lassen.

Ein so vielversprechender Junge, sagte man von ihm, es ist doch wirklich jammerschade, daß er diese lächerliche Gewohnheit hat, noch in seinem Alter mit Puppen zu spielen.

Und die Mutter, die hielt ihn beinahe für einen verlorenen Sohn – nur dieser Puppe wegen. Sie bekam auch mehr von all den Neckereien und Witzen über ihn und die Puppe zu hören als er selbst. Manchmal glaubte der Knabe, daß sie und ihre Bekannten es sich nicht so sehr zu Herzen genommen hätten, wenn er zu trinken oder zu rauchen angefangen hätte, denn das war doch eine Sache, die andere Knaben auch taten. Aber daß ein Junge, der schon zwölf Jahre alt war, seine Puppe behielt, so etwas hatte man noch nie gehört.

Als nun sein dreizehnter Geburtstag herankam, sagte er sich jedoch, daß nun die Grenze erreicht war. Jetzt mußte er die Puppe aufgeben, wenn er die Achtung der Menschen nicht ganz einbüßen wollte. Jetzt riefen ihm die gleichaltrigen Knaben zu, er solle doch lieber mit kleinen Mädeln spielen, er, der noch seine Puppe hatte, und die Mädchen, die steckten die Köpfe zusammen und kicherten, sobald sie ihn nur sahen.

Ja, die Puppe sollte also aus dem Hause, das war eine ausgemachte Sache. Aber da war noch etwas anderes, über das man nicht so leicht ins klare kommen konnte. Nämlich die Frage, wohin die Puppe sich begeben sollte. Es hatte keinen Sinn, es noch einmal mit dem Boden zu probieren, denn er wußte schon im vorhinein, wie das ausgehen würde. Auch konnte er sich nicht entschließen, die Puppe irgendeinem Kind, das er kannte, zu schenken, denn er vermochte sich nicht in den Gedanken finden, daß irgend jemand seiner Bekannten sie, die ihm so lieb war, besitzen sollte.

Er wußte ja, was der beste Ausweg war, aber er mußte ein paar Tage mit sich kämpfen, bevor er sich dazu entschließen konnte. Die Puppe erhob keine Einwände, aber der Knabe war es, der sich nicht überwinden konnte, diesen äußersten Schritt zu tun.

Es sah aus, als sollte nichts aus der Trennung werden, und es wäre wohl auch nicht dazu gekommen, wenn die

Puppe selbst sich nicht in die Sache gemischt hätte. Die machte eines Abends ein ganz beleidigtes Gesicht und ließ ihn wissen, daß sie ihm nach all den guten Jahren, die sie miteinander gehabt hatten, nicht zum Schaden gereichen wollte; und wenn der Knabe sich nicht endlich doch noch entschließen konnte, sie ziehen zu lassen, so würde sie schon einen andern zu finden wissen, der ihr forthelfen wollte.

Da war der Junge nun auch beleidigt und versprach, daß er Ernst in der Sache machen würde. »Ich werde schon dafür sorgen, daß du irgendwohin kommst, von wo du nie zurückkommen kannst«, sagte er.

Am nächsten Tag stand er ganz früh auf, rollte die Puppe in ein großes Zeitungspapier und ging mit dem Paket unter dem Arm auf die Straße. Zuerst begab er sich zu einem Platz, wo man eben den Grund zu einem Hause sprengte, und da hob er einen großen Stein auf, den er in der Hand behielt. Dann lenkte er seine Schritte zu einem der großen Kanäle in der Nähe des Hafens.

Es war ein wunderbar schöner Morgen, in den er hinaustrat. Er erinnerte sich nicht, je etwas Ähnliches erlebt zu haben. Es war die mildeste Frühlingsluft, voll Duft und Würze, lichtes Grün auf den Bäumen und leichte Frühlingswölkchen am Himmel. Auch sah er eine Menschenschar nach der andern aus den Häusern kommen und zum Hafen hinuntergehen. Sie waren in Reisekleidung und hatten Eßkörbe, Plaids, Feldstecher und Tennisschläger mit. Sie wollten bei diesem herrlichen Frühlingswetter Ausflüge nach den Villen- und Badeorten machen.

Wie froh und glücklich sie alle miteinander zu sein schienen. Der Knabe wünschte, er wäre einer von ihnen gewesen.

Da glaubte er zu hören, wie der alte Freund, den er in dem Pakete hatte, ihm eine letzte Ermahnung gab: »Kümmere dich nicht um sie«, sagte er. »Du kannst sicher sein, daß sie auch ihre Sorgen haben, sie gerade so gut wie wir alle.«

»Da kannst du wohl recht haben«, sagte der Knabe, »aber ich glaube doch nicht, daß einer von ihnen es so schwer hat wie ich. Oder hältst du es für möglich, daß ein einziger von ihnen auf dem Wege ist, seinen besten Freund zu ertränken, so wie jetzt ich?«

Endlich waren sie am Ziel ihrer traurigen Wanderung angelangt, und der Knabe blieb auf dem Kai des Hafenkanals stehen. Da legte er die Puppe auf den Boden, wickelte sie aus der Umhüllung und begann, ihr eine Spagatschnur um den Hals zu knüpfen.

Im nächsten Augenblick sollte die Puppe also auf dem Kanalgrunde liegen, zwischen Leichen von jungen Hunden und Katzen, und das schmutzige, gelbgrüne Kanalwasser sollte über sie hinfließen. Das war also der Lohn, der ihr für all ihre Treue und alle ihre Dienste zuteil werden sollte.

Plötzlich hörte der Knabe auf, die Schnur zu knüpfen. Er schleuderte den mitgebrachten Stein in den Kanal, aber ohne die Puppe. »Nein, das ist unmöglich«, sagte er. »Das geht nicht. In so gräßlicher Weise kann ich mich deiner nicht entledigen, Laban.«

Er stand da und starrte recht ratlos vor sich hin. Mit den Blicken folgte er neuen Gruppen von Lustreisenden, die zum Meere hinunterwanderten.

Während er ihnen so nachsah, kam der Puppe plötzlich eine Idee. »Wir sind doch rechte Esel gewesen, du und ich, Fritz«, sagte sie, »daß uns etwas so Einfaches nicht früher eingefallen ist. Du hast wohl schon ganz vergessen, wie es im alten Griechenland zuging? Wenn sie ihre guten und edlen Mitbürger nicht im Lande behalten wollten, so fiel es ihnen doch nicht ein, sie zu töten, sondern sie sandten sie in die Verbannung.«

»Nein, was bist du doch für ein Meister, du Laban«, rief der Knabe. »Ich verstehe schon, was du meinst. Ja, in dieser Weise kann ich mich doch eher von dir trennen.«

Er fand den Gedanken so vortrefflich, daß er sich für den Augenblick fast über die Trennung getröstet fühlte. In aller Eile hüllte er die Puppe wieder in die Zeitung und ging hinter ein paar Reisenden her, die auf dem Wege zum Hafen waren. Es war eine ganze Familie: Mann, Frau und eine große Kinderschar.

»Vielleicht wird eines dieser Kinder Beschlag auf dich legen, Laban«, sagte er.

Im selben Augenblick sah er den Hafen, wo ein großes weißes Schiff dalag und seinen Dampf in die Luft stieß. Es hieß »Oskar Dickson«, und er wußte, daß es zwischen Gothenburg und Christiania hin und her fuhr und unterwegs an einer ganzen Menge von Orten anlegte.

Er eilte hinunter und sprang an Bord. Niemand hinderte ihn. Man glaubte, daß er einem der Passagiere noch ein Paket zu bringen hatte. Unten im Achtersalon nahm er die Puppe wieder aus der Zeitung und setzte sie auf eines der roten Plüschsofas. Er knipste noch ein paar Stäubchen von der Bluse und setzte die Mütze richtig auf.

»Wenn wir gewußt hätten, daß du eine so lange Reise antreten mußt, hätten wir schon dafür gesorgt, Mutter und ich, daß du etwas Neues zum Anziehen hast. Aber das ist ja einerlei. Du bist doch auf jeden Fall die allerbeste aller Puppen, die es in der Welt gibt. Und es kommt sicher bald jemand, der sich deiner annimmt. Glückliche Reise! Adieu! Adieu!«

Er wagte es nicht, den Abschied noch zu verlängern, sondern sprang auf das Verdeck. Er war gar nicht ängstlich, wie es der Puppe ergehen würde. Er zweifelte keinen Augenblick, daß, sobald eines der Kinder, die sich an Bord des Dampfschiffes befanden, die Puppe erblickte, es auch ihre guten und großen Eigenschaften entdecken und eine solche Liebe zu ihr fassen würde, daß es gar nicht anders konnte, als sie mit nach Hause zu nehmen.

Er glaubte triftigeren Grund zur Angst für sich selbst zu haben, denn es war sehr ungewiß, wie es ihm nun ergehen würde, wenn er diesen klugen Freund, der ihm raten und helfen konnte, nicht mehr hatte.

Kaum war er wieder auf festem Lande, als er sich nach der Puppe zu sehnen begann und bereute, daß er sie von sich gelassen hatte. Es wäre besser gewesen, alle Sticheleien zu ertragen, als einen solchen Schatz hinzugeben. Aber er kehrte doch nicht um, um die Puppe wiederzuholen. Ein so ängstliches Gefühl hatte man wohl immer, wenn jemand, den man liebhatte, fortreiste. In ein paar Stunden würde es sich schon geben.

Aber wie er so nach Hause ging, verfolgte ihn das Gefühl, daß er etwas Wertvolles und Großes hingegeben hatte, und das wollte nicht weichen, im Gegenteil, es wuchs und wurde zu einem heftigen Groll gegen all jene, die die Puppe nicht hatten in Frieden lassen wollen. Als er später am Vormittag in die Schule kam, bereitete es ihm eine Art von Genuß, zu fühlen, daß er so stumpf war, daß er keine einzige Frage richtig beantworten konnte. Ja, seht nur, wie es geht, dachte er. Hättet ihr mich nicht meine Puppe behalten lassen können?

Es war gewiß ein großes Unrecht, das man gegen ihn begangen hatte. Er konnte sich daheim ebensowenig zurechtfinden wie in der Schule. Den kleinen Verschlag, wo die Puppe und er sich so wohlgefühlt hatten, fand er jetzt so dunkel und armselig, daß er es darinnen nicht aushalten konnte. Er mußte seine Zuflucht zur Gasse nehmen, und da trieb er sich den ganzen Abend herum, ohne zu lernen oder zu rechnen. »Ja, seht nur«, sagte er wieder, »so wird es alle Tage gehen. Warum ließ man mich nicht den Gefährten behalten, der es mir zu Hause so schön machte?«

Die ganze Woche verging, ohne daß der Knabe in bessere Laune kam. Die Mutter tat, was sie konnte, um ihn aufzumuntern, aber mit geringem Erfolg. Gegen sie war er noch unfreundlicher als gegen die andern, denn er fand, daß wenigstens sie, die ihm doch selbst die Puppe gegeben hatte, auch ihre Partei hätte nehmen müssen und nicht hätte zulassen dürfen, daß er sich ihrer entledigte.

Er hatte die größte Lust, zum Hafen hinunterzugehen, aber er kämpfte mit aller Macht dagegen an und lenkte seine Schritte nie nach dieser Richtung. Die Puppe war ja dahin und verloren, das wußte er. Es wäre nur so gewesen, wie wenn man ein Messer in einer Wunde herumdreht, wenn er dort hinuntergegangen wäre und sich den »Oskar Dickson« und das leere Plüschsofa im Dampfschiffsalon angesehen hätte.

Gegen Ende der Woche hatte der Knabe wohl die ärgste Bitterkeit gegen die Mutter überwunden und sich wieder etwas freundlicher gegen sie gezeigt, so daß sie eines Nachmittags den Mut faßte, ihn zu bitten, zum Hafen hinunterzugehen und ihr ein paar Bund Spargel zu holen, die sie mit einem Schärenboot erwartete.

Der Knabe wurde zuerst rot und dann blaß, als sie ihn darum ersuchte. Zuerst wollte er ein schroffes Nein zur Antwort geben, aber dann stieg eine so starke Sehnsucht in ihm auf, wieder dort hinunterzukommen, daß er nicht dagegen ankämpfen konnte. Nun meinetwegen, dachte er, Mutter will es ja selbst. Er fühlte wohl, daß in ihm eine Hoffnung war, die nur auf die Gelegenheit lauerte, an Bord des Dampfschiffes zu kommen und nachzusehen, wie es dort stand. Aber er unterdrückte sie mit der unwiderleglichen Behauptung, daß eine solche Puppe wie Laban nicht so viele Tage ohne Besitzer hatte bleiben können. Es war nicht anders möglich, jemand hatte sie sich angeeignet.

Aber als er nun mit seinem Korb in der Hand zum Hafen hinunterkam, war das erste, was seinen Blicken begegnete, der Dampfer »Oskar Dickson«. Er schien soeben angekommen zu sein, denn der Landungssteg war gerade ausgelegt, und die Passagiere begannen ans Land zu strömen.

»Du bist doch das größte Rindvieh auf Gottes Erdboden«, sagte der Junge zu sich selbst. Aber in der nächsten Sekunde drängte er sich doch über den Landungssteg. »Es hat doch gar keinen Zweck, das weißt du doch«, sagte er wieder, aber er lief doch über das Verdeck, »nein, darin liegt doch nicht die geringste Vernunft«, fuhr er fort, während er die Treppe hinuntereilte und in den Salon guckte.

Aber es war wohl doch nicht so ganz ohne Vernunft, denn wer saß ganz oben in der Ecke des plüschbezogenen Sofas, wenn nicht seine eigene, heißgeliebte Puppe?

Der Knabe wollte seinen Augen nicht trauen. Konnte das wirklich sein eigener Laban sein, der da saß? Ja, er war es ja doch, das fühlte er schon daran, daß sein Herz einen heftigen Sprung machte und dann wieder auf seinen rechten Platz kam. Im selben Augenblick begriff er auch, warum ihm die ganze Zeit, die die Puppe fortgewesen war, so schrecklich zumute gewesen war. Das war das Herz, das nicht am rechten Fleck gewesen war. Aber jetzt, wie er nun die Puppe erblickt hatte, war alles wieder ganz gut.

Mit zwei Sätzen hatte der Knabe die Puppe erreicht. Er machte nicht viel Federlesens mit ihr, er stopfte sie nur in seinen Korb und knüllte sie zusammen, so daß er den Deckel zubrachte. Und dann ging es mit ihnen beiden heimwärts.

Auf dem ganzen Wege lachte er in sich hinein und trällerte, er konnte es nicht lassen. Ja, so war es wohl Menschen zumute, wenn sie sagten, daß sie glücklich wären, der Knabe hätte nie geglaubt, daß das so hübsch sein könnte.

Er freute sich sogar, daß er die Puppe ausgesetzt hatte, denn wenn er nicht die ganze Woche lang von ihr getrennt gewesen wäre, hätte er ja auch die große Freude des Wiedersehens nie kennengelernt.

Als er durch den Kellerladen ging, eilte er nicht stumm und mürrisch an den Kunden vorbei wie in letzter Zeit, sondern er stellte seinen Korb nieder, legte der dicksten Madam den Arm um den Leib und küßte sie.

Das war nur als eine kleine Freundlichkeit gemeint, und wenn auch die Dicke und die andern nach ihm schlugen, so nahmen sie es doch auch für nichts anderes. »Ja, jetzt ist er wieder guter Laune«, sagten sie. »Wir wußten ja, daß er nicht sein Leben lang wegen einer Fleckchenpuppe den Kopf hängen lassen würde.«

Der Knabe hielt sich nicht auf, um ihnen zu erklären, was ihn so verändert hatte. Er nahm den Korb in seinen Verschlag mit, packte die Puppe aus und setzte sie mit großer Feierlichkeit in dem Stuhl zurecht. Und zugleich nahm alles um ihn sein gutes, vertrautes Aussehen wieder an. Es war die Puppe, die all das Behagen und die Traulichkeit mitbrachte.

»Du machst dir wohl gar nichts daraus, wieder zu Hause zu sein, Laban?« sagte der Junge. »Du hattest es wohl auf dem Dampfschiff ebenso gut?«

Er plauderte in einem fort. Die Puppe mußte hören, wie elend er es gehabt hatte und wie schlecht es mit dem Lernen gegangen war. Von Zeit zu Zeit unterbrach er seine Klageweisen und neckte die Puppe, weil gar niemand Beschlag auf sie gelegt hatte.

Er wartete keine Antwort ab, sondern ging gleich zu etwas anderem über. »Weißt du was?« sagte er, »jetzt, wo ich dich wiederhabe, halte ich es nicht aus, so träge und dickschädlig zu sein, wie ich die ganze Woche war. Wir müssen uns jetzt ordentlich hineinlegen, damit ich die Kameraden einhole.«

Es kam ein solcher Arbeitseifer über ihn, daß er schon in der nächsten Minute mit dem Kopf über ein Buch gebeugt dasaß. Und das war wahrlich nur ein Vergnügen jetzt, wo Laban neben ihm saß. »Erinnerst du dich an dies und an das?« fragte er die Puppe. »Kannst du mir dieses Problem lösen?« Und es ging alles wie im Spiel. Die Puppe durchschaute sofort die allerverwickeltsten Aufgaben. Das Ganze war eitel Lust und Freude.

Nach einiger Zeit konnte er sich das Vergnügen nicht versagen, die Puppe wieder ein bißchen zu necken.

»Denk mal, daß dich gar niemand haben wollte, Laban! Denke, daß du die ganze Woche allein in der Sofaecke sitzengeblieben bist! Das hättest du wohl nie gedacht?«

Während er so mit der Puppe scherzte, sah er etwas aus ihrer Bluse, aus dem Halsausschnitt, ragen. Er beugte sich vor und zog ein kleines, viereckiges Blättchen heraus. Es war eine Amateurphotographie, die ein kleines Mädchen mit blonden Locken, langen Wimpern und einem kleinen, kleinen Mündchen vorstellte.

»So, Laban, bist du ein solcher Spitzbub«, rief der Knabe. »Also diese kleine Schönheit hat dir auf dem Boot Gesellschaft geleistet. War sie ganz verliebt in dich, sag? Hast du das von ihr bekommen, als sie an Land ging, damit du sie nicht vergißt?«

Der Knabe glaubte zu merken, wie ein Lächeln über das ernste Gesicht der Puppe huschte. »Siehst du, ich hätte jetzt für immer von dir geschieden sein können, wenn ich gewollt hätte«, schien es zu sagen. »Aber ich bin treuer als du, ich bin zu dir und dem Kellerloch und den Aufgaben zurückgekehrt, trotz allem, was mich in die weite Welt hinausgelockt hat.«

Es war ein glücklicher Nachmittag, und ihm folgten viele glückliche Tage. Aber dann – – – ja, es mag genug sein, zu sagen, daß, als ein halbes Jahr vergangen war, sie sich wieder so ziemlich in derselben Lage befanden wie im Frühling. Die Leute hatten entdeckt, daß die Puppe zurückgekommen war, und gleich hatte man wieder angefangen, den Knaben auszulachen. Er merkte es, und er konnte es nicht ertragen. Er sah ein, daß er ja doch einmal gezwungen sein würde, sich von der Puppe zu trennen.

Niemand kann behaupten, daß er es leichten Herzens tat. Es kam ihm fast schwerer an als das erstemal, denn jetzt wußte er besser als damals, was er verlor, wenn er die Puppe fortschickte. Aber andererseits war er jetzt älter, und er empfand es tiefer als früher, daß man ihn beinahe als einen rettungslos Entgleisten betrachtete.

Es mag genug sein, zu erzählen, daß der Knabe eines Nachmittags im Spätherbst die Puppe nahm und sich mit ihr in eine Straßenbahn setzte. Er fuhr ein Stück mit der Puppe, dann stand er mit gleichgültiger Miene auf und ließ sie im Wagen zurück, so, als hätte er sie vergessen.

Kaum war der Wagen weitergefahren, als derselbe Mißmut über ihn kam wie das frühere Mal, wo er die Puppe weggeschickt hatte. Er konnte sich nicht entschließen, nach Hause zu gehen, sondern trieb sich niedergeschlagen und verstimmt auf der Straße herum.

Nein, wie hatte er doch die Schule und die Schularbeit satt! Wenn er die Puppe nicht hatte, die alles zu einem Spiel machte, konnte er es gar nicht ertragen, an all diese Aufsätze und Probleme zu denken.

Er bummelte herum, bis es Zeit zum Schlafengehen war. Als er endlich heimkehrte und die Treppe hinunterging, die in den Keller führte, stolperte er über einen Gegenstand, der auf der obersten Treppenstufe lag, und wäre fast darübergefallen.

Im selben Augenblick, in dem er ihn mit dem Fuße berührte, wußte er auch schon, was es war, und ein Beben der Freude durcheilte ihn. Er bückte sich rasch und tastete mit den Händen. Ja, es war Laban.

»Es sieht aus, Laban, als wolltest du mich gar nicht verlassen«, sagte er, und die Stimme klang ärgerlich, aber eigentlich war er ganz selig, daß die Puppe zurückgekommen war.

Es nahm ihn nicht so sehr wunder, daß auch dieser Versuch mißlungen war. Es gab vielleicht nicht viele Leute in der Stadt, die so bekannt waren wie seine Puppe. Vermutlich hatte einer der Kunden seiner Mutter sie in der Straßenbahn erkannt und sie ihm heimgebracht.

Der Knabe stand auf der dunklen Treppe und fuhr mit der Hand über die Puppe, wie um sich zu vergewissern, daß sie sein eigener Laban war. Dabei merkte er, daß auf dem Rücken der Puppe ein Papier befestigt war.

»Was ist denn das?« sagte er. »Was ist denn das, was du mitgebracht hast? Letzthin kamst du mit einer Photographie, das hier ist wohl ein Liebesbrief?«

Der Junge sah durch die Glastür des Ladens, daß die Mutter dort auf und ab ging, und es war ihm ein wenig peinlich, ihr zu zeigen, daß er noch einmal mit der Puppe nach Hause kam. Er wollte darum abwarten, bis sie in die Küche ging, so daß er unbemerkt zu sich hineinkommen konnte, und inzwischen löste er das Papier ab und lief zu einer Gaslaterne, um zu sehen, ob etwas darauf geschrieben stand.

Ja, allerdings. Da stand fürs erste sein eigener Name und darunter ein kleines Verschen:

Hör', mein Büblein, diesen Spruch,
Gucke fleißig stets ins Buch,
Laß von Knaben, welche saufen,
Fluchen, spielen und auch raufen,
Nie und nimmer dich verlocken,
Sondern bleib bei deiner Docken.

Nun, er war ja nur ein Kind, und als er den alten Fibelvers in dieser Weise verwandelt und gegen sich gerichtet las, nahm er das nicht als den unschuldigen Spaß, der es im Grunde war, sondern er betrachtete es als eine sehr große Beleidigung. Er wurde ganz starr vor Wut, daß man es wagte, ihn in dieser Weise zu hänseln.

Jetzt dachte er gar nicht mehr daran, die Puppe mit nach Hause zu tragen. Er mußte sie gleich fortschicken, im selben Augenblick, und diesmal wollte er es so tun, daß sie nie wiederkehrte.

Es blieb ihm nicht viel Wahl, und es dauerte auch nicht lange, so war er auf dem Wege zur Eisenbahn. Als er den Perron betrat, stand gerade ein Zug zur Abfahrt bereit, und ehe er sich noch ganz Rechenschaft gegeben, was er tat, hatte er die Puppe in ein Coupé gesetzt und sie in die weite Welt hinausgeschickt, er wußte selbst nicht, wohin.

Und diesmal schien die Puppe wirklich verschwunden zu sein. Eine Woche nach der andern verging, ohne daß der Knabe etwas von ihr wußte. Und so allmählich hörte er beinahe auf, sich nach ihr zu sehnen. Sie wurde aus seinen Gedanken entführt, wie so vieles andere.

Es ist ja mit Kindern oft so, daß sie irgendeinen Sündenbock suchen, dem sie die Schuld für all das Mißgeschick aufbürden können, das sie trifft. Und was den Knaben betrifft, so war er noch so sehr Kind, daß er, als es ihm jetzt in der Schule so schlecht zu gehen anfing und er in keiner Weise mit den Kameraden Schritt halten konnte, sich damit entschuldigte, daß er seine Puppe verloren hatte.

Er war jetzt nicht träge und fahrlässig. Er war vielmehr bestrebt, sich obenzuhalten, aber er konnte sich nicht verhehlen, wie rettungslos er zurückging.

Die Lehrer schüttelten den Kopf, wenn sie seine Aufsätze durchsahen und fragten, ob er krank sei oder ob er viel gestört würde, wenn er zu arbeiten hatte. Dem Knaben konnten bei diesen wohlwollenden Fragen die Tränen in die Augen kommen. Er hätte gerne geantwortet, daß alles nur daher kam, daß man ihn seine Puppe nicht hatte behalten lassen. Aber er biß die Zähne aufeinander und schwieg.

Der Klassenvorstand ging zur Mutter, um mit ihr über den Knaben zu sprechen, der gar nicht mehr imstande war, in der Schule mitzukommen. Er konnte nicht begreifen, was in den Jungen gefahren war, er war doch früher der Erste in der Klasse gewesen. Vielleicht wäre es angezeigt, ihn eine Zeitlang aussetzen zu lassen.

Und dann fragte die Mutter ihn selbst, was ihm denn fehle, und ob er gerne für ein paar Wochen Ferien haben wolle, um sich auszuruhen. »Das nützt nichts«, sagte der Knabe. »Mir wird es in der Schule nie mehr gut gehen, und wenn ich mich noch so lange ausruhe.« Und als er das gesagt hatte, lief er zur Türe hinaus, weil er fühlte, daß er in Tränen ausbrechen mußte.

Ein paar Tage später geschah etwas, das ihn mehr belebte als noch so lange Ruhe. Er las nämlich in einer Zeitung von einer großen Puppe, die die Eisenbahner einander zum Spaß in ihren Zügen hin und her schickten.

Vom ersten Augenblick an war er überzeugt, daß das niemand anderes sein konnte als Laban, von dem da die Rede war. Was war das doch für eine Puppe! Wo immer sie sich zeigte, wurde es lustig und fröhlich um sie.

Sicherlich erinnern sich viele hier im Lande heute noch an den lustigen Spaß mit der reisenden Puppe.

Man kann sich denken, daß die Sache so angefangen hatte, daß irgendein lustiger Stationsbeamter, der in einem Coupé eine einsam dasitzende Puppe fand, sie mit auf die Station nahm, ein Verslein auf einen Zettel schrieb und sie mit dem Poem an der Brust in eine andere Station schickte. Um den Spaß noch besser zu machen, hatte er an einen Kollegen in dem neuen Bestimmungsort ein Telegramm abgesandt:

»Herr Laban kommt mit dem Schnellzug. Bitte ihn gut zu empfangen.«

Herr Laban! Wer war Herr Laban! Das gab ein Staunen auf der Station, wo er erwartet wurde. Der Stationsinspektor, der Buchhalter und der Bagageverwalter standen auf dem Perron, um ihn zu empfangen. Als der Zug kam, bemühte sich alles, herauszubekommen, welcher der Reisenden Herr Laban sein konnte. Aber da man nicht klug daraus wurde, mußte man den Kondukteur fragen.

»Es soll doch ein Herr Laban mit dem Zug ankommen? Wo steckt er denn? Wir sollen ihn doch empfangen.«

»Herr Laban«, sagte der Kondukteur, »ach so, er soll hier aussteigen? Ja, er fährt erster Klasse. Ich will gleich gehen und es ihm sagen.«

Und gleich darauf erschien er mit der großen Fleckchenpuppe in den Armen. Man kann sich denken, mit welchem Jubel sie aufgenommen wurde.

Dann fand jemand, daß das ein viel zu guter Spaß war, um ihn nicht weiterzuspinnen. Die Puppe wurde also mit neuen Versen ausgerüstet, die neben den alten befestigt wurden, und dann bekam sie ein Cachenez, damit sie noch reisemäßiger aussah. Hierauf wurde sie wieder in den Zug gesetzt, und man telegraphierte an die nächste Station, um ihre Ankunft anzukündigen.

Da wiederholte sich die Geschichte. Aber da nun die Puppe bald ganz mit Papierzetteln bedeckt war, kam jemand auf den Einfall, sie mit einer Reisetasche zu versehen, wo sie ihre Aktenstücke verwahren konnte.

Auf diese Weise fuhr die Puppe rings um das Land, von Station zu Station. Die Telegramme, die sie ankündigten, wurden immer pompöser, und sie wurde immer feierlicher empfangen, je weiter sie herumkam. Die guten Leute in den Stationen konnten sich gar nicht genug tun. Sie reiste auch gerade in der Weihnachtszeit, wo alle freigebig und erfinderisch sind, und bald hatte es mit der Tasche und den schönen Versen nicht mehr sein

Bewenden, sondern sie bekam so allmählich eine ganze Ausrüstung. Schließlich hatte sie einen Ulster und einen Nachtsack, eine Brieftasche und ein Portemonnaie. In den Taschen hatte sie Zigaretten und Zündhölzchen, Sacktuch, Federmesser, Taschenkamm, Bürsten, Tüten mit Pralinees und Karamels. Sie hatte eine eigene Reisedecke, um sie über die Knie zu breiten, wenn sie sich auf dem Sofa ausstrecken wollte, und eine besondere Reisemütze, die sie nur trug, wenn sie im Zug saß.

Man kann sich denken, daß dieser Spaß, als er eine Zeitlang gedauert hatte, auch in den Zeitungen besprochen wurde, und so erfuhr das große Publikum von diesem Weihnachtsscherz der Eisenbahner. Und da kriegte das große Publikum auch Lust, mitzuspielen. Und es kam so weit, daß, wenn ein Telegramm, daß Herr Laban kommen sollte, an einem Ort eintraf, große Volksmassen sich an der Station einfanden, um ihn zu empfangen, sich die wunderbare Reiseausstattung anzusehen oder die Verse zu lesen.

Einige davon wurden auch in der Zeitung abgedruckt, und durch eines dieser Verslein gelangte der Knabe zur vollen Gewißheit, daß es seine Puppe war, die so großen Ruhm erlangt hatte.

Der Vers lautete so:

Ich bin ein armer Laban, ich esse niemals Brot,
Ich kann nicht gehn, ich kann nicht stehn, doch leid
 ich keine Not.
Denn in der schönen Eisenbahn, da fahr ich Tag für
 Tag,
Ich bin bald hier, ich bin bald dort,
Man hat mich lieb an jedem Ort.
Mit niemand tauschen mag.

Ja, das hatte der Knabe vom ersten Augenblick an gewußt. Es war seine Puppe. Darüber konnte ja kein Zweifel sein. Es konnte ja auch kaum noch eine Puppe auf der Welt geben, die Laban hieß. Und übrigens hätte sich auch keine andere Puppe einen solchen Spaß ausdenken können. Die Eisenbahner glaubten vielleicht, daß einer von ihnen den Einfall gehabt hätte, sie hin- und herzuschicken, aber der Knabe wußte es besser. Alles, von Anfang bis zu Ende, war die eigene Erfindung der Puppe. Denn so war sie. Jetzt mußten die Leute doch einsehen, wie bitter es für ihn gewesen war, sich von ihr zu trennen.

Er konnte sich nicht genug wundern, daß niemand die Eisenbahner wegen der Puppe auslachte. Im Gegenteil, alle schienen ihnen dankbar zu sein, weil sie sich diesen Spaß gemacht hatten, der das ganze Land amüsierte. Es sah aus, als wären alle Menschen freundlicher gegen diese Leute gestimmt, die sie sonst nur mit ernsten Amtsmienen sahen, weil sie jetzt zeigten, daß sie so wie alle andern einen kleinen Scherz liebten. Das hätte man ihnen gar nicht zugetraut.

Nein, dieses Mal hatte die Puppe nur das eine Pech, zuviel Glück zu haben. Es wurde soviel über sie in den Zeitungen geschrieben, und es gab ein solches Gedränge in den Stationen. Da kriegten die neuen Gönner den ganzen Rummel satt. Es hatten sich soviel Unberufene in das Spiel gemischt, daß es ihnen gar keinen Spaß mehr machte.

Solange der Knabe jeden Tag von der Puppe las und hörte, war er förmlich aufgelebt und wieder der alte geworden. Aber dann wurde es still um sie, und damit versank er wieder in seine frühere Apathie.

Im Frühling las er einmal eine Notiz über seinen alten

Freund. Darin wurde erzählt, daß die große Puppe, Ei-senbahnlaban genannt, die zu Weihnachten soviel Auf-merksamkeit erregt hatte, jetzt von den großen Kindern, die mit ihr gespielt hatten, völlig vergessen war. Sie lag jetzt in einem Gütermagazin der hiesigen Eisenbahn-station, ihrer ganzen Ausrüstung beraubt.

Der Knabe wurde sehr nachdenklich, als er dies las. Die Puppe war also in seiner Nähe, und er konnte sie wiederhaben. Aber er schob die Zeitung von sich weg. Nein, nein, er wollte nicht. Er wußte, wie es enden würde, und er wollte nicht noch einmal dasselbe durch-machen.

Als er am nächsten Tag um die Mittagszeit von der Schule heimkam, nickte ihm die Mutter mit einer viel-sagenden Miene zu, als er an ihrem Ladentisch vorbei-kam. So sah sie immer aus, wenn es ihr geglückt war, ihm etwas zu verschaffen, von dem sie wußte, daß er sich darüber freuen würde.

Als er in seinen Verschlag kam, saß Laban im Lehn-stuhl. Die Mutter hatte also auch in der Zeitung von der Puppe gelesen, und sie war zum Bahnhof gegangen, um sie ihm zu holen. Sie hatte schließlich doch eingesehen, wie notwendig diese Puppe für ihn war.

Aber nun geschah das Merkwürdige, daß, als der Kna-be die Puppe, nach der er sich den ganzen Winter ge-sehnt hatte, da im Lehnstuhl auf ihrem gewohnten Platz sitzen sah, ihn eine Wut packte, die er nicht beherrschen konnte.

»Wie kannst du dich unterstehen, noch einmal zu-rückzukommen?« rief er der Puppe zu. »Du weißt doch, daß ich dich nicht behalten kann! Glaubst du, ich will all das, was ich um deinetwegen gelitten habe, zum vierten Male durchmachen?«

Denn was half es, daß die Mutter jetzt endlich begriff, welche Macht die Puppe hatte? All die andern, all die Nachbarn im Viertel, alle Kinder und alle Erwachsenen, alle Lehrer und Schulkameraden hatten die Puppe noch nicht verstehen gelernt und würden es auch nie.

Er packte die Puppe am Nacken wie eine junge Katze, und ohne sich darum zu kümmern, daß die Mutter mit dem Mittagessen auf ihn wartete, stürzte er mit ihr davon.

Nach einer Stunde kehrte er zurück. Und diesmal fühlte er eine wunderliche Ruhe. Jetzt wußte er, daß er den rechten Ausweg gefunden hatte. Jetzt würde die Puppe ihm nie mehr unter die Augen kommen.

Jetzt hatte er sie dahin gesandt, wo sie bleiben würde. Es war schade, daß ihm das nicht vorher eingefallen war. Er hätte dann früher Ruhe gehabt, hätte nicht soviel mit ihr durchmachen müssen.

»Was hast du denn mit der Puppe angefangen?« fragte die Mutter, als er heimkam.

»Ich habe sie dahin geschickt, von wo sie nie zurückkommen wird«, sagte der Knabe, »wer sie jetzt nimmt, der kann sie auch behalten.«

»So«, sagte die Mutter.

Mehr sagte sie nicht, sie sah nur erstaunt den Sohn an, aber der fuhr mit großem Freimut fort: »Und jetzt, Mutter, will ich aufhören, ins Gymnasium zu gehen. Es hat gar keinen Zweck, wenn ich hingehe. Ich konnte ja den Freund nicht behalten, der mir geholfen hätte, etwas Besonderes zu werden, und da habe ich ja dort nichts zu suchen.«

»Was willst du denn anfangen?«

»Ich will dir im Geschäft helfen.«

Die Mutter sah ein bißchen unsicher aus: »Du kannst

doch schließlich nicht wissen, ob die Puppe nicht noch einmal zurückkommt«, sagte sie.

»Nein, Mutter«, sagte der Knabe, »jetzt werden wir sie nie mehr wiedersehen. Das fühle ich.«

»Aber was hast du denn mit ihr angefangen?« fragte die Mutter.

»Ich habe sie an Bord des großen Auswandererschiffes gesetzt, das heute im Hafen liegt«, sagte der Knabe.

»Ja dann«, sagte die Mutter, und war sofort ebenso überzeugt wie er, daß nun alles aus war. Nun konnte die Puppe nie mehr wiederkommen. »Ja, wenn du sie nach Amerika geschickt hast, dann kannst du morgigen Tags im Laden anfangen«, sagte sie. »Jetzt sehen wir sie nie wieder.«

»Nein, jetzt kommt sie wohl in ein Land, wo man seine Puppen behalten darf«, sagte der Knabe.

Auf diese Art kam der Knabe in das praktische Leben. Jetzt ist er ein erwachsener Mann und trauert nicht mehr um die Puppe. Aber er erzählt gerne von ihr.

Einmal hatte er das Glück, unter seinen Zuhörern einen Gelehrten zu haben, einen Archäologen, und dieser interessierte sich sehr für die Geschichte.

»Wissen Sie was«, sagte er. »All dem liegt schon etwas zugrunde. Die Puppe, ist sie nicht die Begleiterin der Menschheit von ihrer frühesten Kindheit an? Wer weiß, wieviel wir ihr zu verdanken haben?« Und der gelehrte Mann begann eine Auseinandersetzung über die Puppe als diejenige, deren Aufgabe es gewesen war, die ungeahnten Anlagen des unzivilisierten Menschen auszulösen. »War nicht im selben Augenblick, in dem die erste Puppe aus einem Lehmklumpen oder vielleicht aus etwas zusammengerolltem Gras geformt wurde, die Phantasie geboren worden und mit ihr das Spiel, die

Dichtung, die schönen Künste? Das Beste, was wir besitzen, das, worauf wir am stolzesten sind, ist es nicht die Fähigkeit des Schaffens, und wer hat diese Fähigkeit in so hohem Grade entwickelt wie die Puppe? Man würde es schon einmal sehen, wenn erst ihre Geschichte geschrieben würde. Sie hat im Leben so mancher unserer großen Männer eine Rolle gespielt.«

Ein andermal hörte ein junger Schriftsteller den Mann. Der geriet geradezu in Zorn und überschüttete ihn mit Vorwürfen: »Sie Unglücksmensch, was haben Sie getan? Eine solche Puppe über den Atlantischen Ozean zu schicken? Begreifen Sie denn nicht, welchen königlichen Gast Sie da in Ihrem Kellerloch hatten? Spott, Verleumdung, was ist das dagegen, das Göttergeschenk der Phantasie verkörpert unter seinem Dach zu haben? Warum ließen Sie sie nicht wenigstens mir oder einem meinesgleichen? Aber sie zu diesen Amerikanern zu schicken, das ist verbrecherisch, das ist eine vaterlandsfeindliche Handlung! Sollen sie uns denn alles nehmen! Unter allen Emigranten, die über das Weltmeer gefahren sind, können wir Ihre Puppe am allerwenigsten entbehren.«

Bei einer andern Gelegenheit, als der Mann seine Geschichte einigen gewöhnlichen, eigentlich ganz ungelehrten Leuten erzählte, rief einer unter ihnen: »Ich möchte doch wissen, wie es der Puppe drüben ergangen ist und ob sie noch immer so vortrefflich ist. Sie sollten eine Annonce in eine dortige Zeitung geben und fragen, ob sie nicht jemand gesehen hat. Wenn sie noch so ist, muß sie sich doch bemerkbar gemacht haben.«

Es ist aber nicht so leicht, diese Sache in einer Annonce darzustellen, wendete man sogleich ein.

»Nein, wenn Sie wirklich wissen wollen, wie die Puppe sich drüben bewährt hat, dann ist der einzige Ausweg, die ganze wunderbare Geschichte in die Zeitung zu geben«, sagte der dritte.

»Die ganze Geschichte!« rief ein vierter. »Wozu sollte das gut sein?«

»Nein, was hat die Geschichte einer armen Fleckchenpuppe in der Zeitung zu suchen?« sagte ein anderer.

Ja, darauf ist nicht so leicht eine Antwort zu finden, aber nun ist sie mal drinnen, und nun wollen wir sehen, was daraus werden kann!

DER ERSTE IM ERSTEN JAHR
DES ZWANZIGSTEN JAHRHUNDERTS

Es war am Neujahrsmorgen des Jahres 1900. Die Uhr zeigte fast die neunte Stunde, aber im Kirchspiel Svartsjö in Värmland war es noch beinah ganz dunkel. Die Sonne war noch nicht über die langgestreckten niedrigen Wald-firste emporgestiegen.

Gerade als die Glocke schlug, öffnete sich die Tür zum Pfarrhof, und der Pfarrer trat heraus, um in die Kirche zu gehen. Doch als er die Treppe hinuntergegangen war, blieb er stehen, um auf jemand zu warten. Er war ein junger und eifriger Mann; er stand da und stampfte den Schnee wie ein ungeduldiges Pferd.

Endlich zeigte sich seine Frau in der Tür. Sie war erstaunt, daß er sich die Zeit genommen hatte, auf sie zu warten. »Das ist schön, daß du gewartet hast«, sagte sie. – »Nein«, antwortete der Mann und lächelte, »das ist nicht schön. Ich möchte mit dir über etwas sprechen.«

Die Glocken der Svartsjöer Kirche begannen zu läuten, als er dies sagte. Er trat näher an die Frau heran und fragte sie, ob sie höre, daß gerade jetzt die Glocken in Löfwik am andern Ufer des Sees und dort oben in Bro läuteten?

»Es ist etwas Schönes um allen diesen Glockenklang«, sagte der Pfarrer. – »Ja«, sagte sie, »ja, so ist es.« – »Hast du daran gedacht, daß sie heute nacht in jeder Kirche in ganz Värmland das neue Jahr eingeläutet haben? Die großen Erzschlünde haben es in die dunkle Winternacht

hinausgerufen, von den kleinen Kapellchen in Finmar-
ken gerade so wie vom Domkirchenturm in Karlstad.« –
»Ja«, sagte sie, »daran hab ich auch gedacht.«

»Aber nicht nur in Värmland ...« sagte der Pfarrer.
»In ganz Schweden sind heute nacht die Kirchenglocken
erklungen, ja, auf einem großen Teil der Erde.« – »Ja,
das wird schon so sein«, sagte die Pastorin und wußte
nicht recht, worauf der Mann hinauswolle.

»Das neue Jahr, das heute nacht geboren wurde, hat
noch kaum etwas andres erlebt als dies Glockengeläute«,
fuhr der Pfarrer fort. »Zuerst lag es ein wenig schlaf-
trunken und verschüchtert oben in den Wolken und
wiegte sich und konnte in der tiefen Finsternis gar nicht
sehen, woher es gekommen wäre. Da begegnete ihm der
Glockenklang, der zu ihm hinaufdrang: stark und volltö-
nig aus den großen Städten, wo die Kirchen einander
nahestehen, schwächer und gleichsam rührend eintönig
aus den kleinen verstreuten Dorfkirchlein. Ich lag heute
morgen da und dachte daran, seit wir von dem Mitter-
nachtsgottesdienste heimkamen. Als wir nach der Kirche
heimgingen, da hast du etwas gesagt, was mich nicht
schlafen ließ.«

Die Frau wußte sofort, was er meinte. Auf dem Heim-
wege hatten sie von der alten versperrten und versiegel-
ten Truhe gesprochen, die Magister Eberhard Berggren
vor achtzig Jahren in die Svartsjöer Kirche gestellt hatte,
mit der Vorschrift, daß sie nicht vor dem Neujahrstag
des Jahres neunzehnhundert eröffnet werden dürfe. Die
Frau hatte gesagt, sie finde es unrecht, daß sie jetzt
hervorgenommen und geöffnet werden solle. Jedermann
wußte ja, daß die Truhe nichts andres enthielt als Schriften des Unglaubens und der Gottesleugnung.

Doch der Pfarrer hatte gemeint, wenn das Kirchspiel

einmal die Truhe in seine Obhut genommen und versprochen hätte, Magister Eberhards Willen zu erfüllen, so könnte man nicht umhin, sie zu eröffnen. Niemand wüßte ja auch so recht, was eigentlich darin wäre.

»Ich habe gehört, daß der alte Eberhard ein Gottesleugner war«, hatte die Frau geantwortet. – Ja, das hatte der Pastor auch gehört. – »Wär' ich du«, beharrte die Pastorin auf ihrer Meinung, »ich würde erwirken, daß die Gemeinde beschlösse, die Truhe stehen zu lassen, wie sie steht.« – »Nein, aber Frau«, fiel da der Pfarrer ein, »willst du mich vielleicht glauben machen, daß dieser alte Ekebykavalier imstande sein könnte, auch nur einen einzigen Menschen in seinem Gottesglauben zu erschüttern?«

Das hatte die Pastorin zugegeben. Sie glaubte nicht, daß die Schriften gefährlich seien, aber sie meinte, es sei häßlich, daß sie durch einen christlichen Geistlichen und seine Gemeinde ans Licht gezogen werden sollten. Es läge etwas Anstößiges darin. Er könnte seinen Pfarrkindern doch wenigstens vorschlagen, die Truhe uneröffnet zu lassen.

»Aber es ist eines toten Mannes Wille«, hatte der Pfarrer geantwortet; und als die Frau sah, daß sie sich nicht einigen konnten, hatte sie geschwiegen.

Als ihr nun der Mann sagte, daß ihre Worte ihn so früh am Morgen geweckt hätten, da wurde sie sehr froh und fragte sogleich, ob er zu ihrer Meinung übergegangen sei.

»Das wird davon abhängen, was ich dich jetzt fragen will.« – »Ja, ich werde dir gewiß nicht meine Zustimmung geben, diese Truhe zu öffnen.« – Der Pfarrer lachte. – »Dessen sollst du nicht so gewiß sein«, sagte er.

»Ich erwachte sehr früh«, fuhr der Pfarrer fort, »und

rieb sogleich ein Zündhölzchen an. Die Glocke schlug drei, und das erste, was ich dachte, war, daß heute nacht das neunzehnte Jahrhundert zu Ende gegangen ist, und daß wir jetzt neunzehnhundert schreiben. Und dabei mußte ich an den Glockenschlag denken, der die Nacht erfüllte, und an das neugeborne Jahr, das da lag und lauschte. Wie ich so im Halbschlummer lag, sah ich deutlich vor mir, daß das alte Jahr irgendwo im fernen Osten auf einem Scheiterhaufen verbrannt worden war, und das neue Jahr war aus der Asche hervorgekrochen und hatte die Flügel ausgebreitet und war ausgezogen, die Welt in Besitz zu nehmen. Jetzt wiegt es sich wohl in dem Glockenklange der Klöster und Kirchen Palästinas, dachte ich. Es braucht die Flügel gar nicht zu bewegen, dachte ich weiter. Es hält sie nur ausgespannt, und dann kommen die Tonwellen und ergreifen es und wiegen es von einem Land zum andern. Ja, es liegt nur da und wiegt und schaukelt sich. In der Dunkelheit weiß es gar nicht, wohin es kommt. Alles, was es vernimmt, ist Glockenklang, Orgelton und die Schritte derer, die zur Christmette wandern.

Das neue Jahr wird fühlen, daß es über heiliger Erde schwebt, dachte ich. Und ich fühlte mich ganz gerührt, wie ich da lag. Jetzt ist es über die Sankt Peterskirche in Rom gewiegt worden, und dann ist es über die Alpen nach Deutschland hinaufgeflattert. Später am Tage wird es wieder zu uns heraufschweben.

Aber während ich so sann, wurde mir ganz weich zumute, und da kamen deine Worte mir wieder in den Sinn. Wenn also das neue Jahr über Värmland und Svartsjö geschwebt käme, dann sollte es hier einen Priester und seine Gemeinde sehen, die eine Truhe mit Schriften des Unglaubens öffneten. Und es schien mir sehr traurig, daß es so etwas schauen sollte, nach allem dem Schönen, das es bisher erlebt hat. In Rom bei den Katholiken hatte es den Papst die heilige Pforte öffnen und das Jubeltor einweihen sehen, und hier oben im Norden sollte es uns den Riegel eröffnen sehen, der Zweifel und Gottesleugnung einschloß. Das neue Jahr wird eine zu schlechte Meinung von uns bekommen, sagte ich. Es geht einfach nicht an, diese Truhe zu öffnen.«

»Siehst du wohl! Ich wußte, daß du zu meiner Partei übergehen würdest«, sagte die Pastorin.

»Es hat nicht viel daran gefehlt«, sagte der Pfarrer; »aber gleich darauf stand es mir wieder vor Augen, wie unmöglich es sei, gegen eines toten Mannes Willen zu handeln. Ja, es war unmöglich, – das eine wie das andre: die Truhe zu öffnen wie sie geschlossen zu lassen. Und ich begann mich zu fragen, ob es denn keinen Ausweg gäbe. Wenn man eine Sache nur lange genug überdenkt, pflegt man schließlich doch herauszufinden, was das Rechte ist. Ich lag da und grübelte stundenlang. Ich dachte alles durch, was ich vom Magister Eberhard Berggren wußte, um Klarheit darüber zu gewinnen, was er in diese Truhe gelegt haben mochte.«

»Hast du es also herausgebracht?«

»Ich glaube wohl, daß ich es herausgebracht habe, aber ich will auch deine Meinung hören.«

»Die kennst du schon«, sagte die Frau eigensinnig.

»Das sollst du nicht so bestimmt sagen«, meinte der Pfarrer. »Du solltest zuerst versuchen, dich in die Sache hineinzudenken. Du solltest versuchen, dich in Magister Eberhards Gedanken zu versetzen. Das hab' ich heute morgen getan. Wenn du nun ein alter Mann wärst, sagte ich zu mir selbst, wenn du Magister Eberhard Berggren wärst, ein alter gelehrter Mann, der nicht an Gott glaubte! Ich versuchte mir einzubilden, daß ich mein ganzes Leben am Schreibtisch verbracht hätte, ohne Unterlaß denkend und schreibend. Ich dachte mir, ich hätte Jahr für Jahr in einer Ecke des Kavalierflügels auf Ekeby gesessen, mit Büchern und Papieren rings um mich, – und Leben und Scherz, Sang und Spiel wären durch die Räume erbraust, aber ich hätte ganz still und stumm hinter einer Mauer von Büchern gesessen und gearbeitet.

Und dann dachte ich mir weiter, daß ich nach vielen, unendlich vielen und langen Jahren endlich mit meiner Arbeit fertig geworden wäre. Und ich hätte ihr alle meine Lebenskräfte geopfert. Ich wäre alt und müde geworden, und in letzter Zeit hätte ich auch angefangen zu kränkeln. Ich hätte zuweilen brennende Schmerzen in der rechten Seite gespürt, in der Gegend der Leber, obgleich ich mir gar nicht die Zeit genommen hätte, mich darum zu bekümmern. Ja, ich hätte wohl gar nicht daran gedacht, was das Werk mich gekostet hätte: ich wäre nur glücklich gewesen, es vollendet zu haben.

Ich wäre auch natürlich ganz überzeugt gewesen, daß alles ganz vollkommen sei, daß nichts fehle. Allen andern Philosophen hätte man irgendeine Lücke im Gedankengang nachgewiesen, aber so etwas könnte mir nicht passieren. Ich hätte meine eigne Philosophie gefunden, und die sei ganz ohne Makel. Sie sei sicher und fest vom Grunde bis zur Turmspitze.

Ja, ich versuchte mich noch weiter in die Sache hineinzudenken«, fuhr der Pfarrer fort. »Wenn ich nun mein Buch fertig hätte, was würde ich damit anfangen? Es wäre ja das allereinfachste, es gleich in die Druckerei zu schicken. Aber wenn ich solch ein alter Mann wäre, würde ich mir die Sache sicherlich überlegen. Ich würde sie mir deshalb überlegen, weil ich sehr wohl wüßte: sobald meine Philosophie bekannt würde, könnte niemand ihr widerstehen. Alle Menschen würden dann auf einmal aufhören, an Gott zu glauben; und die Hoffnung auf ein ewiges Leben würden sie gleichfalls verlieren. Und ich müßte mir doch sagen, daß eine ganze Menge von jenen, die ich gekannt und geliebt, dies als ein großes Unglück empfinden würde. Die Menschen sind schwach, würde ich mir selbst sagen, sie können die Wahrheit nicht ertragen. Und so allmählich würde ich dahin kommen, daß ich den Entschluß faßte, mein Buch zu verwahren und es erst einige Zeit nach meinem Tode an den Tag kommen zu lassen. Wenn ich es bis zum Jahre neunzehnhundert verwahrte, dann müßte wohl ein neues Geschlecht herangewachsen sein, das das Licht der Wahrheit besser ertragen könnte. Ich glaube, es wäre gar nicht unmöglich, daß ich einen solchen Entschluß fassen würde, wenn ich solch ein alter Mann wäre«, sagte der Pfarrer und sah seine Frau an, ihrer Zustimmung gewiß.

»Ach nein«, antwortete sie, »so ganz unmöglich wäre das wohl nicht.«

»Wie ich so in der Dunkelheit dalag, glaubte ich sein Leben ganz zu durchleben«, fuhr der Pfarrer fort. »Wo sollte ich nun fürs erste das Manuskript hinterlegen? In einem der Herrenhöfe könnte ich es nicht aufbewahren. Die sind alle aus Holz; früher oder später könnten sie verbrennen, und dann wäre meine Arbeit verloren. Und wenn ich es in einen Keller legte, dann würde die Feuchtigkeit es ebenso sicher zerstören, wie es nur je das Feuer vermöchte.

Nein, der einzige sichere Aufbewahrungsort, den ich

mir denken könnte, wäre wohl eine der Kirchen in Bro oder Svartsjö, die aus Stein erbaut sind. Nun muß ich sagen: wenn ich ein solcher alter Heide wäre, dann würde ich wohl eine gewisse Abneigung dagegen empfinden, meine Arbeit in einer Kirche aufzubewahren. Aber ich würde mich schon bald mit dem Gedanken trösten: wenn ich so sicher weiß, daß es keinen Gott gibt, kann ich meine Arbeit schließlich ebensogut in eine Kirche legen, wie in irgendein andres Gebäude.

Ja, den Tag, an dem ich alles fertig hätte, so daß ich meine große Dokumententruhe in den Schlitten legen und mit ihr nach Svartsjö fahren könnte, würde ich sicherlich als einen großen Festtag ansehen. Denn ich glaube, wenn ich ein so alter umsichtiger Mann wäre, würde ich meine Truhe lieber in Svartsjö verwahren als in Bro, weil der Vikar in Svartsjö ein viel nachgiebigerer Mann war als der Propst in Bro: Ja, wahrhaftig, – wäre ich nicht vergnügt an diesem Wintertag, wenn ich bei guter Schlittenbahn mit einem flinken Pferde von Ekeby fortführe? Wenn ich auch in den letzten Tagen jene innerlichen Schmerzen gespürt hätte, so wüßte ich doch ganz genau, daß sie an einem Tage wie diesem ganz wie fortgeblasen wären. Ich würde nur dasitzen und denken, welche Wirkung es haben müßte, wenn mein Buch einmal in die Welt hinauszöge, und wie berühmt mein Name da auf einmal sein würde. Das ganze Jahr neunzehnhundert würden die Menschen von niemand anders sprechen als von Eberhard Berggren.

Aber obgleich ich so stolze Gedanken hätte, während ich so über die Straße kutschierte, würde ich doch einen Wandrer bemerken, der mit dem Ränzel auf dem Rücken und einem großen Bügeleisen in der Hand am Wegesrand ginge. Und ich würde zu mir selbst sagen:

Sieh da! Da geht der alte lustige Schneider Lilje! Der arme Teufel muß das Ränzel und das Bügeleisen schleppen. Ich will ihn doch fragen, ob er nicht ein Stück in meinem Schlitten fahren will.

Und nun stelle ich mir dies vor: wenn Schneider Lilje das Bügeleisen und das Ränzel in den Schlitten gelegt und sich selbst auf die Kufen gestellt hätte, würden er und ich bald ins Gespräch kommen.

Schneider Lilje würde fragen, wohin ich denn mit der schönen Truhe wolle, und ich würde es nicht lassen können, ihm zu erzählen, was darin sei. ›Sieht er, Lilje‹, würde ich wohl sagen, ›diese Truhe enthält das große Buch, das ich geschrieben habe, und jetzt fahre ich damit zur Svartsjöer Kirche und verwahre es dort. Wir wollen die Truhe versperren und versiegeln, der Pfarrer und ich; und niemand darf sie vor dem Jahre neunzehnhundert öffnen.‹

Aber nun würde es mir auffallen, daß Lilje die ganze Zeit still bliebe, und er pflegte doch sonst keine Minute lang schweigen zu können, und dies würde mich so verwundern, daß ich schließlich fragen müßte: ›Was ist denn in ihn gefahren, Lilje, woran denkt er denn?‹ Und siehst du, Frau, wenn Lilje dann antwortete, daß er sich überlege, ob er mich um etwas bitten dürfte, dann würde ich ihm gleich die Erlaubnis geben, frei von der Leber weg zu sprechen.

Wahrscheinlich hätte ich in diesem Augenblick nicht sehr auf Liljes Geschichte aufgepaßt, aber später würde ich mich doch an jedes Wort davon erinnern können. Ich würde mich erinnern, daß Lilje sagte, er habe vor ein paar Tagen einen Landstreicher getroffen, der sterbend am Wegesrande lag. Dieser Mann habe Lilje gebeten, ein kleines Päckchen, das er ihm reichte, in Verwahrung zu nehmen. Er habe ihm aufgetragen, es irgendwo aufzuheben, wo niemand es finden könnte. Er dürfte es nicht vernichten. Und wenn er so alt würde, daß alle, die jetzt lebten, tot wären, dann dürfte er es öffnen, sonst sollte er es einem andern zur Aufbewahrung anvertrauen. Und Lilje habe es nicht übers Herz gebracht, einem Sterbenden seine letzte Bitte abzuschlagen, und habe das Päckchen entgegengenommen.

Nun, wenn mir Lilje all dies erzählt hätte, dann würde ich natürlich gesagt haben: ›Es ist schon gut, Lilje, ich versteh', wo er hinaus will. Er darf das Päckchen hier in meine Truhe legen.‹

Und ich hätte das Pferd angehalten und die Truhe geöffnet, und wir hätten Liljes Päckchen hineingetan. Ich hätte der Sache so wenig Gewicht beigelegt, daß ich es kaum angeschaut hätte. Aber nachher würde ich es wohl oft vor Augen gesehn haben. Es war ein blaues Kuvert ohne Adresse, ohne ein geschriebnes Wort. Es sah aus, als enthielte es Papiere, aber sonst konnte man in keiner Weise erraten, was für Geheimnisse es bergen mochte.

Ja«, sagte der Pfarrer, »heute morgen versetzte ich mich in die ganze Sache hinein und fand es ganz natürlich, daß alles so zugegangen wäre, und stellte mir auch vor, daß ich, nachdem Lilje bei einem Kreuzweg aus dem Schlitten gestiegen wäre, wohl gar nicht weiter an ihn gedacht, sondern nur in Gedanken mein Buch noch ein letztes Mal durchgegangen und gefunden hätte, daß alles darin makellos und vollendet sei, und daß kein Wort geändert zu werden brauche.

Ja, wenn ich in Eberhard Berggrens Haut gesteckt hätte, wäre ich auch nach der Ankunft in Svartsjö und während die Truhe versperrt und versiegelt wurde, in derselben fröhlichen Laune gewesen. Aber wenn mir dann der Pfarrer in Svartsjö gesagt hätte, dies könne ja jederzeit wieder rückgängig gemacht werden, falls es mich reuen sollte, dann hätte ich vielleicht etwas heftig geantwortet, weil es mich geärgert hätte, daß er glaubte, ich hätte mir nicht genau überlegt, was ich tat. ›Nein, Bruder, hier kann keine Reue in Frage kommen‹, hätte ich wohl geantwortet. ›Aber eines verspreche ich dir, Bruder: wenn dein Gott mich zwingen will, diese Truhe zu öffnen, dann will ich alles vernichten, was ich gegen ihn geschrieben habe.‹

Und wenn dann der Pfarrer in Svartsjö mich ermahnt hätte, Ihn nicht herauszufordern, der stärker sei als ich, dann hätte ich erwidert, daß ich nur jemand herausforderte, der bloß in der Einbildung der Menschen existierte.

Glaubst du nicht, daß ich ganz so geantwortet hätte, wenn ich der Magister Eberhard gewesen wäre?« fragte der Pfarrer und sah die Frau noch einmal Zustimmung heischend an.

»Ach ja«, antwortete die Frau und nickte, »das glaube ich schon. Du bist ja schon völlig so wie der alte Eberhard.«

»Ja, darum handelt es sich eben«, sagte der Pfarrer. »Man muß ganz eins mit dem Manne sein, den man beurteilen soll. Sonst kann man nicht zur Klarheit kommen.

Und glaubst du nun nicht«, fuhr er fort, »glaubst du, die du mich kennst, nicht, daß ich mich, wenn ich Eberhard Berggren gewesen wäre, in demselben Augenblick, wo ich mich in den Schlitten setzte, um nach Ekeby zurückzufahren, – daß ich mich da nicht tief unglücklich gefühlt hätte? Glaubst du nicht, daß ich eine ganz furchtbare Sehnsucht nach meiner Arbeit empfunden hätte? Obgleich ich mir ja sagen müßte, daß es ein Glück sei, fertig zu sein, wäre ich doch furchtbar niedergeschlagen gewesen. Und glaubst du nicht, daß plötzlich das Alter über mich gekommen wäre, und daß die Krankheit, die ich bis dahin durch meinen Willen hatte unterjochen können, mir jetzt so arg zugesetzt hätte, daß ich mich kaum aufrechtzuerhalten vermochte, bis ich zu Hause anlangte. Nicht wahr, glaubst du nicht auch, daß es so gekommen wäre?«

»Ich kann nicht recht wissen, was ich glauben soll«, sagte die Frau, »aber ich denke schon, daß deine Arbeit dir gefehlt hätte.«

»Ja«, sagte der Pfarrer, »dies alles stellte ich mir heute morgen so vor. Ich wußte, daß ich nicht nur mein Buch vermissen, sondern daß ich auch furchtbar krank werden würde. Das Übel würde mit so furchtbarer Kraft über mich hereinbrechen, weil solch ein alter Mann, wie ich es wäre, jetzt gar nichts mehr hätte, womit er es zurückdrängen könnte, nichts, wofür er leben müßte, und so bliebe mir nichts anderes übrig, als mich hinzulegen und auf den Tod zu warten.

Du wirst wissen, daß es damals hier im Ort keinen Arzt gab; aber irgendeine weise Frau wäre wohl gerufen worden, und sie hätte die Krankheit erkannt und gesagt, es sei Krebs. Und merkwürdigerweise wäre dies fast als ein Glück angesehen worden; denn damals glaubte man gar nicht, daß diese Krankheit unbedingt zum Tode führen müsse. Es gab nämlich eine alte Familie – Amnérus hieß sie wohl –, und die besaß ein Rezept, das den Krebs heilen konnte. Es wurde als ein großer Schatz betrachtet, streng geheimgehalten und vererbte sich wie ein Majorat in der Familie.

Und nun kannst du dir wohl denken, Frau, wenn ich ein alter kranker Mann wäre, würde ich den ersten Tag benützen, an dem mir so wohl wäre, daß ich in einem Schlitten sitzen könnte, um zu diesen Leuten mit Namen Amnérus zu fahren, die das Rezept besäßen und Heilung für die furchtbaren Qualen hätten.

Nun denke ich mir also, siehst du, Frau, daß ich bei der Familie Amnérus angefahren käme. Sie wohnten tief drinnen im Walde. Es gab keine Felder, keinen Garten, sondern der Wald stand bis dicht ans Haus heran. Und die Menschen dort waren klein und lichtscheu und trugen altväterische Kleider und hatten dünne, piepsende Stimmen.

Ich denke, es würde mir sogleich auffallen, wie erschrocken sie aussähen, da sie mich erblickten. Ich würde zuerst gar nicht begreifen, warum sie davonlaufen zu wollen schienen, wenn ich mein Anliegen vorbrächte. Aber bald würde die Reihe, Angst zu haben, an mir sein. Denn ich würde erfahren, daß der Grund ihres Schreckens der sei, daß sie das Rezept nicht mehr hätten. Ja, was glaubst du, Frau, würde wohl ein armer Kranker fühlen, wenn er hörte, daß dieses Rezept ihnen von einem Knecht gestohlen sei, der in ihrem Dienst gestanden hätte und sich aus irgendeinem Grunde an ihnen rächen wollte? Was würde ein Todkranker, der Linderung und Besserung erwartet hätte, denken, wenn sie die Geheimlade des Sekretärs herauszögen, wo sie das Rezept zu verwahren pflegten, und ihm zeigten, daß sie leer sei. Ja, sie sei leer; sie hätten keine Macht mehr über die Krankheit.

Natürlich würde der Kranke sie fragen, ob sie denn die Mischung nicht so gut kennten, daß sie sie ohne Rezept zu bereiten vermöchten. Aber das wäre nicht der

Fall. Niemand von ihnen kennte das Heilmittel; denn die Sache wäre so strenge geheimgehalten worden, daß immer nur eine Person sich hätte damit befassen dürfen. Und die unter den Schwestern, die die Bereitung des Heilmittels gekannt hätte, wäre an dem Tage, bevor es gestohlen worden, gestorben. Der Dieb hätte sich gerade diesen Zeitpunkt ausgewählt, sonst hätte er ja keinen Schaden gestiftet. Aber wo der Dieb sich jetzt befände, das wüßten sie nicht. Es wäre ein versoffener wilder Geselle gewesen, vielleicht wäre er schon bei irgendeiner Schlägerei ums Leben gekommen. Nur eines wüßten sie sicher, daß er das Rezept genommen hätte. Denn ehe er fortgegangen wäre, hätte er den Mägden ein blaues Kuvert gezeigt und sich gerühmt, daß die Herrschaft ihn noch vermissen würde.

Und nun weiß ich ganz gewiß: wenn ich solch ein kranker Mann gewesen wäre, ich würde, wenn ich dies von dem blauen Kuvert gehört hätte, kein Wort weiter gefragt haben, sondern wäre aus dem Zimmer gegangen, hätte mich in den Wagen gesetzt und wäre davongefahren.

Ja, nur davongefahren, Frau, um allein zu sein und die Sache mit mir selbst durchzudenken. Dieses blaue Kuvert, dieses blaue Kuvert, ich würde natürlich sogleich wissen, wo es wäre. Und ich hätte doch erst einige wenige Tage zuvor gesagt: ›Wenn dein Gott mich zwingen kann, diese Truhe zu öffnen, dann – –‹ Nein, nein, es wäre nicht zugänglich, dieses Rezept, ohne daß meine ganze Lebensarbeit vernichtet würde. Aber in dieser Arbeit lebte Eberhard Berggren in Jugend und Klarheit; was sonst auf Erden von ihm übrig wäre, das sei nur ein abgelebter Greis. In früheren Tagen hätte Eberhard Berggren seine Arbeit höher geschätzt als Freude und

Lust und Liebe. Und dann würde ich wohl die Fäuste ballen und denken – –«

Der Pfarrer trat dicht an seine Frau heran. »Du, die du mich kennst, – was, glaubst du, hätte ich beschlossen, wenn ich solch ein alter Mann wäre? Bedenke, daß ich felsenfest glauben würde, daß mein Buch das beste und weiseste Buch sei, das je geschrieben wurde, und bedenke, daß ich glauben würde, daß das Rezept mich unfehlbar gesund machen könne. Sage, wie glaubst du, daß ich gehandelt hätte?«

»Ich glaube wohl, du hättest dich dafür entschieden, für dein Buch zu sterben«, sagte die Frau.

»Ja«, sagte der Pfarrer, »ich hätte die Fäuste geballt und gedacht, daß ich dieses Rezept ja gar nicht so notwendig brauchte, – ich könnte ja sterben. Und glaubst du auch, daß ich an meinem Vorsatze festgehalten hätte?«

»Ich weiß nicht«, sagte die Pastorin, »ich kenne dich nicht gut genug. Wenn es sich nur um den Tod gehandelt hätte. Aber nun waren da ja auch die Schmerzen.«

»Ich hätte innerlich gekämpft«, sagte der Pfarrer, »und in den ersten Tagen wäre die Krankheit sogar ein wenig zurückgewichen, weil ich den festen Entschluß gefaßt hätte, sie ihr Schlimmstes tun zu lassen. Aber nach ein paar Wochen hätte sie mich mit erneuter Kraft überfallen, und man hätte mir oben im Kavaliersflügel wieder ein Lager gebettet, und da hätte ich einsam gelegen, den ganzen Tag lang, und hätte mit den Schmerzen gekämpft.

Und ich glaube wohl, wenn ich solch ein alter, unerschütterlicher Mann gewesen wäre, dann hätte ich zuweilen ganz gegen meinen Willen die Vorstellung gehabt, daß ich gegen Gott kämpfte. Ich hätte den Gedanken von mir gewiesen. Ich hätte gedacht, daß ich nicht mit jemandem kämpfen könne, der gar nicht da wäre. Es sei doch ein bloßer Zufall, würde ich sagen, daß ich Lilje mit dem Rezepte begegnet sei. Es sei durchaus keine lenkende Vorsehung, die ihn mir geschickt hätte. Es gäbe keine Vorsehung, und so könne sie auch nichts schicken.

Aber ein ums andre Mal würde mir die Vorstellung kommen, daß ich daläge und mit unserm Herrgott ränge. Vielleicht würde es mancher als Milde und Gnade betrachten, daß du mich wissen ließest, wo das gestohlene Rezept zu finden sei. Der Dieb hätte es ja ebensogut vernichten können. Du willst wohl, daß ich es als eine sonderliche Gnade ansehe, daß es in Liljes Hände kam. Aber ich wünsche, es wäre vernichtet worden. Ich sehe es nicht als eine Gnade an, daß ich weiß, wo es zu finden ist. Ich betrachte es – –. Ja, und dann würde ich mich wieder erinnern, daß ich in meinem Buch doch ganz unwiderleglich bewiesen hätte, daß es keinen Gott gebe, und würde den Zwist abbrechen.

Ich denke, es muß eine große Versuchung, eine furchtbare Versuchung für den alten kranken Magister Eberhard gewesen sein: nur ein Wort an den Pfarrer in Svartsjö, und er hätte das Heilmittel in seiner Hand! Glaubst du nicht, daß er um dieser Versuchung willen die Qualen noch tausendmal verschärft empfand? Es handelte sich um einen furchtbaren Preis; aber wer wirklich krank ist, fragt wohl nach nichts anderm als nach der Gesundheit.

Doch immerhin – wenn ich an seiner Stelle gewesen wäre, ich hätte versucht, auszuharren; hätte versucht, Gott und den Menschen zu zeigen, was Manneskraft vermag.

Aber am schlimmsten wäre es an dem Tage gewesen, an dem Schneider Lilje auf den Hof gekommen wäre. Da wären die Qualen so furchtbar gewesen, daß ich in jeder

Stunde meinen Tod erwartete. Und da wäre mir wohl der Gedanke gekommen, daß ich jemand sagen müßte, was in diesem blauen Kuvert sei. Denn plötzlich hätte mich der Gedanke beängstigt, daß ich ein großes Unrecht gegen meine Mitmenschen beginge, wenn ich nicht sagte, wo dieses unschätzbare Heilmittel zu finden sei. Ich könnte es ja so einrichten, daß es erst nach meinem Tode hervorgenommen würde. Dann hätte nicht ich die Truhe geöffnet, dann könnte ja meine Arbeit unberührt liegenbleiben.

Ich würde mir wohl denken, daß es am sichersten wäre, das Geheimnis niederzuschreiben, und niemanden vor meinem Tode von dieser Schrift Kenntnis erlangen zu lassen. Aber siehst du, Frau, es wäre wohl für einen Todkranken, dem die geringste Bewegung Qualen verursacht, nicht so leicht, die Feder zu führen.

Und schließlich hätte ich wohl Lilje hereingerufen und ihm das Geheimnis anvertraut und ihm befohlen, das gestohlne Kuvert den Eigentümern zurückzugeben. Aber zu gleicher Zeit hätte ich ihm streng verboten, es vor meinem Tode aus der Truhe zu nehmen. Erst wenn ich in den Kirchhof gebettet wäre, dürfte er zu dem Pfarrer in Svartsjö gehen und mit ihm sprechen.

Du kannst sicher sein, sobald ich mit Lilje gesprochen hätte, würde es mich wieder gereut haben. Man könnte sich doch auf einen solchen Kerl nicht verlassen. Es wäre klar, ich hätte jemandem sagen müssen, wo das Rezept zu finden sei. Aber ich hätte es niederschreiben sollen. Ich hätte niemanden vor meinem Tode darum wissen lassen dürfen.

Und bei alledem hätte ich mit der stummen geheimen Hoffnung dagelegen, daß Lilje mir ungehorsam sein könnte.

Ein paar Tage später würde ich etwas Eignes, Geheimnisvolles an der Frau bemerken können, die mich pflegte. Ich würde sehen, daß sie eine ganz besonders frohe und feierliche Miene machte, wenn sie mit einem warmen Trunke zu mir hereinkäme. Ich würde erschrecken, und ich würde mir selbst zuflüstern: Hüte dich, trinke nicht! Es kostet dich die Arbeit deines ganzen Lebens!

Aber trotzdem, siehst du, Frau, würde ich wohl den Kopf vorstrecken und trinken; und mit jedem Tropfen, der über meine Lippen käme, würde ich Linderung fühlen. Ich würde das Glas von mir schieben wollen, wenn es halb geleert wäre, aber ich würde es nicht können. Und wenn ich es geleert hätte, würde ich mich auf einmal ganz gesund fühlen und vor Freude weinen.

Nun will ich dir sagen, wie es mir weiter ergangen wäre, wenn ich der alte Eberhard gewesen wäre. Am nächsten Tage wären die Schmerzen wiedergekommen, und da hätte ich wieder von diesem Trank getrunken. Da hätten die Schmerzen aufgehört und wären in kleinen Zwischenräumen wieder zum Leben erwacht, aber am dritten Tage wären sie ganz verschwunden gewesen. Und ich würde sehr wohl wissen, was für einen Trank man mir gegeben hätte, ich würde begreifen, daß ich eine Niederlage erlitten hätte, aber ich wäre allzu glücklich, um weiter danach zu fragen.

Dann würde ich wieder umhergehen und mich ganz gesund fühlen. Aber ich würde mich wohl hüten, jemand zu fragen, woher der Trank gekommen wäre, der mich geheilt hätte. Und ich glaube ganz gewiß nicht, daß mir jemand sagen würde, daß man die Truhe eröffnet und das Rezept herausgenommen hätte. Niemand würde es sagen, aber ich würde es doch wissen. Ich würde nach

Svartsjö fahren und mir die Truhe ansehen, und sie würde versperrt und versiegelt in der Kirche stehen, aber ich würde doch wissen, daß sie eröffnet worden wäre. Und dann – –«

»Würdest du dich dann für verpflichtet halten, dein Buch zu vernichten?« fragte die Pastorsfrau.

»Ich glaube wohl, daß ich versuchen würde, Schlupfwinkel und Ausflüchte zu finden, aber ich würde nicht leugnen können, daß ich, wenn ich ein Ehrenmann sein wollte, mein Buch vernichten müßte.«

»Und würdest du es auch tun?«

»Ja, was glaubst du? Bedenke jetzt auch recht, was dieses Buch für mich bedeuten würde! Wäre es vernichtet, so wäre auch mein Name und mein Ruhm vernichtet.«

Die Pastorin sah mit einem warmen Blick zu ihrem Mann auf.

»Ja, du hast es vernichtet«, sagte sie, »du hast es vernichtet!«

»Ich danke dir«, sagte der Pastor.

Eine Weile ging er schweigend weiter.

»Nun aber: was denkst du jetzt von der Truhe?« fragte die Frau.

»Ich denke, daß es nicht gefährlich sein kann, sie zu öffnen. Du hast meine Frage jetzt so beantwortet, wie ich es wünschte.«

»Du und Magister Eberhard, ihr seid nicht eine und dieselbe Person«, sagte die Frau.

»Liebes Kind«, sagte der Pfarrer. »Wir wissen ja, daß der alte Eberhard alles, was ich jetzt erzählt habe, durchgemacht hat, und daß man die Truhe öffnen mußte, um das Rezept herauszunehmen, das ihn heilte. Aber wir dürfen nicht glauben, daß Magister Eberhard ein schlechterer Mann gewesen sei als irgendeiner von uns. Es ist, seit ich nun die Sache durchdacht habe, mein fester Glaube, daß er in aller Heimlichkeit die Schrift aus der Truhe genommen hat, und daß das große Buch des Unglaubens längst, längst vernichtet ist.«

»Aber die Truhe steht doch noch mit allen ihren Siegeln da.«

»Ja, siehst du«, sagte der Pastor lächelnd, »allzuviel darfst du von einem alten Philosophen nicht verlangen. Du kannst nicht von ihm verlangen, daß er alle Menschen wissen lasse, daß er gezwungen war, nachzugeben. Ich glaube wohl, es war das Natürlichste, daß er die Truhe auf alle Fälle stehen ließ, wie sie stand. Er konnte es wohl nicht ertragen, daß alle Bekannten zu ihm kämen und sagten, jetzt müsse er wohl bekehrt sein und an Gott glauben.«

Die Frau grübelte ein wenig nach, und dann sagte sie: »Ja, das werden wir jetzt bald sehen, denn nun willst du sicherlich die Truhe öffnen.«

»Ja, jetzt öffne ich sie mit frohem Mut«, sagte der Pastor.

Und wenn das junge Jahr so um die Mittagszeit des Neujahrstags neunzehnhundert in den Wolken über der Svartsjöer Kirche geschwebt hätte, da hätte es den Pfarrer und die angesehensten Männer des Kirchspiels um eine schöne alte Mosaiktruhe versammelt gesehen. Und als sie feierlich eröffnet wurde, da enthielt sie ein paar Pakete: alte Gerichtsverhandlungen und Zeitungen.

Aber von gottesleugnerischer, himmelstürmender Philosophie – nicht eine Zeile.

SELMA LAGERLÖF
UND DIE WEIHNACHTSZEIT

Selma Lagerlöf lebte bis zu ihrem 23. Lebensjahr auf dem abgelegenen Gut Mårbacka in Värmland. Der Alltag mit Eltern, Geschwistern, Haushälterin und Hauslehrerin gestaltete sich eher gleichförmig; kein Wunder also, daß Fest- und Feiertagen eine überaus große Bedeutung zukam. Ganz besonders galt das für die Weihnachtszeit. Die Autorin beschreibt dies in ihrem 1906–1907 erschienenen internationalen Bestseller ›Nils Holgersson‹ in dem Kapitel ›Ein kleiner Herrenhof‹: »Die geschäftigste Zeit war vor Weihnachten. Der Luciatag, an dem die Kammerjungfer weißgekleidet und mit Kerzen im Haar allen um fünf Uhr morgens Kaffee servierte, deutete bereits darauf hin, daß in den nächsten zwei Wochen nicht mit viel Schlaf zu rechnen war. Jetzt mußten sie Weihnachtsbier brauen und Stockfisch in Lauge einlegen, Weihnachtsgebäck zubereiten und den Weihnachtsputz erledigen.«

Auch später, als sie beruflich an Landskrona gebunden war, verbrachte Selma Lagerlöf die Weihnachts- und Neujahrstage gerne auf Mårbacka. Erst als der Hof Konkurs anmelden mußte, feierte sie in Kungälv mit der Familie ihres Bruders Daniel oder auf Reisen.

Von ihrem ersten Italienaufenthalt schrieb sie 1896 aus Rom an Elise Malmros, die sie aus ihrer Zeit in Landskrona kannte: »Wir leben jetzt zur Weihnachtszeit ein eifriges Kirchenleben. Heute hörte ich eine herrliche

Messe, manchmal bin ich wirklich hingerissen, aber manchmal macht mich ihr lateinisches Geplapper und ihre ständige Reliquienverehrung vollkommen rasend – aber wer weiß schon, wo der Aberglaube aufhört und das Wahre im Glauben des Menschen anfängt.« Trotz dieser Zweifel ist die Arbeit der Autorin von der Auseinandersetzung mit Glaubens- und Religionsfragen geprägt; sie findet sich in zahlreichen Erzählungen, darunter ›Das Schatzkästlein der Kaiserin‹ und ›Warum der Papst so alt geworden ist‹.

Sechs Jahre später, am 20. Dezember 1902, schrieb sie, ebenfalls aus Rom, an ihre Mutter: »Die Skandinavier strengen sich furchtbar an, daß wir am Weihnachtsabend in ihre Vereinigung kommen, aber wir werden wohl nicht dorthin gehen. Wir wollen uns in einer der Kirchen eine Mitternachtsmesse anhören. Das wird zwar anstrengend, aber sicher auch sehr schön, glaube ich.«

Erst im Jahr 1910 konnte sie die Weihnachtstage wieder auf Gut Mårbacka verbringen, welches sie nach Erhalt des Nobelpreises zurückgekauft hatte. Diese Bindung an das Elternhaus und die dortigen Erlebnisse finden sich auch in ihrem Romanerstling ›Gösta Berlings Saga‹ von 1891, in dem die Beschreibung der Weihnachtsfeierlichkeiten viel Raum einnimmt. Sie sind das zentrale Ereignis, mit dem das Geschehen auf dem fiktiven Värmländischen Gut Ekeby seinen Anfang nimmt.

Die Faszination für das Weihnachtsfest und den sich darum rankenden Sagen- und Legendenschatz ihrer Heimat spiegelt sich auch in der schriftstellerischen Arbeit der folgenden Jahre. Selma Lagerlöf veröffentlichte zahlreiche Erzählungen in speziell zu Weihnachten erscheinenden Almanachen mit klangvollen Titeln wie ›Julrosor‹ (Weihnachtsrosen), ›Julstämning‹ (Weihnachtsstimmung) und ›Julkvällen‹ (Weihnachtsabend). Das Titelblatt von ›Julrosor‹ zierten die weißen Blüten der Christrose.

Von diesem Bild ließ sich die Autorin zu der Erzählung ›Die Legende von der Christrose‹ inspirieren. In ihr kehrt sie in die Welt der katholischen Klöster des frühen Mittelalters zurück, nach Övedskloster in Schonen, das sie von Landskrona aus besucht hatte. In der Geschichte verwandelt sich der nahegelegene große Göinger Wald in jeder Weihnachtsnacht in einen Lustgarten, »um die Geburtsstunde unseres Herrn und Heiland zu feiern.« Erzbischof Absalon, der an der Wahrheit dieses Weihnachtswunders zweifelt, verspricht, die Ächtung des im Wald lebenden Räubervaters aufzuheben, wenn der Beweis für die Existenz des geheimnisvollen Gartens erbracht werden kann. Als schönste aller Blumen blüht die Christrose in der Heiligen Nacht und rettet der Räuberfamilie damit das Leben.

Selma Lagerlöfs Interesse für Legenden war bereits früh erwacht. Traditionell wurden diese in ihrer Kindheit bei den Weihnachtseinladungen auf die Nachbarhöfe erzählt. Viele Jahre später, in ihrer Dankesrede bei der Verleihung des Nobelpreises am 10. Dezember 1909, kam sie auf die Menschen zu sprechen, die sie inspiriert hatten: die armen und heimatlosen Kavaliere, denen sie in ›Gösta Berlings Saga‹ und etlichen späteren Erzählungen, u. a. ›Der Weihnachtsgast‹, ein Denkmal gesetzt hatte, die Alten, die von Trollen und verzauberten Jungfern erzählten, aber eben auch »die bleichen und hohläugigen Mönche und Nonnen, die in dunklen Klostern saßen und Visionen hatten und Stimmen hörten! In ihrer Schuld stehe ich für Anleihen aus dem großen Legendenschatz, den sie gesammelt haben.«

Schon lange bevor das Genre der Legende in den 90er Jahren des 19. Jahrhunderts nach der Abkehr von Realismus und Naturalismus immer beliebter wurde, hatte die junge Frau das Thema für sich entdeckt und war der literarischen Mode weit voraus. So heißt es bereits im 24. Kapitel ihres Erstlingswerks ›Gösta Berlings Saga‹ (›Die tönernen Heiligen‹): »Gar manchen Sonntag habe ich dort in der Svartsjöer Kirche gesessen und mich darüber gegrämt, daß die Tonfiguren nicht mehr da waren, ja, ich habe sie innig wieder herbeigesehnt. Ich hätte es nicht so genau genommen, wenn ihnen Nase oder Füße gefehlt hätten, wenn die Vergoldung abgegangen oder die Farben verblichen gewesen wären. Für mich wären sie immer vom Glanz der Legende umstrahlt gewesen.«

Diese Kirche spielt auch in der Erzählung ›Der erste im ersten Jahr des zwanzigsten Jahrhunderts‹ eine zentrale Rolle. In ihr kommt der Zweifel am Rationalismus zum Ausdruck. Der Magister Eberhard deponiert im Turm der Kirche vor seinem Tod eine Truhe mit Schriften, von denen er behauptet, sie würden das Weltbild zum Einsturz bringen. Es kommt jedoch anders, denn die Truhe enthält nur wertloses Papier.

1894 erschien Selma Lagerlöfs zweites Buch ›Osynliga länkar‹ (Unsichtbare Bande), die erste von insgesamt acht zu Lebzeiten erschienen Erzählsammlungen. Sie enthielt Geschichten, die für die Veröffentlichung in Zeitungen und Weihnachtsalmanachen entstanden waren, darunter auch ›Der Weihnachtsgast‹. Geschrieben hatte sie die Texte in ihrer Freizeit in einer Mansarde, die sie als Lehrerin in Landskrona bewohnte. Sie experimentierte dort mit der schlichten Form, schrieb Kriminalerzählungen und versuchte sich am archaischen Ton der isländischen Sagas und der Bibel. Dort entstand auch ihre erste Legende, bei der es sich zwar nicht um eine Weihnachtserzählung handelte, deren Botschaft aber dennoch gut zum Fest der Liebe paßte: ›Die Legende vom Vogelnest‹. Der Eremit Hatto, »der viel von der Arglist und Bosheit der Welt erfahren hatte« und zu Gott betete, »den Tag des Jüngsten Gerichts über die Welt hereinbrechen zu lassen«, wird durch »die Liebe zu den Kleinen und Schutzlosen«, zu sechs kleinen Bachstelzen, mit der Welt versöhnt.

In all ihren Erzählungen läßt sich Selma Lagerlöfs starke Verbindung zur Heimat erkennen. Dort sind auch die Quellen ihrer Inspiration zu suchen. In der Rahmenhandlung von ›Die heilige Nacht‹ gibt sie vor, die Geschichte in ihrer Kindheit von ihrer Großmutter väterlicherseits gehört zu haben. Gunnel Weidels große Lagerlöf-Studie von 1964 ›Helgon och gengångere‹ (Heilige und Gespennster) nennt jedoch eine andere Quelle, die Erzählung ›S. Giseppe e li picurara‹ (Der Heilige Josef und die Hirten) aus Giuseppe Pitrès ›Fiabe e leggende popolari siciliane‹ von 1888, ein Buch, das Selma Lagerlöf seit ihrer Sizilienreise 1895–96 kannte. Der Großmutter wird hier das Fazit, die Moral der Geschichte, in den Mund gelegt: »Aber was der Hirte sah, das könnten wir auch sehen, denn die Engel fliegen in jeder Weihnachtsnacht unter dem Himmel, wenn wir sie nur zu gewahren vermögen. [...] Nicht auf Lichter und Lampen kommt es an, und es liegt nicht an Mond und Sonne, sondern was nottut, ist, daß wir Augen haben, die Gottes Herrlichkeit sehen können.«

Im Jahre 1925 erinnerte sie sich in einem Brief an ihre junge Verwandte Stella Rydholm: »Das größte Opfer für Christus bestand darin, daß er sich zur Welt bringen

ließ. Daß er unsere Sünden gesühnt haben soll, habe ich
nie verstanden. Aber das sind heikle Angelegenheiten,
weil es wirklich Menschen gibt, deren ganze Geborgen-
heit und Sicherheit auf diesem Glauben beruht.«

Aus der klassischen Erzählung ›Gottesfriede‹ entwik-
kelte Selma Lagerlöf nach der Jahrhundertwende einen
großen, zweibändigen Roman. In ›Jerusalem‹ wandern
Sektierer aus Näs in Dalarna nach Jerusalem aus, um
dort die Wiederkehr Christi abzuwarten. Die stolze Familie der Ingmarsons aus der kleinen Erzählung ›Gottesfriede‹ spielt auch in diesem zweibändigen Werk die
Hauptrolle. Die Erzählung von 1898 handelt von einem
Verstoß gegen das Friedensgebot der Christnacht. Der
Versuch des alten Ingmarson einen Bären zu töten, der
ihm in seinem Winterlager während eines Schneesturms
Obdach gewährt hat, endet für den Mann tödlich. Die
Familie muß ihm das standesgemäße Begräbnis auf-
grund dieses Frevels verwehren, um seine Schuld zu
sühnen.

Nach Fertigstellung des zweiten Teils ihres großen
Romans ›Jerusalem‹ und der Erzählung ›Der erste im
ersten Jahr des zwanzigsten Jahrhunderts‹ schrieb sie im
November 1902 wiederum an Elise Malmros: »Jetzt bin
ich wirklich fertig mit meinem großen Buch und mit ein
paar kleinen Weihnachtserzählungen. Wie langsam es
doch immer geht. Geijerstam schreibt ein Buch in einem
Monat und Strindberg ein Theaterstück in einer Woche,
aber ich kann es jedenfalls nicht anders. Ich verstehe die
beiden nicht. Ich muß erst einmal ein paar Monate
dasitzen und nachdenken, dann gilt es, das Ausgedachte
zu Papier zu bringen, dann wieder nachzudenken, um
alle Fehler zu finden, um dann umzuschreiben und zu
feilen und zu prüfen, damit alles richtig ist. Was ich

nicht richtig hingekriegt habe, nagt an mir, bis alles ausgedacht und geklärt ist. Wie man so eine Arbeit bewältigt, ohne Tag und Nacht zu arbeiten, ist unbegreiflich.« Selma Lagerlöf zeigt sich als Perfektionistin, die hohe künstlerische Ansprüche an ihre Werke stellte und jedes einzelne sehr ernst nahm.

Mit Beginn des 20. Jahrhunderts schrieb sie weniger Erzählungen: Große Projekte bestimmten ihr Schaffen, das Lesebuch, die Löwensköld-Trilogie und die Mårbacka-Suite über ihre Kindheit. Gelegentlich verfaßte sie aber immer noch Erzählungen und strickte an Anfängen weiter. So schrieb sie im Februar 1914 an ihre intime Freundin Valborg Olander: »Ich geriet mit meiner Schriftstellerei vollkommen aus dem Schwung, als deine telefonische Mitteilung kam, im Übrigen war ich seit ein paar Tagen recht fleißig gewesen. 1912 hatte ich ein Stück für ›Idun‹ schreiben wollen. Das hatte ich ihnen für ihr Jubiläumsjahr versprochen. Ich weiß nicht, was mit mir los war, aber ich begann eine Erzählung nach der anderen, bekam aber keine fertig. Diese Stücke sind eigentlich gar nicht so übel, wenn ich sie wiederlese. Eines habe ich jetzt beendet, und zwei weitere versuche ich fertigzustellen (...).«

Die damals als erste vollendete Erzählung war ›Der Totenschädel‹, bereits kurze Zeit später lag ›Ein Emigrant‹ vor, eine Geschichte, die auf eine Zeitungsnotiz zurückging. Die Schriftstellerin umspann diese Zeitungsanekdote über eine in der Eisenbahn herumreisende Puppe jedoch mit tiefen philosophischen Einsichten. Für den Gelehrten, einen Archäologen, dem der Junge, der ursprüngliche Besitzer der Puppe, als Erwachsener begegnet, ist diese nichts weniger als der Anfang der Kreativität des Menschen: »War nicht im selben Augenblick, im dem die erste Puppe aus einem Lehmklumpen oder vielleicht aus etwas zusammengerolltem Gras geformt wurde, die Phantasie geboren worden und mit ihr das Spiel, die Dichtung, die schönen Künste? Das Beste, was wir besitzen, das worauf wir am stolzesten sind, ist es nicht die Fähigkeit des Schaffens, und wer hat diese Fähigkeit in so hohem Grade entwickelt wie die Puppe?«

In einer ihrer zuletzt verfaßten Erzählungen, ›Die Legende des Luciatags‹, kehrte Selma Lagerlöf noch einmal in ihre Heimat Värmland und zu einer urschwedischen Tradition, dem Lichtfest am 13. Dezember, zurück. Damit begannen auf Gut Mårbacka traditionell die Weihnachtsvorbereitungen und damit die Vorfreude auf das Fest. Diese Vorfreude ist zu spüren in den hier ausgewählten weihnachtlichen Meisterstücken der großen schwedischen Dichterin. Sie schildert bewegende Schicksale, läßt an das Gute im Menschen glauben, und teilhaben an den kleinen Wundern der besinnlichen Zeit. Der Glanz und die Strahlkraft von Selma Lagerlöfs außergewöhnlichem Erzähltalent sind bis heute ungebrochen.

QUELLENVERZEICHNIS

Die Heilige Nacht [Den heliga natten], entstanden 1904,
Erstveröffentlichung zugleich erste Buchveröffentlichung: Kristuslegender, 1904

Das Kindlein von Bethlehem [Betlehems barn], entstanden 1904, Erstveröffentlichung: Ord och Bild, 13. Jg.,
erste Buchveröffentlichung: Kristuslegender, 1904

Die Legende von der Christrose [Legenden om julro-
sorna], entstanden 1905, Erstveröffentlichung: Julrosor
1905, erste Buchveröffentlichung: En saga om en saga
och andra sagor, 1908

Gottesfriede [Gudsfreden], entstanden 1898, Erstveröffentlichung: Göteborgs Handels- och Sjöfartstidning
vom 31. 12. 1898, erste Buchveröffentlichung: Drottningar i Kungahälla jämte andra berättelser, 1899

Der Totenschädel [Dödskallen], entstanden 1914, Erst-
veröffentlichung (unter dem Titel ›En underlig julgäst‹,
Ein seltsamer Weihnachtsgast): Julstämning 1914, erste
Buchveröffentlichung: Troll och människor II, 1921

Ein Weihnachtsgast [En julgäst], entstanden 1893, Erstveröffentlichung: Julrosor 1893, erste Buchveröffentlichung: Osynliga länkar, 1894

Die Legende vom Vogelnest [Legenden om fågelboet], entstanden 1892, Erstveröffentlichung: Ord och Bild, 1. Jg., 1892, erste Buchveröffentlichung: Legender, 1899

Das Schatzkästlein der Kaiserin [Kejsarinnans kassakista], entstanden 1896, Erstveröffentlichung: Nornan, Jg. 24 (1897, gedruckt 1896), erste Buchveröffentlichung: Drottningar i Kungahälla jämte andra berättelser, 1899

Warum der Papst so alt geworden ist [Varför påven blev så gammal], entstanden 1903, Erstveröffentlichung: Gula boken. Noveller Nr. 21 (1903), erste Buchveröffentlichung: En saga om en saga och andra sagor, 1908

Die Legende des Luciatags [Luciadagens legend], entstanden 1916, Erstveröffentlichung: H. H. Hildebrandsson und Sixten Samuelsson (Hg.), En bok om Värmland av värmlänningar, Del 1, Uppsala 1917, erste Buchveröffentlichung: Troll och människor II, 1921

Ein Emigrant [En Emigrant], entstanden 1912/1914, Erstveröffentlichung: Bonniers månadshäften, 8. Jg, 1914, erste Buchveröffentlichung: Frän skilda tider I

Der erste im ersten Jahr des zwanzigsten Jahrhunderts [Den förste i förste år nittonhundra], entstanden 1902, Erstveröffentlichung: Julkvällen, 22. Jg. (1902), erste Buchveröffentlichung: Osynliga länkar, 3. Auflage 1904